M. S. FAYES

SHADOWS

1ª Edição

2020

Direção Editorial:	**Arte de Capa:**
Anastácia Cabo	Dri K. K. Design
Gerente Editorial:	**Diagramação e revisão:**
Solange Arten	Carol Dias

Copyright © M. S. Fayes, 2020
Copyright © The Gift Box, 2020
Todos os direitos reservados.
Nenhuma parte do conteúdo desse livro poderá ser reproduzida em qualquer meio ou forma – impresso, digital, áudio ou visual – sem a expressa autorização da editora sob penas criminais e ações civis.
Esta é uma obra de ficção. Nomes, personagens, lugares e acontecimentos descritos são produtos da imaginação da autora. Qualquer semelhança com nomes, datas ou acontecimentos reais é mera coincidência.

Este livro segue as regras da Nova Ortografia da Língua Portuguesa.

CIP-BRASIL. CATALOGAÇÃO NA PUBLICAÇÃO
SINDICATO NACIONAL DOS EDITORES DE LIVROS, RJ
Camila Donis Hartmann - Bibliotecária - CRB-7/6472

F291s

Fayes, M. S.
 Shadows / M. S. Fayes. - 1. ed. - Rio de Janeiro : The Gift Box, 2020.
 196 p.

 ISBN 978-65-5636-016-4

 1. Ficção brasileira. I. Título.

20-65385   CDD: 869.3
             CDU: 82-3(81)

GLOSSÁRIO

Marine Corps: O Corpo de Fuzileiros Navais é uma subdivisão do Departamento da Marinha Americana. Também chamados apenas de Marines, compõem uma força maior que muitos exércitos no mundo inteiro.

Camp Lejeune: Situada em Jacksonville, na Carolina do Norte, a *Marine Corps Base Camp Lejeune*, na Costa Leste, é a segunda maior base de instalação no mundo. Além de ser um campo de treinamento de diversas forças expedicionárias, como MARSOC, Segundo Grupo de Logística dos Fuzileiros Navais, Segundo Batalhão dos *Recon*, Segundo Batalhão de Inteligência, Escola de Infantaria, Escola de Combate dos *Marine Corps*, ainda conta com o Hospital Naval e Escolas Militares.

Criada para atender às demandas logísticas para as incursões militares, oferece ainda o local adequado para as famílias dos combatentes.

Recon: Também conhecido como Force Reconnossaince, é uma unidade de Forças de Operações Especiais dos Fuzileiros Navais (*Marine Corps*), que visa atuar por trás de linhas inimigas executando operações incomuns e em base de apoio a guerras vigentes. Os métodos para inserções e extrações aéreas, por vias aquáticas e subaquáticas e por terra são similares às operadas pelos *Seals, Green Berets* e *Air Force Combat Controllers*, as forças especiais de outras unidades armadas. No entanto, as missões e tarefas executadas pelos *Recons* diferem um pouco por dar foco em apoio principalmente às operações anfíbias e expedicionárias dos fuzileiros navais.

Navy Seals: Grupo de Operações Especiais da Marinha Americana, os *Seals* são soldados altamente desenvolvidos e com habilidades superiores para atuar em situações de risco e através dos elementos que compõem sua sigla: *Sea, Air and Land*, mar, ar e terra. Apesar de estar debaixo da autoridade da Marinha Americana, essa força de elite atua em todas as operações onde é necessárias, sendo uma das mais reconhecidas e temidas das Forças Armadas dos Estados Unidos.

IDF: Sigla geral para *Israel Defense Forces*, ou Forças de Defesa de Israel, que compreende todas as forças armadas que operam na segurança da nação.

Tzahal: Acrônimo hebraico para IDF, que se classifica como união de todas as forças terrestres, bem como Marinha e Força Aérea.

Sayeret Matkal: Subsidiária à *Tzahal*, é uma das unidades de Forças Especiais de Reconhecimento, combate ao antiterrorismo e Extração de Reféns. Embora equivalente aos *Recons*, como base de operações, é uma potência de elite temida no mundo inteiro que se assemelha, e muito, à atuação de combate dos *Seals*.

Gibbush: Campo de treinamento para formação de soldados de elite da unidade *Sayeret Matkal*.

Mossad: Serviço Secreto de Israel. É um dos mais temidos do mundo e ganhou bastante destaque por conta de suas operações especiais durante a Guerra Fria. A palavra Mossad, que em hebraico significa "O Instituto", já coloca temor por se caracterizar como um dos melhores serviços de inteligência internacional.

H-Hawk: Sigla para UH-60 Blackhawk, um dos helicópteros de combate usados pelas forças miliares.

H155: Considerado um dos helicópteros mais avançados em tecnologia de voo no mundo, é usado para diversas missões, tendo uma autonomia de voo ampla.

Porta-aviões: São navios de guerra que tem como intuito servir de base aérea e representam um grande poderio militar. Atualmente, os Estados Unidos são os que possuem o maior número de embarcações desse porte, com onze no total, sendo considerado uma superpotência, já que a Marinha Americana opera super porta-aviões com grande capacidade bélica.

U.S.S Marula: Nome fictício do porta-aviões comandado pelo Capitão Masterson e que já esteve sob comando do Major Justin Bradshaw (*Ghosts*). A maioria dos porta-aviões americanos recebem nomes que homenageiam seus ex-presidentes ou autoridades reconhecidas no meio militar.

Marpat: Abreviatura para Marine Pattern, ou o padrão de estampa camuflada dos fuzileiros navais.

Kevlar: Os coletes à prova de balas são constituídos de várias camadas de proteção, sendo que no meio delas há um núcleo de para-aramida, tecido de fibra sintética flexível e leve. O polímero que a constitui suporta altas temperaturas e chega a ser cinco vezes mais resistente que o aço.

Dog Tags: É como são chamadas, informalmente, as placas de identificação militar. Os dados registrados são: patente, sobrenome, tipo sanguíneo e outra informação relevante.

EPT/TEPT: Estresse Pós-Traumático é um transtorno que pode durar meses ou anos após a exposição a algum evento e que pode trazer de volta as memórias do trauma sofrido, seja com efeitos fisiológicos ou alterações emocionais. Deve ser tratado com psicoterapia e auxílio medicamentoso para controlar os sintomas.

NOTA DA AUTORA

Embora façamos pesquisas para que os dados sejam os mais verdadeiros possíveis, é importante lembrar que esta não passa de uma obra de ficção, e que a licença poética permite que muitas situações sejam narradas de maneira que possam fluir de acordo com a narrativa.

Nem sempre os acontecimentos realmente serão condizentes com a realidade, seja por aspectos burocráticos ou organizacionais dentro da esfera político-militar.

Que também fique claro que as situações expostas nada mais refletem que a imaginação do autor para adequar o enredo, sem, em hipótese alguma, se valer de preconceito cultural ou religioso.

SHADOWS

A modéstia é para o mérito o que as sombras são para um quadro.
Dão-lhe forma e relevo.
Jean de la Bruyere

PRÓLOGO

21h42

O banco de areia onde estava de tocaia oferecia um apoio perfeito para abater os alvos que começavam a se aproximar. Por mais que a praia estivesse imersa em escuridão, as luzes dos jipes ofereciam iluminação suficiente para detectá-los como formigas fugindo de um formigueiro.

Fechei um olho, focando com o outro pelo escopo do meu rifle, mirando em direção ao primeiro homem que tentava se aproximar da rampa do embarcadouro.

O zunido mal pôde ser ouvido assim que o projétil alcançou o alvo. E aquilo foi o suficiente para dar início aos disparos dos criminosos, que tentavam atingir uma sombra em meio ao breu da noite.

O restante dos *Recons* contra-atacou, enquanto eu mantinha meu objetivo de eliminar aqueles que tentavam correr em direção ao cargueiro ancorado à praia deserta.

Mais dois tiros certeiros e minha atenção se voltou para o que acontecia no convés. Meu coração estava acelerado, batendo furiosamente contra o peito, porque mesmo a pouca iluminação na embarcação foi o suficiente para me mostrar a mulher que lutava com bravura contra os homens que ainda se mantinham de pé.

E naquela noite, pela segunda vez em minha carreira, abandonei meu posto como *sniper* para tentar chegar até ela, antes que fosse tarde demais.

PROPÓSITO

TEAGAN

16h45

Teag. É assim que meus amigos me chamam quando querem reduzir meu nome. O que muitos não sabem: esse é exatamente o som do estampido que um tiro certeiro do meu rifle McMillan 50 faz.

Teag. O som que alguns não ouvirão quando a bala atingir o alvo. Por quê? Porque já estarão mortos.

Sim, eu sei. Tenho uma ocupação que poderia parecer suspeita se não pertencesse ao grupo de Operações Especiais Táticas, mais conhecido como *Recons*, ou Esquadrão de Reconhecimento do Corpo de Fuzileiros Navais da Marinha Americana. Éramos da turma dos fodões. Havia uma disputa acirrada entre os *Seals* e nossos garotos, até mesmo porque pertencíamos à mesma força militar, mas vamos lá... Que cara gostaria de ser confundido inicialmente com uma foca, pelo amor de Deus? E vou dizer, essa sempre era a primeira impressão que algumas pessoas tinham quando não se inteiravam das paradas militares.

— *Você tá brincando, Ryan... Jura que a garota perguntou se vocês nadavam como focas quando estavam nas operações marítimas e usando Neoprene?* — *Teagan começou a rir e quase cuspiu a cerveja na cara dos companheiros da base.*

— *O pior nem foi isso, Teag. O mais aterrador foi a garota ter perguntado se o nome Seal[1] era exatamente por conta do mamífero, porra.*

As risadas explodiram na mesa. Ninguém aguentou. Imaginar o gigante Ryan como uma enorme foca fazendo natação era demais para os miolos de Teagan.

---

1 Foca em inglês.

E era sempre assim. As histórias se agrupavam e se somavam às outras com o mesmo enredo. Muitas pessoas não se atentavam que a sigla para *Seal*² tinha tudo a ver com os elementos onde os bastardos agressivos agiam. Mar, ar e terra.

Tenho que confessar que, de início, antes de me alistar, eu realmente pensei em fazer parte dos Navys, mas a coisa mudou de figura quando, no recrutamento, conheci Scott Bromsfield, que veio a se tornar um dos meus melhores amigos. Irmão, na verdade.

Uma das qualidades entre os fuzileiros – acredito que até mesmo entre todas as forças armadas – é o fato de que ali dentro você faz parte de uma irmandade. Cada oficial alistado passa a ser parte integrante de uma mesma família, e é claro, como em todo grupo social, existiam aqueles que se adequavam melhor ao seu estilo e personalidade.

Scott era o meu oposto, e talvez tenha sido um dos poucos a quem eu devo minha vida. Digo isso porque como minha função sempre foi a de *sniper*, um atirador de elite que estava ali para proteger a retaguarda em uma missão, então, quase sempre era eu quem "salvava" a pele deles.

Resolvi me alistar no corpo de fuzileiros navais porque, aos dezoito anos, era tudo o que me restava de esperança. Vindo de uma família de fazendeiros, do interior do Oregon, eu sempre havia sonhado em crescer na vida. Não queria acabar como meu pai, completamente desgastado pela rotina diária para produzir laticínios para nossa cidadezinha. Tillamook era um condado reconhecido exatamente pela enorme quantidade de fazendas produtoras, o que tornava a cidade um centro bastante visitado por conta dos famosos queijos produzidos.

No entanto, nunca fui um apreciador de leite, assim como não era fã da vida campestre. Meu destino usual, quando adolescente, era pegar a estrada para Tillamook Bay, a fim de me enfiar dentro da mata litorânea, encerrando com nado livre no Oceano Pacífico.

E dali veio a paixão pela Marinha. Com toda a certeza, meus pais não ficaram nem um pouco satisfeitos quando decidi me alistar, mas uma das minhas maiores características – e que poderia até mesmo ser considerada um defeito –, era que quando me decidia em fazer algo, nada poderia me impedir. Ser um fuzileiro se tornou o meu maior objetivo àquela altura do campeonato.

---

2 Seal: Sea, Air and Land.

De tempos em tempos, eu recebia um telefonema da minha mãe, e as queixas eram sempre as mesmas: que eu deveria voltar para tocar a fazenda, no lugar do meu pai. Embora sentisse certo peso na consciência, imaginando meu velho cada dia mais esgotado, ainda assim, seria errado e injusto dizer que estava arrependido pelas escolhas que fiz na vida.

Foi ali dentro do Corpo de Fuzileiros Navais que me encontrei como pessoa. Descobri meu propósito ao me tornar um *marine* e fiz de tudo para superar todo o empenho desperdiçado quando estava na escola. Assim que ingressei na Academia, e no instante em que fui recrutado para o curso de formação de oficiais elite, senti que minha vida ganhara o rumo certo. Estaria defendendo meu país, honrando minha bandeira. Mais do que tudo: sentiria orgulho dos meus feitos por ter sido eu mesmo a trilhar. Não estaria seguindo os passos de alguém, e, sim, criando os meus próprios.

Cada incursão, no início, era vista como uma chance de crescer ainda mais. Passei por diversos comandos, mas o que me trouxe mais realização foi quando acabei sendo convocado para a base marítima no porta-aviões comandado pelo Major Bradshaw. Sempre que estávamos na base naval, minha esquipe de ação era comandada pelo também experiente Capitão Masterson, que nos ensinou o real sentido de companheirismo em missão.

Tão logo alcancei a patente de tenente, decidi que minha carreira militar seria extensa. Muitos jovens se alistavam, cumpriam o tempo de serviço requerido e se afastavam das forças armadas. Chegamos a calcular que o tempo médio que um militar levava era em torno de três, quatro anos, até que a guerra começasse a foder seus miolos. Aqueles que chegavam às Forças Táticas, acabavam ficando um tempo mais longo, mas os horrores vividos também chegavam, em algum momento, e cobravam seu preço.

Eu era fuzileiro há doze anos, sendo que nos últimos nove fazia parte dos *Recons*. O Major Bradshaw, ou Justin, para aqueles que conquistavam o direito de chamá-lo de amigo, havia sido um ícone na época em que atuava como soldado de elite. O codinome que levava até hoje reverberava no meio da corporação: *Ghost*. Ninguém nunca conseguira atingir o nível do cara. Poderíamos chegar perto, mas não nos igualávamos à maestria dele em ação. Lutei muito para conquistar o direito ao meu próprio codinome: *Shadow*.

RETORNO

TEAGAN

17h57

Depois da missão confidencial junto ao Major Bradshaw, eu e Scott tiramos alguns dias de descanso, onde acabamos na cidade natal de Justin, para, somente em seguida, pegarmos o rumo de alguma metrópole.

Naquele meio-tempo, não entrei em contato com meus pais, porque para mim não fazia o menor sentido. Uma viagem até o Oregon consumiria boa parte daqueles dias de folga, então optei em manter o sigilo sobre a minha presença no continente.

Pensando naquilo, senti remorso por não ter feito o mínimo esforço em tentar visitá-los antes de ir à base. Nós nunca sabíamos se aquela poderia ser a última vez que partiríamos do país. Não sabíamos se nossos parentes receberiam de volta apenas a *dog tag*, uma bandeira americana cuidadosamente dobrada e o caixão. Às vezes, nem esse último era possível.

— Teag — Scott chamou minha atenção. Estávamos já embarcando na aeronave que nos deixaria no porta-aviões que em breve mudaria o curso à beira do Golfo Pérsico.

— O quê? — Retirei os óculos de sol, modelo aviador, que me deixava quase a cara do Tom Cruise, só que loiro, e o encarei.

— Por que você nem sequer ligou pra sua mãe? — questionou.

Nos dias em que passamos juntos, Scott fez questão de falar com a irmã mais velha quase todos os dias. Ele não tinha pais, mas a irmã era a que lhe dava o alento de ainda ter uma família. Ela e os oitocentos sobrinhos que possuía. Quando o questionei sobre visitar sua cidade natal, ele apenas disse que não era o momento. Embora tenha imaginado que meu amigo estivesse guardando segredos, não o pressionei por mais informações.

— Cara... nós viemos para ficar por pouco tempo, certo? Quero dizer, teríamos que cumprir os dois meses de folga, mas nem pudemos comprar as passagens para alguma ilha paradisíaca recheada de mulheres gostosas.

E isso se deu em quantos dias? Nove? — Ele assentiu, confirmando. — Então... para que ligar para os meus pais e falar "oi e tchau"?

Eu precisava confessar que estava evitando o estresse. Por mais que já fosse um homem adulto, dono da minha própria vida, não estava isento de receber as constantes queixas e reprimendas dos meus pais, que não aceitavam a carreira que escolhi seguir. Na última vez em que estive na fazenda, meu pai e eu nos envolvemos em uma discussão acalorada que não nos levou a lugar nenhum, apenas ao mesmo ponto de desgaste desnecessário.

Um ambiente onde as brigas e discussões superam os momentos de amor e saudosismo não era legal para ninguém. Eu via a angústia da minha mãe em tentar agradar ao marido e, ainda assim, tentar deixar feliz o filho adulto, então resolvi poupá-la disso. Eu simplesmente não aparecia.

Embora parecesse algo cruel de se dizer, era mais fácil lidar com a distância e o sentimento de realização do que com as cobranças incessantes que tendiam a nos fazer sentir vergonha de nossas decisões.

Eu havia prometido dar um jeito de visitá-los no Natal ou Ano Novo, mas sem garantia alguma de que conseguiria cumprir. Além do mais, não tinha mais idade para me esforçar em atender expectativas familiares. Escolhi meu próprio caminho e estou trilhando sem amargura. Não busco reconhecimentos dos meus pais, tampouco vivo procurando aceitação.

— Isso não é desculpa, mas entendo — disse e afivelou o cinto de segurança.

— Falou o cara que nem foi babar o ovo dos sobrinhos — zombei.

— Tive meus motivos para não ir até Richmond dessa vez — respondeu, enigmático.

— Ah, qual é, Scott? Não vai contar os seus segredos? — Parei por um momento e o encarei. — Sabe que agora que estou pensando nisso... percebi que você estava muito calado...

— Eu sou o contrário de você, esqueceu? Você fala mais do que deveria. Eu mantenho a discrição.

Cumprimentamos outros oficiais e recrutas que teriam o mesmo destino e resolvi que já que o assunto não renderia com o Sr. Discreto, então bem que poderia cochilar um pouco. Seria um voo longo o suficiente para fazer isso de sobra.

O porta-aviões *U.S.S Marula* já não seria comandado pelo Major Bradshaw. Aquele filho da puta resolveu aposentar os coturnos, ficando na cidade em que nasceu para viver uma história de amor com Ailleen Anderson.

Tenho que admitir que senti uma inveja saudável do meu superior. Ele estava pegando a fuzileira mais gostosa do porta-aviões. Embora eu só a tenha conhecido quando foi enviada na missão de socorro e resgate

M. S. FAYES

da nossa equipe em terra, ainda assim era inegável sua beleza estonteante.

E eu precisava confessar que passei a respeitar muito mais o poderio feminino nas forças armadas. Nós, homens, tendíamos ainda a pensar que as mulheres eram seres frágeis e que precisavam de cuidados. Que não deviam estar empunhando armas pesadas e em meio a conflitos de guerra.

Ledo engano ao perceber que o vigor e a coragem das mulheres que ingressavam nas forças podiam superar até mesmo os de um homem mais brutal. Eu sabia que podia confiar em qualquer uma que fosse designada para lutar lado a lado, eventualmente.

Embora não fizesse parte das operações padrões, exatamente porque nosso esquadrão era designado para missões de reconhecimento tático e com a necessidade de estratégia prévia, eu sabia que todos os homens e mulheres a bordo daquele porta-aviões exerciam uma função imprescindível para o nosso país.

Estávamos pagando um alto preço a cada dia, fruto e esforço de nosso suor. Mas ao final, quando voltávamos cansados, sabendo que nossa missão estava sendo cumprida, lutando para evitar que países menores fossem dominados por potências que acreditavam ter a hegemonia sobre eles... então, sim, valia a pena.

SHADOWS

RASTRO SANGRENTO

ZILAH

17h52

O suor constante colocava em risco minha missão naquele exato momento. Eu sabia que devia manter a concentração na cena que ocorria à frente, pouco mais de 500 metros, vista de cima do prédio em que eu me encontrava deitada no chão.

Para minha sorte, os óculos protegiam contra o sol e o suor salgado, que poderia deslizar diretamente nos meus olhos. Fechei um deles e firmei o foco na mira do meu rifle M-200, averiguando a distância através do escopo.

Dois rebeldes do grupo terrorista mantinham a guarda da porta desgastada de madeira. Eles não faziam ideia de que receberiam uma visita inesperada pelos flancos esquerdo e direito – em menos de um minuto – dos meus companheiros de missão.

Estávamos em uma operação secreta para o Governo de Israel, com o objetivo claro de abater um dos parceiros de Kumar Al'Mayoun, um político influente e aliado do regime ditatorial sírio. De acordo com os dados colhidos, Omar Hassun era um dos líderes do grupo e braço direito do homem, agindo, inclusive em um esquema com a intenção clara de dar início a uma onda de terror contra a Síria e, possivelmente, contra Israel.

Embora Israel não se envolvesse em conflitos diretos contra o país, quando algo poderia respingar sobre a segurança de seu povo, o governo decidia enviar as equipes que agiam por baixo dos panos.

— Zilah, na escuta? — Ibrahim Miller perguntou, em um sussurro que indicava que estava cada vez mais próximo dos alvos.

— Sim, Ibo, onde mais eu estaria? — respondi com ironia.

— Em cima de uma árvore, tirando um cochilo? — Jacob completou.

Meus olhos reviraram em puro desgosto. Jacob Berns não concordava que eu integrasse o time da operação que havia sido repassada ao Mossad. Eu fazia parte da IDF, mais precisamente, as Forças de Defesa de Israel, e integrava o Exército com atuação em terra havia mais de cinco anos, e naquela missão em específico, meu comandante solicitara que atuasse ao lado da equipe designada a se infiltrar em Syraz, um pequeno vilarejo ao norte do Chipre.

Jacob fazia questão de deixar às claras que era contrário à minha presença no grupo de agentes do Mossad, mas também não tinha nenhum poder de decisão para ir contra as ordens do Departamento de Defesa de Israel.

Quando meu comandante, o General Cohen, me chamou em sua sala cerca de sete meses atrás, pediu sigilo mais do que absoluto por conta da razão de sua solicitação para a minha incursão junto ao pequeno grupo de espiões do Serviço Secreto de Israel.

Até então eu não sabia que compartilhávamos a mesma dor pela perda de uma pessoa amada. O General Cohen era tio de Aaron, meu noivo que havia sido morto em uma operação secreta dois anos atrás.

Nunca cultivei o desejo de vingança pela morte precoce de Aaron. Eu sabia dos riscos que nossas carreiras impunham, assim como ele conhecia o potencial risco de adentrar um covil de ódio extremo.

No entanto, eu não soube, naquele momento, qual era a natureza da operação em que ele havia se envolvido. Aaron deixou o cargo de Capitão no Exército e foi recrutado para integrar uma equipe tática do Mossad seis meses antes de morrer. Ele havia passado no principal teste para averiguar se estaria apto ao serviço, quando ficara infiltrado durante dez dias em uma comunidade do Islã. A regra dizia que se um agente conseguisse passar despercebido por sete dias, já estava mais do que apto a executar qualquer atividade ou operação designada.

Nós havíamos nos conhecido nas forças armadas, e chegamos a nos encontrar em diversas bases antes de trabalharmos juntos pela primeira vez durante as rondas que nosso batalhão exaustivamente efetuava nas cercanias da cidade de Ramalah. Burlar o sistema e a política de "nenhum relacionamento" por ali fora difícil, e só agora eu entendia a razão de nunca termos sido chamados à atenção do quartel ao qual fazíamos parte.

Aaron provavelmente usara da influência de seu tio, o grande comandante, para que passássemos ilesos pelos testes de averiguação que nos submetiam.

SHADOWS

17

Lidar com sua morte foi uma das coisas mais difíceis que já tive que fazer. Embora não pudesse dar uma total certeza se o amava além do limite da razão, o carinho e companheirismo que encontrei nele foram cruciais para que eu sobrevivesse ao período mais tenebroso da minha vida. Meus pais tinham acabado de se separar, e meu pai se mudou de Israel, seguindo uma nova namorada que havia arranjado na Itália. O peso daquela decisão acabou sendo um golpe fatal para a fragilidade de minha mãe, que morreu um mês depois, em decorrência do agravamento de uma pneumonia.

Eu não tinha irmãos a quem recorrer, e meu pai nunca fora uma escolha, afinal, a decisão de abandonar a família havia sido dele. Na época, estava com pouco mais de dezoito anos e, ao contrário de muitos países, em Israel, as mulheres aptas também eram designadas ao serviço militar obrigatório. Depois de dois anos, poderíamos deixar as forças, tendo que nos alistar ao menos uma vez por ano, por um período de trinta ou sessenta dias, até que completássemos vinte quatro.

Não foi preciso muito esforço para que eu optasse em seguir carreira. Fazer parte da *Tzahal*, como era conhecida as Forças de Defesa de Israel, acabara trazendo um propósito de vida para mim. Por mais incrível que pareça, no início eu amava os treinamentos intensivos e desgastantes, que me faziam chegar ao quarto com os ossos e músculos derretidos, sonhando em apenas dormir. Dessa forma, não tinha tempo para me condoer por ter perdido a única família que possuía.

Aos vinte e um anos, acabei sendo selecionada pelo comandante do meu esquadrão na época para me inscrever no *Gibbush*, campo de recrutamento da equipe dos *Sayeret Matkal*, as forças especiais. Por serem uma Unidade de Reconhecimento e Extração de Reféns, os soldados que conseguiam vencer os treinamentos mortais se tornavam o grande trunfo do *Tzahal*.

Foram necessários quase dois anos para que eu finalmente conseguisse a almejada condecoração por excelente desempenho na formação. Numa força militar de operações táticas onde 95% eram homens, ser uma mulher condecorada com honras era um grande feito.

Infelizmente, não pude usufruir daquela felicidade ao lado de Aaron, pois cerca de semanas depois da graduação, ele morreu em serviço.

O ruído do comunicador auricular me trouxe de volta ao presente.

— Você está em posição, não é? — Ibrahim confirmou.

— Pelo amor de Deus, Ibo. Estou aqui há muito mais tempo do que vocês desde que vestiram suas roupas táticas — respondi. — Precisa que eu sinalize com o laser do meu rifle na sua testa?

— Não. Desculpa. — O som de sua risada preencheu o silêncio no dispositivo auditivo. — Mahidy já fez contato?

— Ainda não.

— Qual é a posição?

— Dois homens à frente, provavelmente mais dois logo atrás da porta, se eles obedecerem ao protocolo de segurança do figurão que estão protegendo.

O sinal do comunicador indicou que Mahidy Baum estava na escuta.

— Zilah, pelo detector de calor, ainda há mais três homens no andar superior, sendo que dois deles estão na janela do lado esquerdo do prédio. Logo à sua frente você poderá ver a janela frontal. Confere? — o chefe da operação informou.

Mahidy era o que poderíamos dizer de um "chefe justo". Em nenhum momento ele me diferenciou pelo fato de ser mulher e estar inserida na equipe seleta. Sendo de família mista, com pai israelense e mãe palestina, ele era a epítome do que uma aliança não gerida pelo ódio poderia fazer. Ele era o que havia no melhor dos dois mundos.

Na última missão em que estive com meu pelotão, no meio de uma vila em Haysa, pude ver o quanto o ódio racial impera em qualquer situação.

A casa onde fizemos a checagem de um suspeito de organizar um ataque a uma das bases militares na Faixa de Gaza estava cheia de crianças. Nossas ordens sempre foram as de nunca ferir mulheres ou crianças que não oferecessem riscos.

No entanto, quando entramos na casa subterrânea, tivemos que desviar da onda de ódio e palavras rudes, acompanhadas de cusparadas dos pequeninos que estavam ali. Enquanto a mãe e a avó se mantinham quietas, as crianças não deixaram margem de dúvidas de que possivelmente estavam sendo doutrinadas desde cedo a proliferar a rivalidade a qualquer israelense que pisasse território árabe.

O olhar que podíamos detectar naqueles rostos aparentemente inocentes, era um que eu não esqueceria tão cedo. Na disputa interna por territórios, desde os tempos mais remotos, ficava claro que os sentimentos tomavam proporções inacreditáveis.

Fomos ensinados a nos odiar desde cedo. Crescemos ouvindo que precisávamos salvaguardar os nossos direitos que há muito tempo estavam tentando ser usurpados. Israel enfrentava o ódio irascível de muitos outros povos. Poderíamos até mesmo nos considerar uma nação forjada no fogo. O povo hebreu sobreviveu desde os relatos bíblicos à forma mais atroz de escravidão, mas fomos libertos.

A guerra político-social e religiosa ultrapassava muitas vezes as questões territoriais que estavam ainda bastante arraigadas ao passado histórico de cada povo.

— Zilah, você conseguiu uma boa visão de onde está? — Mahidy perguntou.

— Sim, senhor. Ao seu comando, as duas sentinelas da frente poderão ser neutralizadas. Seguido dos homens no piso superior que estão na mira.

— Ótimo. Ibrahim e Jacob, tudo pronto?

— Sim, senhor.

— Vão.

A movimentação dos dois agentes foi furtiva, mas eficaz. Antes que chegassem ao perímetro, dois tiros certeiros foram disparados contra os homens à frente do prédio.

O primeiro caiu contra a amurada, e o tempo que o segundo homem levou para perceber que algo havia acontecido foi o suficiente para que fosse neutralizado em seguida.

Conferi o escopo do rifle para dar cabo dos homens que foram detectados à janela do segundo andar. Com o ruído dos corpos sendo abatidos, um dos homens se aproximou da abertura frontal, por entre as cortinas. Nem bem chegou a colocar a cabeça para fora, quando meu dedo pressionou o gatilho.

O zunido do disparo enviou o segundo homem para o mesmo destino.

— O terceiro elemento informado não se encontra no alvo — informei ao chefe.

Nesse meio-tempo, os dois agentes do Mossad já haviam entrado na casa e, em questão de três minutos, saíram acompanhados do suspeito que vieram buscar.

Esperei por mais um minuto para ver se haveria alguma movimentação que delatasse nossa presença por ali.

Enquanto a van branca parava e resgatava os agentes e o agora refém, reuni meus pertences com uma agilidade que impressionaria qualquer outro *sniper*, e ouvi as instruções pelo comunicador.

— Zilah, uma van cinza está te aguardando na esquina a dois quarteirões. Dê o fora daí.

Desmontei o rifle e guardei tudo na bolsa de mercado que levei como disfarce. Ajeitei o *niqab* em meu rosto, tendo certeza de que cobria todos os meus traços, deixando apenas os olhos de fora.

As escadas do pavimento onde me encontrava eram íngremes, mas consegui percorrer o trajeto com agilidade, mesmo que estivesse usando um vestido longo e negro, como as moradoras da pequena vila perdida no mapa.

Somente quando cheguei à rua foi que passei a agir como uma mulher comum das redondezas, como se tivesse acabado de voltar do mercado mais próximo.

As duas ruas abarrotadas de mercadores poderia ser um excelente refúgio para me camuflar mais ainda, caso alguém supusesse que uma mulher estivera na operação sigilosa a alguns metros dali.

Quando cheguei à esquina indicada, a porta lateral da van cinza se abriu, e entrei sem mais delongas.

— Belos tiros — Mahidy disse, com um sorriso no rosto barbado.

— Como sabe, se não viu? — brinquei.

— Não preciso ver para ter certeza, querida. Você supera qualquer atirador que já tive em minha equipe.

— Obrigada.

Mantive o *niqab* até que estivéssemos longe da área. As ruas do vilarejo foram ficando para trás, e só assim pude respirar com tranquilidade.

Eu já havia me enfiado em missões difíceis e perigosas no exército. Isso não era novidade. No entanto, operações onde envolvia outra equipe à qual não estava habituada eram as que me deixavam tensa, até que pudesse finalmente ter certeza de que fora bem-sucedida.

Qualquer imprevisto poderia acontecer, e mesmo que os índices de fracasso das atuações dos grupos do Mossad fossem baixíssimos, ainda assim, eu preferia me precaver de todas as formas.

Eu não tinha um desejo suicida de entrar em uma missão e não sair viva dela.

Já bastava as pessoas que eu precisava – em defesa de uma operação – deixar mortas para trás. As sombras de suas almas me atormentariam logo mais, assim que fechasse os olhos na hora de dormir.

Mesmo já tendo participado de inúmeras incursões onde minhas habilidades de *sniper* eram requeridas, nunca havia me acostumado a deixar um rastro de sangue e morte para trás.

Nem uma única vez.

SEM PERGUNTAS

TEAGAN

22h23

Acordar com um sobressalto não era agradável, em hipótese alguma. Ainda mais se você estivesse esgotado depois de horas de treino exaustivo com os companheiros.

Scott não tinha a delicadeza de apenas chamar pelo nome, o que seria eficaz, já que meu sono era leve. Não. Ele precisava jogar a sacola com as armas que cada fuzileiro precisava manter próximo a si, exatamente em cima dos meus países baixos.

— Pooorra, Scott! Que merda é essa? — gemi em agonia.

O som da risada escrachada me fez abrir os olhos, e a vontade súbita de espancá-lo até a morte quase se tornou grande demais para resistir.

— Levante-se. Temos uma operação dentro de algumas horas.

— Desde quando?

— Desde que o Capitão Masterson acabou de informar.

Massageando minha virilha e conferindo se minhas bolas ainda estavam por ali, levantei-me da cama de um pulo.

— Caralho, Scott. Pretendo ter filhos algum dia, sabia?

— Sério? — caçoou. — Sempre achei que você levaria a vida de solteiro para o resto da vida.

— Vai demorar, tá bem? Até eu me assentar com uma felizarda que me terá a noite inteira, vai demorar. — Esfreguei o rosto, tentando mandar o sono embora.

— Imagino... e enquanto isso...

— Eu me divirto com as solteiras que não exigem mais do que duas horas ou quatro, dependendo da performance.

Scott revirou os olhos e bufou.

— Cara, você ao menos se escuta quando está falando?

— Claro que não, imbecil. Deixo isso para vocês, com quem tenho que compartilhar minhas pérolas de sabedoria. — Retirando a farda da sacola ao pé da cama, comecei a me vestir. — Mas diga aí... algum adiantamento do que se trata? — Nem ao menos esperei pela resposta. Fui até o banheiro minúsculo que mal comportava meu corpo para escovar os dentes e passar uma água no rosto.

Estávamos no Mar Mediterrâneo há mais de três meses e fazíamos operações de reconhecimento tático de tempos em tempos. Ainda não havia nenhum sinal de risco evidente que justificasse uma incursão mais a fundo nos territórios hostis às forças americanas. Basicamente estávamos vivendo à base de treinamentos físicos e condicionamento.

— O capitão apenas convocou a equipe Delta para encontrá-lo na sala de reuniões.

Olhando de soslaio, percebi que Scott já estava a postos, tendo organizado com precisão sua mochila tática em cima da cama.

— Quanto tempo eu tenho? — perguntei, enquanto calçava os coturnos.

Olhei para cima para ver Scott mexendo em seu celular.

— Scott!

Erguendo o rosto concentrado, ele apenas respondeu:

— Seis minutos e quarenta e dois segundos.

— Caramba, por que ser tão rigoroso assim no cronômetro?

Scott guardou o celular no bolso da calça cargo e deu um sorriso sarcástico.

— Porque é o meu rabo que fica na reta se você não cumprir a ordem imediata.

Em menos de três minutos eu estava de pé, caminhando ao lado de Scott, e levando minha mochila tática pendurada em um dos ombros.

Ao subirmos para a plataforma, seguindo rumo à sala de operações, fomos saudados por vários oficiais pelo caminho.

Todas as vezes que um grupo de operações especiais saía em ação, os outros fuzileiros da base comemoravam como se o sucesso já fosse garantido.

Tudo bem, éramos fodões e tudo mais, mas sempre havia um risco, mesmo que mínimo, que alguma coisa pudesse dar errado. Todos os riscos eram calculados mediante as possibilidades.

Batemos à porta e entramos sem esperar resposta. O Capitão Joseph Masterson já nos aguardava com mais quatro oficiais *Recons*.

— Tenente Collins e Tenente Bromsfield, sejam bem-vindos — o capitão disse, com um sorrisinho irônico no rosto. — Espero que não tenham deixado coisas importantes demais a fazer, para justificar o atraso.

— Nah, Cap. Está tudo tranquilo. O que não fazemos pelo senhor com um sorriso feliz, não é? — respondi, recebendo um cumprimento do meu superior. Um belo tapa no ombro.

Vendo que Jensen, Dylan, Tyler e Dougal já estavam ali, restou a mim e Scott pegar os assentos restantes na mesa de reuniões. Aquilo ali era sempre um indicativo de que ele pretendia traçar alguma missão estratégica, já que quase nunca éramos chamados à sala de reunião para um bate-papo informal.

— Pois bem, o Comandante Richardson nos passou uma ordem imediata de operação. Teremos que nos infiltrar em um vilarejo na ilha de Chipre, para que possamos acompanhar uma transação que tem início no campo de refugiados da Síria e fechamento em Key West, Flórida — disse, em poucas palavras.

— Uau, meio longe, não? Não sou muito bom em geografia, mapas e essas merdas, mas até eu sei que existe um oceano de distância de um ponto ao outro — comentei.

— Não só um oceano. Há uma rota muito bem-executada que tem servido para despistar qualquer investigação — o capitão emendou. — Um esquema muito mais sombrio do que podemos imaginar, embora em nosso ramo já tenhamos visto de tudo.

— Certo, e o que seria? — Dougal deu voz à pergunta que ressoava na cabeça de todos nós.

Capitão Masterson sentou-se à beira da mesa e fincou a ponta do dedo sobre o mapa.

— Tudo começa aqui: na Síria. Mulheres jovens, incluindo crianças, estão sendo sequestradas nos campos de refugiados no Líbano — seu dedo ia acompanhando o trajeto lentamente —, em seguida, elas são colocadas em um navio cargueiro de pequeno porte que parte em direção ao extremo norte da ilha do Chipre, próximo à província de Famagusta.

Estávamos acompanhando com atenção as informações que nosso capitão nos passava.

— Elas chegam a ficar cerca de três dias ancoradas em um pequeno vilarejo na costa de Protaras e, até onde minha fonte informou, são mantidas em uma espécie de armazém no cais do porto. Antes disso, no entanto, ocorre a transação entre os sequestradores e os receptadores.

— E depois disso? — Scott perguntou.

Masterson se levantou e deu a volta na mesa, pegando um alfinete vermelho para posicionar no imenso mapa *mundi* que estava fixado na parede.

— Depois disso, elas são embarcadas em outro navio de carga, e chegam a ficar até cerca de vinte dias em alto-mar, rumo à América do Norte. Mais precisamente, Flórida. Algumas delas nem chegam vivas ao destino.

— Por que Flórida? Melhor, por que Key West? — perguntei, sem entender.

M. S. FAYES

Todo mundo sabia que uma das rotas de tráfico de mulheres tinha como destino Nevada, já que muitos cassinos de prostituição se encontram em Las Vegas.

O capitão posicionou outro alfinete, com uma linha atravessada entre o extremo de Key West e a ilha de Cuba.

— Porra, elas são encaminhadas para Cuba?

Olhando para nós, ele disse com seriedade:

— Não é o objetivo final, mas o principal financiador de toda essa troca é um milionário que reside na ilha, Pablo Montez.

— E estamos falando apenas de tráfico humano? — Dylan questionou.

— Um dos objetos de troca são as mulheres. O outro é um extenso carregamento de armas.

— Eles estão trocando vidas inocentes e totalmente fodidas de um país esfacelado pela guerra... por armas? Do outro lado do oceano? O ditador sírio não é aliado da Rússia? — comentei. Se estivesse interessado em armas, não seria bem mais fácil consegui-las através de seus contatos?

— As armas estão sendo destinadas para fins terroristas. Há todo um esquema orquestrado por trás, um pano de fundo que cria o disfarce perfeito. Dentre o governo, há um grupo separatista, comandado por um político de alto-escalão, que mantém os cofres cada vez mais cheios por estar fazendo acordos com grupos terroristas espalhados pelo Oriente Médio e Europa.

— Bom, isso vai meio que contra a própria causa, não? Ele está agindo em meio a uma guerra civil, com o objetivo de armar outros guerrilheiros por quê? — Scott quis saber.

— Por alianças improváveis. E, principalmente, por muito dinheiro. Um carregamento com cerca de trinta mulheres chega a valer cerca de três milhões de dólares em fuzis de vários calibres, bem como bombas de tecnologia cubana, que tem se mostrado quase superior em seu poder letal. Para piorar, até mesmo ogivas nucleares estão sendo comercializadas.

Masterson voltou à mesa, encarando a todos nós.

— O tráfico humano, por si só, já é um crime absurdo contra a humanidade. São pessoas que estão sendo negociadas como se fossem animais. As garotas mais novas são escravizadas em casas de prostituição e são mantidas drogadas, de forma que nunca consigam fugir — ele disse. — São levadas para bem longe de seus familiares. É o esquema perfeito: as que estão ali não têm um lar para voltar. Mas há algo por trás que nos move também em direção ao objetivo principal dessa organização.

— Produzir ataques terroristas fora dos grupos usuais, o que dificulta o nosso governo a saber a fonte — afirmei.

— Exatamente. E nisso, há também o interesse do Governo de Israel para que tudo seja desbaratado. Os terroristas têm como objetivo destruir a nação. Por isso, o governo dedica seu ódio não somente a eles, como ao povo americano também. Mas ele se vale de outros grupos, além dos já conhecidos pela Segurança Nacional dos Estados Unidos, para que os ataques se espalhem de alguma forma.

Cocei a cabeça, compreendendo toda a complexidade daquela rota criminosa.

— E de onde vem a fonte que você citou pouco antes? — Scott sondou.

O capitão se sentou e cruzou as mãos à nuca, inclinando-se na cadeira.

— Estamos contando com a colaboração de um oficial do exército israelense que tem agido como uma espécie de agente infiltrado no Mossad, e é exatamente ele quem nos transmite as ações em tempo real. — Olhou para o relógio militar em seu pulso esquerdo. — Nesse instante, eles estão seguindo um dos percursos executados pela organização. E somente quando pegaram um dos comparsas é que souberam que o destino da rota era os Estados Unidos.

— Aí, nosso general deve ter recebido um telefonema amigável do outro comandante do Ministério de Defesa israelense... — concluí.

— Exatamente. Com a diferença que a unidade de Direção de Inteligência Militar assumiu a tarefa. Há uma razão para que o Mossad esteja envolvido na história, mas isso ainda não chegou até mim. Nossa missão é fazer o reconhecimento exato da origem do próximo carregamento, interceptando da maneira mais limpa possível.

— E quanto a Key West? Há um local específico onde as outras mulheres que já foram traficadas estão? — perguntei.

— Muitas estão sendo mantidas em um cassino que está sob investigação dos Federais. No entanto, como sempre, o Governo exige uma ação da nossa parte quando precisa assumir as rédeas da situação.

— O que queremos saber é se nossa operação será simultânea à extração das vítimas — Scott sondou, balançando a perna em um tique nervoso.

— Duas equipes de *Seals* já estão a postos apenas aguardando o momento certo para fazerem a extração — ele informou.

— Mas, porra, por que já não tiram as garotas de lá antes? — Dylan indagou, revoltado.

— Porque, se agirem agora, os cabeças da operação saberão e se recolherão para que não sejam pegos — eu mesmo informei. — E para se aniquilar um ninho de cobras...

— É preciso cortar a cabeça que dá cria aos filhotes — Masterson completou.

— Certo. E partimos quando? — perguntei, já ansioso pela ação.

— Em cerca de três horas. O *H-Hawk* vai deixá-los no meio da madrugada próximo à costa de Protaras. É de lá que vocês farão contato com o agente destacado e assumirão a missão de interceptar o carregamento.

— Certo, mas... ainda não destruiremos o ninho, verdade? Se elas são capturadas no campo de refugiados no Líbano... — conjecturei.

O capitão caminhou ao redor, colocando o dedo indicador sobre o país.

— Por mais incrível que possa parecer, Israel está mais do que preparada para aniquilar os mandantes da organização criminosa, ainda que não seja aliada do Líbano.

— Há algum interesse por trás de tudo isso? — Scott perguntou, com uma sobrancelha arqueada.

— Sim. Mas não sabemos qual. Cabe a vocês, durante a operação, "reconhecerem" — gesticulou as aspas — as informações que não estão sendo transmitidas com total transparência.

Eu e Scott nos entreolhamos, entendendo o grau de seriedade do assunto tratado.

Em meio ao caos instalado na Síria, por conta da guerra entre o governo ditatorial e os rebeldes, a população se viu alvo de bombas e ataques de armas biológicas.

Todos os telejornais retratavam histórias sem-fim de refugiados que buscavam deixar o país destruído, colocando suas vidas em risco em travessias arriscadas pelo Mar Mediterrâneo, rumo a países que poderiam recebê-los.

Eu podia sentir a revolta fervilhando meu sangue, já que não conseguia acreditar que além de se tornarem alvos de uma guerra acidental, inocentes também não se viam livres da maldade e corrupção humana.

O Capitão Masterson mostrou diversas fotos tiradas por satélites que mostravam o momento exato em que um grupo de refugiadas era violentamente conduzido até os cargueiros com destino ao Chipre.

Minha vontade era sair dali já munido do meu armamento, para poder explodir os cérebros de alguns filhos da puta que se achavam no direito de negociar vidas humanas.

Se eu bem me lembrava, o caso em que tivemos o privilégio de ajudar Ailleen e o Major Justin, nos Estados Unidos, também estava ligado ao tráfico humano. Os pais dela, assim como um poderoso senador, agiam em conluio com um esquema de corrupção que tinha até mesmo algumas cabeças poderosas no governo americano.

Nossa ordem foi abater e arrancar o joio do meio do trigo, inclusive, das forças militares. E foi o que fizemos. Em uma operação fantasma e

SHADOWS

confidencial, extraímos do sistema alguns malditos criminosos.

— É doentio ver que a escória humana se aproveita das mazelas de um povo para ganhar dinheiro, porra — falei, entredentes.

— Sim. E ver que tudo se resume a dinheiro e poder é mais estúpido ainda. Só que a coisa muda de figura quando nosso Governo vê uma real ameaça terrorista e nuclear sendo arquitetada quase debaixo de seus narizes — Scott comentou.

— Ainda bem que vivemos em um esquema de colaboração com Israel, já que é um aliado poderoso.

Tudo bem que os caras do Exército de Israel eram bons, mas tanto assim que valia o risco de um incidente diplomático com alguns países do Oriente e América Latina?

— O Comandante de Segurança Pública e do Escritório de Guerras está em um combate franco com um esquema armado entre um possível cartel e uma organização criminosa com base na Europa. Dentre suas operações de desmantelamento, acabaram descobrindo esta rota de tráfico e solicitaram aos países aliados da Aliança Internacional que agissem de alguma forma para que o esquema pudesse ser desbaratado.

— E a partir do momento que a sua fonte revelou que essa merda toda saía do Mediterrâneo e estava se dirigindo aos Estados Unidos, fomos acionados — comentei.

— São forças que estão se unindo para evitar que haja guerra declarada com armamento bélico de nível nuclear, é isso? — Scott confirmou minhas suspeitas.

O silêncio se fez na sala de reuniões, enquanto o capitão continuava os argumentos.

— Exatamente. Não podemos nos esquecer das relações estremecidas que os Estados Unidos têm com alguns países, além do combate direto e efetivo contra o Estado Islâmico.

Eu não sabia dizer o porquê, mas achava que estava faltando alguma informação ali. Era um sentimento que realmente provinha dos meus instintos.

Como *sniper*, um dos fatores que sempre precisei contar, além do fato da precisão, era com o instinto. O senso apurado de estar consciente de tudo ao meu redor era excelente para uma missão bem-sucedida, mas ainda havia aquela vibração mística, cósmica, sei lá que porra era aquela, que nos fazia agir baseados em puro instinto.

E era exatamente aquilo que eu sentia naquele momento. Era como se um quebra-cabeça de cinco mil peças estivesse praticamente montado, mas uma pequena pecinha, no meio, e que finalizava a imagem em si, estivesse faltando.

— Teag, você está em qual planeta, irmão? — Scott cobriu a boca para sussurrar enquanto se inclinava para o meu lado. Estávamos parecendo alunos do jardim planejando uma fuga para um recreio antecipado. Bom, não sabia se Scott já havia chegado a cometer aquele delito, mas eu, sim.

— Em planeta nenhum. Estava apenas pensando merda — caçoei. — Como sempre.

Ele deu um sorriso enviesado e sacudiu a cabeça, antes de responder:
— Como sempre.

O telefone do capitão tocou e, com um pedido de desculpas qualquer, ele saiu da sala. Todos nós começamos a falar ao mesmo tempo, tentando traçar uma melhor estratégia para a entrada no ponto indicado.

Cerca de dez minutos depois, o capitão retornou, com o cenho franzido.

— Vamos lá — começou, cruzando os braços à frente —, até onde sei, essa operação está sendo considerada confidencial e está fora da demanda que os fuzileiros têm recebido — disse, olhando para cada um de nós.

Ergui a mão, sem querer perder a oportunidade de perguntar o que se passava na minha cabeça naquele instante.

— Cap, deixe-me ver se entendi — apoiei as mãos cruzadas sobre a mesa —, estamos partindo para uma operação sigilosa, e em outro segmento que não o usual ao qual sempre somos destacados. E digo usual no sentido de guerra às portas, conflitos armados, ameaças terroristas imediatas, essas coisas simples — ironizei e ouvi as risadas dos meus companheiros.

O Capitão Masterson assentiu, acenando para que eu continuasse em minha explanação.

— É como se fosse uma espécie de desvio de atenção ao foco central? Ou existe algo mais que não estamos sendo informados?

Todo mundo concordou em um aceno com aquele questionamento.

— Serei muito sincero — Cap sentou-se na quina da mesa —, as ordens partiram diretamente do presidente. De acordo com o documento "não-oficial" recebido e encaminhado pelo General Sanders, aliado às ordens do Coronel Richardson, *o Governo dos Estados Unidos está contribuindo com o de Israel em um assunto que conta com o interesse dos dois*.

— Mas a impressão é que estamos saindo no escuro — Scott completou meu pensamento.

— Não é muito diferente das missões às quais já fomos designados — o capitão emendou.

— Sim, mas parece estar faltando alguma coisa. Uma peça importante que poderia ser decisiva na tomada de decisões — argumentei.

Nosso superior se levantou e andou ao redor da mesa, dando a volta na sala.

— Vou dizer a vocês o que fui ensinado anos atrás, inclusive um dos lemas do Major Bradshaw quando estivemos sob seu comando. — Fez uma pausa antes de continuar: — Nesse momento, não cabe a nenhum de nós contestarmos as ordens que foram dadas.

Assenti e resignei-me àquela sensação perturbadora, bem como à expectativa de uma nova missão. A adrenalina que corria pelas veias era sempre como a descida enfurecida das lavas de um vulcão em erupção.

Scott bateu no meu ombro e percebi que todos já estavam de pé, com seus planos de ação em mãos.

Eu não sabia dizer o porquê, mas tinha a impressão de que aquela peça que faltava era fundamental para o sucesso da operação.

E mais, até.

Eu sentia que aquela missão poderia ser decisiva na minha carreira militar.

Entrei na cabine, com Scott em meu encalço. Desabei sobre a cama e me recostei à parede, vendo-o se movimentar pelo espaço apertado.

— O que achou dessa missão? — perguntei em um tom sério e pouco usual.

Scott olhou para mim por cima do ombro e abriu sua mochila tática para pegar o colete Kevlar. Aquele era o momento em que tínhamos que organizar cada pequeno item dentro dos inúmeros bolsos que, curiosamente, possuíam uma função específica.

— Honestamente?

— Sim.

Observando os movimentos precisos de meu parceiro de equipe, aguardei por suas palavras, pois sabia que ele, sendo o mais tranquilo e pensativo da turma, sempre tinha alguma opinião pertinente a oferecer.

— Como outra qualquer. Das inúmeras que já fizemos vestindo a farda. Mas talvez você esteja estranhando a diferença do posicionamento do comando. — Sentou-se de frente e passou a mão pelo cabelo curto. — O Major Bradshaw já entregava as coordenadas ao Capitão Masterson, com todas as linhas de raciocínio e alternativas de andamento da operação.

— O que já nos fazia ir preparados para qualquer eventualidade — acrescentei.

— Exato. Parece que o comando, dessa vez, só passou uma ordem para o Cap e pronto.

— Certo. E resta a nós adivinharmos que merda pode dar — declarei. Suspirei fundo, cruzando os braços à frente do corpo.

— Então vamos nessa, não é? Mas acredito que tenha algo grande por trás de toda essa operação — completei.

— Algo maior do que o prenúncio de uma Terceira Guerra Mundial? — Scott indagou, incrédulo.

— Não sei, irmão. Só sei que meus instintos estão gritando como duas velhas loucas.

Peguei a case onde guardava um dos meus maiores tesouros, meu rifle *sniper*, ignorando a risada de Scott. Sem dar mais nem uma palavra, comecei a conferir o equipamento e separar meus itens táticos, vendo que meu parceiro voltou a fazer o mesmo.

De acordo com o capitão, nosso helicóptero decolaria da base naval às 4:30 da manhã, rumo a alguma cidade na costa do Chipre.

Averiguei meu armamento, bem como o rifle de precisão para qualquer eventualidade. Eu não entrava em uma operação sem ele, de forma alguma. Aquele bebê já havia salvado a vida dos meus companheiros, assim como a minha, em diversas ocasiões ao longo de todos esses anos a serviço da Marinha Americana.

Para mostrar todo o meu amor e gratidão pelo meu M16, dei um beijo no escopo sagrado que me permitia enxergar além do alcance de qualquer mortal. Por ser compacto quando desmontado, estava sempre comigo, mesmo que escolhesse levar um rifle de alta precisão de acordo com a operação.

Scott bufou uma risada e sacudiu a cabeça.

— Você é um idiota — afirmou.

— Eu sei — respondi com um sorriso sacana.

— Vai levar o McMillan? — perguntou, ao se referir ao meu fuzil de alta precisão e com capacidade de abater alvos blindados. Não sabia explicar a razão, mas decidi que seria ele o escolhido. Meu precioso.

— Sim. Vamos dizer que essa belezinha está querendo sair para passear — cacoei.

Levou apenas dez minutos para que nosso material estivesse todo preparado. Anos de prática em partir em missões de reconhecimento, de uma hora para outra, faziam isso.

Estávamos mais calibrados do que as miras de nossas armas; mais afiados do que as lâminas de nossas navalhas; e mais calejados que as mãos que seguravam os rifles e fuzis militares.

A vida no serviço militar não era fácil. Em momento algum. Não aliviava os sentimentos de urgência e antecipação que poderiam culminar a

SHADOWS

qualquer instante, ante uma missão que poderia ser a última.

No entanto, eu não a trocaria por nada nesse mundo. E sabia que era por essa razão que nunca estaria à altura do respeito do meu pai. Para ele, um homem de valor era aquele que enfiava a enxada na terra e criava o gado que daria o sustento do lar.

Era o homem que ficava de sol a sol, sobre o lombo de um cavalo, guiando um rancho produtor e bem-sucedido. O cara arriado que chegaria em casa, daria um beijo simples na mulher, comeria sua refeição e dormiria às oito da noite, preparando-se para acordar às quatro no dia seguinte.

Eu sabia o que era a vida na fazenda. Foi a que vivi até os dezoito, quando criei coragem e resolvi caçar meu destino em outro rumo.

Em sã consciência, eu sabia que o que fazia pelo país era digno e nem todos estariam dispostos a fazer. Eu daria a vida pela bandeira que aceitei honrar em meus votos militares.

O risco de viver o inesperado, a cada novo despertar, era o que me motivava a seguir em frente.

SEGUINDO O RASTRO

ZILAH

23h13

O som de um grito me acordou de repente.

Sentei-me, em alerta, tentando me situar e orientar. O balanço do barco agitou meu estômago, e foi preciso conter a onda de náusea que subitamente me atingiu.

Colocando as pernas para fora da rede onde estava deitada, desajeitadamente procurei no bolso da calça cargo a faca alemã que havia ganhado de presente de Aaron, pouco antes de sua morte.

Outro grito encheu o silêncio da noite e percebi que se tratava de algum pássaro noturno, uma coruja, talvez.

— Vá dormir, Zilah — Ibrahim resmungou do canto.

— Perdi o sono — retruquei.

— Não tem essa de perder o sono. Amanhã será um longo dia. Você precisa descansar esse cérebro para a operação — admoestou.

Estávamos já na segunda semana desde que extraímos o comparsa de Kumar Al'Mayoun.

Não foi preciso muito esforço dos agentes do Mossad para conseguirem arrancar algumas informações importantes sobre a missão à qual fomos designados. O infeliz acabou abrindo a boca quando percebeu que os métodos de extração de informações usados pela agência nem sempre condiziam com uma interrogação limpa.

Não fiz questão de me inteirar a respeito de quem havia submetido o refém à tortura, mas soube que cerca de um dia depois, ele entregou o

SHADOWS

trajeto que agora seguíamos, bem como a operação toda. Foi aí que o Comandante Cohen informou a colaboração da Marinha americana.

Duas semanas em que eu não comia ou dormia direito, e ainda precisava lidar com a resistência e babaquice sem tamanho de Jacob Berns, o imbecil.

Por mais que os outros dois agentes fossem gentis e educados comigo, a energia negativa do peso das críticas e reclamações de Jacob me colocavam em alerta o tempo todo.

Algum sensor nos meus instintos apurados dizia para não baixar a guarda em momento algum com ele. Para me manter sempre em alerta máximo.

Cheguei até a popa da embarcação modesta e inspirei o ar abafadiço da travessia pela costa ao norte do Chipre.

Mahidy parou do meu lado e acendeu um cigarro. O homem sabia ser furtivo quando queria.

— Nossa operação começa a ficar mais impactante a partir de agora — declarou.

Sem olhar para ele, continuei encarando o vazio do braço do mar à frente.

— Mais do que já tem sido? — perguntei com ironia.

Eu podia sentir seu olhar.

— Sei que tem sido difícil para você, Zilah. Jacob não tem te dado trégua em momento algum, e isso vem afetando...

— Afetando meu desempenho? — cortei e virei-me para encará-lo. Os olhos escuros do meu superior estavam concentrados em mim. — Se disser que não tenho me saído melhor do que o esperado, por conta das birras de um de seus agentes, sabe que estará sendo injusto, não é mesmo?

— Calma, estava apenas dizendo que sei que a "encheção de saco" de Jacob pode ser perturbadora.

— É perturbadora, mas não é o suficiente para me tirar o foco. O único aviso que vou dar, com todo o meu respeito ao posto que o senhor exerce, é que se ele chegar perto de mim, como fez dois dias atrás, não hesitarei em abatê-lo, entendeu?

Minha ameaça era mais real do que ele poderia crer. Jacob havia me emboscado em uma das embarcações, logo depois de nossa partida, e me pressionou contra a parede, ousando colocar as mãos em mim.

As ofensas de que eu era uma mulher inútil, porém bonita, e que só servia para distraí-lo quando mais precisava estar focado, não atingiram o objetivo. Não me fizeram desistir ou sair correndo dali, chorando, como ele bem havia imaginado.

Apenas dei-lhe uma joelhada no saco, desfrutando imensamente do momento em que se dobrou e quase vomitou no chão imundo do barco. Sem dizer mais nenhuma palavra, deixei-o agonizando e relatei o ocorrido ao meu comandante. Não como uma atitude de afronta, e sim porque poderia comprometer a missão à qual ele me designou.

No entanto, aquele havia sido o meu limite. Em uma próxima, Berns receberia muito mais do que apenas a dor de ter as bolas esmagadas sob o peso do meu joelho.

Com um aceno, despedi-me de Mahidy sem dizer mais nada. Ele devia conhecer o agente que tinha, já que sequer contestou as acusações que fiz.

Saí dali e resolvi conferir os materiais que havia deixado guardados sob as tábuas soltas logo abaixo da rede onde dormia. Depois de ver que tudo estava organizado, sentei-me no material oscilante, outra vez, e deixei minha mente vagar por memórias confortáveis.

Mal fechei os olhos, quando os primeiros raios da manhã se infiltraram pelas frestas da parede. Em questão de segundos, estava desperta o bastante e pronta para deixar aquela merda de barco e pisar em terra firme.

O apito informando que atracaríamos em dez minutos soou e, sem mais demora, peguei a mochila do chão. Conferi se meu cabelo ainda estava firmemente preso na trança no alto da cabeça, e encaixei o boné, colocando os óculos de sol em seguida.

Para todos os efeitos, eu poderia facilmente ser confundida com alguma turista em busca de aventuras pelas trilhas distintas que existiam na ilha. Mahidy e Ibrahim se postaram ao meu lado, como se fizéssemos parte de uma mesma excursão de biólogos.

Quando Jacob estendeu a mão para me ajudar a sair do barco, ignorei e pulei para o cais sozinha. Eu não precisava de um homem para me colocar de pé. Fazia aquilo muito bem sozinha, obrigada.

Caminhamos por cerca de dez minutos, em um silêncio confortável, até acharmos a pousada onde fingiríamos nos hospedar. Nossos traços deveriam estar cobertos em todas as frontes, e nisso os agentes do Mossad eram *experts*.

Se alguém me perguntasse naquele momento o que eu mais desejava fazer, precisaria confessar que minha vontade era tomar um banho longo, para tirar a nojeira da embarcação e a sujeira na pele por conta das inúmeras camadas de repelente, mas não ousaria fazer tal pedido.

— Poderíamos entrar nos quartos e trocar as roupas, o que acha, Mahidy? Deixar uma parte do material e sair em busca de informações como se estivéssemos apenas à toa... — Ibo perguntou. Quase dei um beijo em sua bochecha pela iniciativa.

O líder da operação pareceu refletir sobre o assunto por um tempo, até que afirmou com a cabeça.

Nós nos registramos no pequeno hotel e, logo depois de combinarmos o encontro na taverna do outro lado da rua, cada um se dirigiu ao próprio quarto para se acomodar. Graças a Deus, definiram que eu não precisaria compartilhar o aposento com ninguém.

Retirei as roupas pegajosas e joguei tudo no chão da banheira, disposta a lavá-las e colocar para secar em algum lugar. Como aquela ilha era quente, possivelmente tudo estaria seco em pouco tempo.

Soltei o cabelo e revirei a mochila em busca do frasquinho de condicionador para desembaraçar os fios. Perto da torneira do chuveiro havia um pote de shampoo, o que cairia bem para me livrar da sensação de imundice no couro cabeludo.

Eu não era dada a vaidades, mas também não gostava do incômodo que as camadas de sujeira poderiam trazer, especialmente quando alguém se aproximava muito. Sabia que poderia cortar os fios curtos, mas não queria me livrar de algo que sempre fazia Aaron sorrir, quando ele passava os dedos e penteava meu cabelo com carinho.

Deixei que a água tépida lavasse meu corpo, e fechei os olhos ante a sensação fugaz de tranquilidade. Minha mente voou para outra época, outro quarto de hotel, quando Aaron ainda fazia parte da minha vida. Quando do seus olhos escuros se conectavam aos meus com amor e ternura.

Sem me dar conta, uma lágrima solitária se misturou às gotas que caíam da ducha fraca. Ao perceber, limpei o rosto e afastei os pensamentos de que talvez nunca mais fosse capaz de ver aquela ternura nos olhos de alguém.

Encerrei o banho rapidamente, me recusando a me dar ao luxo de dispersar minha mente em autopiedade. Além do mais, o tempo estava contado e em questão de minutos sairíamos a campo outra vez.

Porém, meu problema residia em algo mais complexo. Minha participação dentro da equipe do Mossad ia um pouco além da função de *sniper* e especialista em manobras de reconhecimento e evasão.

O Comandante Cohen havia me designado um papel muito mais arriscado, e minha presença ali não passava de um disfarce para chegar ao cerne real da questão: para onde as informações obtidas pela equipe estavam sendo repassadas.

Até onde se sabia, o Departamento de Defesa havia direcionado a operação para desbaratar um esquema de tráfico humano, mas com conexões que poderiam estar sendo financiadas para fins terroristas e com ataques a Israel.

No entanto, o mais complexo da missão era a estranha parceria que havia se estabelecido com o governo americano, mais especificamente com uma unidade de reconhecimento da Marinha. Eu entendia que o destino das mulheres traficadas era os Estados Unidos, mas por que razão o Departamento de Defesa de Israel não desbaratava tudo por aqui, sem desenvolver um possível acidente diplomático, era um mistério.

Depois de vestir a roupa, conferi a mensagem criptografada em meu celular:

> Se lembra daquele evento em que comparecemos na Base64? VGVuZW50ZSB-Db2xsaW5z... maldito corretor ortográfico... havia um livro interessante por lá.

O General havia enviado um código criptografado em Base64 que informava o nome do contato.

Tenente Collins.

Esse era o contato operacional da equipe destacada para atuar em conjunto. O que havia sido confuso desde o início se devia ao fato de Mahidy não ter alertado esse encontro. Ou seja, era como se ele não fizesse a menor ideia de que uma equipe de operações especiais se juntaria em breve àquela missão.

Sem hesitar, digitei de volta:

> Ainda não encontrei um livro como aquele... mas farei o possível para encontrar.

Prendi o cabelo e vesti a regata preta e bermuda cargo bege, calçando as botas de escalada. Eu tinha intenção de perambular pela área assim que conseguisse despistar meus companheiros de equipe, de forma que pudesse

SHADOWS

fazer contato com o general sem correr risco de ser apanhada em flagrante.

Já bastava ter Jacob na minha cola sem que eu desse motivo para desconfianças. Se ele suspeitasse de qualquer coisa, certamente me veria em maus lençóis.

Chequei o carregador da pistola que sempre carregava comigo e a enfiei no cós da bermuda, cobrindo em seguida com a camisa de algodão leve que coloquei por cima da regata. Parei em frente ao espelho e ajeitei o boné, trançando o rabo de cavalo. Para arrematar o visual de turista, coloquei os óculos escuros e não me esqueci de pendurar a máquina fotográfica no pescoço.

Ninguém precisava saber, mas dentro da mochila colorida e comprada em uma feira artesanal de uma das cidades pelas quais passamos, havia um rifle, um Galil ACE. Era pequeno, se comparado ao que usava em missões como *sniper*, mas também possuía um alcance razoável.

Dei uma última olhada ao redor para conferir o quarto e saí, trancando a porta em seguida.

Mahidy e Ibrahim já me aguardavam no pequeno saguão, faltando apenas Jacob para completar a equipe.

— Shalom — o chefe cumprimentou assim que me viu. — Espero que tenha dado tempo para um descanso — caçoou.

Apenas curvei o canto dos lábios em um sorriso irônico, desejando por dentro que tivesse conseguido pelo menos dormir decentemente por vinte minutos.

— Acho que quando essa missão acabar, vou dormir pelo menos uma semana — Ibrahim emendou. — E você, Zi?

Dei de ombros, sem querer me alongar num bate-papo que não levaria a nada. Eu sabia que os dois tentavam puxar assunto sempre que podiam para diminuir o desconforto que minha presença trazia. No entanto, quanto menos eu dissesse, menos motivos daria para que usassem qualquer informação contra mim no futuro.

— Qual é a direção que tomaremos primeiro? — perguntei.

— Há um elegante mercado na região norte, e é lá que encontraremos alguns itens interessantes — Mahidy respondeu em código.

Aquele era o sinal para indicar que sairíamos em busca de informações a respeito de alguma movimentação estranha na cidade. As vilas por onde havíamos passado acompanhando o carregamento mostravam claramente que o trajeto nada mais era do uma forma de o grupo despistar as atividades suspeitas.

O que diferia nossa localização atual com as vielas por onde nos embrenhamos na última semana, era exatamente porque Protaras era uma bela cidade turística, com praias paradisíacas e resorts de luxo. Destoava em completo do circuito informado por um dos comparsas da organização criminosa. Aquilo me levou a acreditar que algumas negociações deviam acontecer por ali. Era o destino perfeito para compradores ricos.

Todo o esquema ainda era muito sombrio, um emaranhado de nós que configurava um misto de engenhosidade e malícia, orquestrados por mentes doentias que lucravam com a miséria humana.

— Muito bem, o esquema é o seguinte: sigo na frente com Zilah, enquanto Jacob e Ibo se mantêm um pouco mais atrás. Somos um grupo de pesquisadores da Bulgária.

— Bulgária? Eu não falo búlgaro, porra — Jacob reclamou, chegando por trás de mim naquele momento. Afastei-me o mais longe possível, irritada pela proximidade ofensiva.

— Então, pelo jeito, Zilah te supera em mais um quesito, porque ela fala quase todos os dialetos cirílicos e mais alguns idiomas — Ibrahim zombou, fazendo com que o idiota soltasse um rosnado e eu revirasse os olhos.

Não gostava de me vangloriar das minhas habilidades, tanto que a maioria das pessoas não fazia ideia de diversos fatos ao meu respeito. Eu permitia que soubessem apenas o essencial.

— Jacob, isso vai ser ótimo para que você mantenha essa boca fechada — Mahidy disse, em tom de deboche, mas com um fundo de verdade por trás de suas palavras. — Nossa meta é chegar até a praça central do mercado.

Saí do pequeno hotel em que estávamos hospedados, sem parar para ouvir qualquer comentário desnecessário. Uma das coisas que mais sentia falta era do convívio fácil e cheio de companheirismo que tinha no exército. Embora quando estava em alguma operação, nos mantínhamos o mais quietos possível.

Na minha área de atuação, o silêncio era uma benção necessária, pois me privar dele poderia custar a vida de alguém. Acabei me acostumando a me manter de tocaia e em posição por horas, sem trocar uma palavra com qualquer pessoa, salvo para ouvir as recomendações do comandante da equipe.

Sabia que muita gente pensava que eu agia com descortesia em diversas ocasiões por me manter sempre em silêncio, mas não era capaz de evitar essa característica da minha personalidade. Depois da morte de Aaron, acredito que me fechei mais ainda.

Tinha ciência de que não tinha amigos chegados e que levava a vida em uma rotina solitária. Aquilo fez com que me tornasse mais quieta do que o normal, falando apenas quando necessário.

A cidade era de maioria turca, já que a parte norte da ilha era separada

SHADOWS

do restante, recebendo o título de República Turca de Chipre do Norte. Era uma pena que não estivéssemos no lado grego, onde os riscos de um conflito direto com um país não-aliado eram mínimos.

Caminhamos por cerca de dez minutos, fingindo olhar tudo ao redor. Eu fotografava algumas paisagens exuberantes, alguns mercadores interessantes e comidas típicas que não atiçaram meu paladar em hipótese alguma. Porém, para manter o disfarce com perfeição, fazia questão de me mostrar admirada pela culinária que alguns feirantes colocavam em exposição.

Em um determinado momento, separei-me de Mahidy e me embrenhei em um banheiro público. Aleguei que precisava cuidar de assuntos femininos, e rapidamente ganhei a liberdade que precisava para fazer contato com o Comandante.

> Será que poderia me enviar o nome da biblioteca onde acharei o livro?

Em questão de segundos, recebi uma mensagem:

> 35° 06' 39" N, 33° 57' 13" L. Não consegui anexar o localizador. É uma biblioteca deserta e rústica.

Coordenadas. E pelo restante da mensagem, era uma área militar e isolada. Quando pesquisei a localização exata, vi que era uma vila a alguns quilômetros de onde estávamos.

Varosha.

Deletei a mensagem criptografada e saí do banheiro, quase esbarrando em Jacob, que parecia me aguardar.

— Por que demorou tanto? — indagou com uma sobrancelha arqueada.

— E desde quando isso é da sua conta? — retruquei, virando as costas para me afastar.

Quando sua mão agarrou meu cotovelo, virei de uma vez e com uma manobra evasiva de Krav-Magá, coloquei-o de joelhos no chão. Os transeuntes que passavam por ali nos olharam na mesma hora, assustados, mas apenas disse em turco:

— Estou colocando o ombro dele no lugar. O pobrezinho sofre com essa articulação há anos. — Dei um sorriso encorajador.

Alguns riram e desejaram melhoras, o que quase me fez revirar os olhos.

— Coloque sua mão em mim mais uma vez e você vai realmente saber o que é um ombro se deslocar da articulação — disse, entredentes.

— Porra, sua vadia, eu só perguntei por que demorou... agora me solta, caralho.

Soltei seu braço e recuei um passo, para me defender caso ele tentasse mais alguma coisa. Jacob se levantou do chão massageando o ombro, com uma careta de desagrado.

— Tenho certeza de que você deve saber o que as mulheres fazem num banheiro, já que é a mesma função fisiológica dos homens.

— Vadia — repetiu.

— Suas ofensas não me atingem, Berns. Você faz questão de me desmerecer exatamente por saber que pode ser subjugado por mim. — Cheguei perto o suficiente para que só ele ouvisse: — Na próxima, eu te mato. Entendeu?

Saí dali mais uma vez revoltada por não ter cumprido minha ameaça de acabar com ele quando me tocasse outra vez. Talvez por temer alguma confusão, e para evitar atrair mais atenção do que já fizemos, dignei-me a apenas deixá-lo de joelhos.

No entanto, esses agentes do Mossad estavam muito enganados se acreditavam que por eu ser mulher seria um alvo fácil.

Talvez eles não tenham tido tanto contato com a ala feminina dos soldados israelenses. Nós não éramos flores frágeis e quebradiças, e não ficávamos isoladas em serviços burocráticos dentro das forças armadas. Éramos guerreiras que lutavam pela nação, e recebíamos o mesmo treinamento que os homens.

As poucas que ingressavam na *Sayeret Matkal* eram forjadas no aço, submetendo-se aos testes físicos mais desgastantes possíveis. Em termos de poderio, para que nos formássemos na Unidade de Forças Especiais, estávamos quase quites com os requisitos para que um Navy *Seal* da Marinha americana também fosse formado.

E eu não tinha medo de ninguém. Não estava ocupando aquele posto, ostentando minha patente à toa.

A maioria das pessoas tendia a subestimar as militares mulheres, especialmente quando eram jovens, mas esse poderia ser um trunfo que poderia facilmente usar ao meu favor.

Contanto que ele entendesse que eu não estava brincando, quando afirmei que o mataria em uma próxima oportunidade, não colocaria em risco a confiança que meu comandante havia depositado em mim.

MANOBRA EVASIVA

TEAGAN

10h21

A chegada à cidade costeira de Protaras fora bem-sucedida. Depois de mais de duas horas camuflados nas matas litorâneas, conseguimos entrar sem sermos detectados, abrigando-nos agora em um hostel lotado de turistas esporádicos.

Scott, Dylan, eu, Tyler, Jensen e Dougal nos dividimos em trios, sendo que os três últimos estavam hospedados na pousada no final da rua. Filhos da puta sortudos, já que poderiam desfrutar de banhos demorados, mais quentes e privados do que o que estava usufruindo nesse momento.

Levei cerca de dois minutos para terminar a ducha rápida antes de voltar ao quarto que dividia com Scott e Dylan. Quando entrei, ambos já estavam praticamente prontos para sair. Vestidos em preto dos pés à cabeça, nossa meta era nos infiltrar pela mata até o ponto de encontro de onde havíamos recebido coordenadas específicas no início da noite.

35° 06' 39" N, 33° 57' 13" L. Mais precisamente, Varosha. A porra de uma cidade fantasma cuja entrada só era permitida às forças militares turcas.

Caralho. Isso significava que teríamos que nos infiltrar, porque a ação estava acontecendo exatamente ali dentro.

O capitão Masterson havia nos informado que nosso contato com a equipe do Mossad estava já em posição, o que significava que a operação estava em pleno andamento.

Passava de um pouco mais de dez da manhã e sabíamos que o trajeto seria longo. A meta era chegar até um antigo embarcadouro que ficava no final do cais comercial. Para isso, teríamos que nos embrenhar pelas matas mais uma vez. A embarcação nos levaria até os limites da cidade, onde entraríamos por mar. O que eu precisava confessar que odiava. Essa coisa de entrar a nado era para os *Seals*. Não era à toa que levavam a porra desse nome.

M. S. FAYES

Ninguém fazia ideia da dificuldade que era levar um equipamento militar de quinze quilos e com o uniforme molhado. Mesmo que fosse o traje tático, ainda assim, não aliviava em nada o desconforto.

— Vamos. Já estou preparado para ser chupado por milhares de insetos repugnantes — brinquei.

— Nem me fale. Acho que naquela última missão, em que passamos dois dias na mata, tomei tantas ferroadas que já devo estar imune à maioria dos bichos peçonhentos — Scott comentou.

Enquanto me vestia, conferi se meu equipamento estava pronto, checando os itens essenciais e necessários. Barras de cereal, tiras de carne seca, o cantil de água abastecido, medicamentos e kit de primeiros socorros. Binóculos, munição, armamento e meu amado rifle McMillan.

— Cara, se era para estarmos infiltrados nessa missão, não teria sido melhor sair com essas roupas chamativas dos turistas? Tenho certeza de que eu passaria despercebido como um asiático curioso pelas belezas naturais da ilha — Dylan resmungou.

— Ah, claro. E eu seria o vocalista de uma banda de K-pop, com esse cabelo loiro e barba, certo? — debochei.

Os dois começaram a rir e pararam quando o celular por satélite soltou o alerta indicando que era hora de sair.

Abri a janela e conferi a distância do salto. Nada muito absurdo, já que estávamos hospedados no segundo andar. Em menos de dois minutos, nós três já havíamos nos enfiado pelos arbustos na parte dos fundos do prédio. Teria sido preferível usar a porta, óbvio, mas três caras grandes e armados até os dentes, em uniforme militar não passariam despercebidos, com certeza.

Mais dez minutos e encontramos Jensen, Tyler e Dougal na clareira mais distante da trilha turística.

— Certo, o Comandante Richardson passou mais algumas atualizações ao Cap — falei e puxei o dispositivo que indicava os pontos onde precisaríamos fazer o reconhecimento e colocar os marcadores para outra equipe, caso fosse necessário. — De acordo com as coordenadas, um grupo de agentes israelenses vem acompanhando o percurso do grupo criminoso desde Syraz... Eles os seguiram por diversas vilas costeiras. Os filhos da puta acham que podem enganar um bando de caras fodões do Mossad.

— E não houve nenhuma interceptação? — Scott perguntou.

— Um informante foi identificado na vila. O grupo de agentes reteve um dos elementos que participaria das trocas e checou a trajetória desde antes. Parece que o cara era comparsa de um dos mandachuvas. Nós estamos com sorte, já que eles estão nessa há duas semanas e têm feito o serviço sujo ao longo do caminho.

— O que significa que estão deixando um rastro sangrento para trás — Dougal comentou.

— Bom, o Mossad age na surdina, mas sabemos que os filhos da puta são implacáveis — Scott emendou. — Além de serem bem-providos quando precisam ser acobertados.

— Bom, o Cap informou que há um oficial da *Sayeret Matkal* entre eles. Tenente Stein, segundo consta do código transcrito. Está atuando como agente operacional, integra as forças especiais e é especialista em tiros de longa distância. Ou seja, um *sniper* a quem devo cumprimentar — brinquei. — É melhor que não precisemos nos enfiar em nenhum conflito, ou o pobre coitado pode acabar ficando deprimido ao se deparar com a minha magnitude.

— Com certeza — Scott concordou, mas bufou uma risada de deboche. — Certo. Pontos destacados até agora: reconhecer o percurso, identificar os agentes e simplesmente chegar lá e... nos apresentar?

— Algo assim.

— Nada de ação? — Jensen, o mais novinho, perguntou. Ele havia integrado a equipe de *Recons* há pouco mais de seis meses. Era bom no que fazia e me lembrava muito a minha versão mais jovem.

— Até que se prove o contrário, não. O Capitão quer que façamos o menor alarde possível de nossa presença — Scott retrucou.

— O que não significa que tudo vai passar sem intercorrências, então, para isso, vamos evitar o máximo possível nos desviar do foco. A meta é seguir no mesmo *modus operandi* que faz de nós os fodões em operações de reconhecimento — informei. — Scott guiará o grupo pelo perímetro, enquanto me manterei a postos e pronto a neutralizar qualquer ameaça invisível.

Depois de acertados os detalhes, seguimos pela mata fechada munidos de nossos equipamentos e armas em punho. Por mais que soubéssemos que estávamos sozinhos ali, nunca era demais se prevenir. Mesmo que serpentes e animais peçonhentos fossem as únicas criaturas a nos oferecer perigo imediato.

— Não teria sido mais prudente fazer a incursão durante a noite? — Jensen perguntou.

Olhei para trás e lancei um sorriso compreensivo.

— Acredite em mim, garoto. Sua aventura noturna vai chegar. Só não agora. A maioria das trocas está sendo feita à luz do dia — comentei. — Por mais incrível que pareça, os traficantes são destemidos e só têm executado operações no meio da tarde.

— Algum critério para isso? — Scott perguntou.

Dei de ombros antes de responder:

— Não faço ideia. Talvez seja alguma coisa religiosa deles? — caçoei.

Meu comentário foi seguido de risadas, e em um determinado momento ergui a mão em punho para que o esquadrão se imobilizasse.

— O que houve? — Scott cochichou e varreu a área com seu rifle.

— Estão ouvindo o ruído da embarcação? — perguntei.

— Sim — todos responderam em uníssono.

Conferi o relógio e marquei a bússola que indicava a direção exata.

— A cerca de 400 metros a noroeste — informei.

— Porra, como você sabe? — Tyler, que quase nunca se pronunciava, perguntou, abismado.

— O cara é um *sniper*, imbecil. Consegue calcular a distância dos tiros só com a velocidade do vento — Dylan retrucou.

— Crianças, não briguem por causa das minhas habilidades — debochei. — Vamos apenas dizer que sou uma pessoa bastante atenta para os ruídos à minha volta. Inclusive, Dougal, se eu fosse você, me afastaria devagar da cobra à sua esquerda.

Dougal deu um pulo tão longe que fez com que todos caíssemos na risada.

— Babaca — resmungou.

— Foi só pra ver se você ainda continuava sendo bom no reflexo... — brinquei.

Voltamos a caminhar por mais alguns minutos até que a embarcação entrou em nosso campo de visão.

Agachando logo atrás de algumas pedras imensas, sinalizei com dois dedos para cima, indicando que devíamos seguir em duplas. Soltei um assobio longo que informou nossa aproximação ao contato que nos levaria até Varosha.

Em questão de segundos, a portinhola dos fundos da cabine do barco se abriu.

— Vão, vão, vão! — ordenei.

Depois que os quatro primeiros saíram em disparada, eu e Scott avançamos, conferindo se as cercanias ainda se encontravam livres de qualquer perigo.

Entramos no barco e deparamo-nos com o maior filho da puta do mediterrâneo. O cara devia ter uns dois metros, no mínimo, e a compleição física superava a do Dwayne "The Rock" Johnson. A barba quilométrica não devia ter visto um hidratante há um bom tempo, toda emaranhada. O cara parecia um pirata. Dos mais sujos, diga-se de passagem.

Quando o homem nos cumprimentou em grego, deduzi que devia trabalhar clandestinamente desse lado da ilha.

— Acredito que aqui nenhum de nós fale grego, senhor — falei e o cumprimentei.

— Tudo bem. Só em terem identificado o idioma já valeu o dia — respondeu e mostrou os dentes amarelados em um sorriso.

Nosso trajeto até o ponto levou mais de quatro horas, já que chegamos a pegar o mar agitado por conta de uma tempestade tropical. Quando estávamos a uma distância aproximada de cinco quilômetros da costa, avistamos as cercas que rodeavam a cidade fantasma. Pelos binóculos, pude ver que toda a extensão estava sinalizada com placas de área militar fixadas ao arame farpado.

O barco navegou por mais alguns quilômetros até parar a uma distância segura e que não classificasse qualquer suspeita para sabe-se lá quem fazia a proteção do perímetro.

Vestidos agora com os trajes táticos e impermeáveis, conferimos a quantidade suficiente de Oxigênio para a manobra de infiltração, além de averiguar as metralhadoras subaquáticas. Eu ainda levaria um peso adicional, já que minha mochila continha meu equipamento para a montagem do rifle *sniper*.

Em menos de quinze minutos, todos estávamos mergulhando em direção ao ponto mais distante da ilha, onde a vegetação rasteira que margeava a praia poderia nos encobrir assim que saíssemos no mar. Pelo ponto demarcado, ficava longe da vista do mirante onde devia haver um soldado turco de prontidão.

Seguíamos como uma unidade coesa aproximadamente sete metros abaixo da superfície, quando avistamos o ponto exato onde o banco de areia começava a sinalizar a praia mais próxima. Liberamos os tanques de oxigênio, seguindo apenas com as mochilas táticas às costas e os rifles em mãos.

Em silêncio absoluto, nos esgueiramos para dentro da vegetação e mais adiante para um casebre abandonado que alguma vez chegou a ser uma casa de veraneio.

Varosha havia sido, até os anos 70, um ponto turístico onde muitas celebridades de Hollywood chegaram a se hospedar. Agora, não passava de um monte de escombros e construções depredadas, como uma cidade pós-apocalíptica.

Sem hesitar, conferi as coordenadas para onde deveríamos seguir e sinalizei aos outros da equipe que se alinhassem em duplas. Precisávamos nos misturar ao ambiente para não corrermos o risco de detecção.

— Detesto andar com essa sensação de estar meio molhado — Dougal comentou.

— Deixe de frescura — ralhei, confirmando nossa posição pelo GPS. — Todos prontos? Não podemos nos descuidar. Embora pareça não haver uma alma viva nesta cidade, não se esqueçam de que está debaixo da proteção do exército turco, okay?

Com a confirmação de todos, empunhamos nossas armas e nos infiltramos por dentre os prédios abandonados.

A cena era de deixar qualquer pessoa boquiaberta. Carros da época ainda se encontravam estacionados nas garagens, cobertos por camadas espessas de poeira; lojas ainda mantinham roupas penduradas em araras e vitrines, tudo revestido pelas marcas do tempo.

Em um hotel, ainda era possível ver as mesas dos restaurantes com talheres e pratos alinhados, tudo perfeitamente arrumado. Era como se as pessoas tivessem estado ali naqueles locais e, no momento seguinte, simplesmente houvessem desaparecido.

Sinalizando com o punho erguido e mais dois dedos acima, indiquei que deveriam se espalhar pela cercania, em duplas. Quando conferi as coordenadas no relógio, indiquei que o prédio onde ocorreria a primeira transação entre os criminosos estava a apenas um quarteirão.

Eu e Scott seguimos alinhados às paredes esburacadas dos edifícios até que chegamos a um ponto que nos dava uma visão adequada para posicionamento. À esquerda, Dylan e Dougal se infiltraram por uma construção inacabada, enquanto Tyler e Jensen seguiam mais à frente e à direita.

— Estão vendo o prédio de seis andares às 15 horas? — perguntei.

— *Sim* — Dylan respondeu pelo comunicador auricular.

— Estarei posicionado exatamente ali para que possam entrar no depósito que está marcado nas coordenadas como o ponto principal da operação — informei. — Aguardem meu comando até que possam invadir, okay?

Aguardei que todos confirmassem e, com a cobertura de Scott para que eu chegasse em segurança ao prédio, corri pelas escadas depredadas até alcançar o teto onde faria tocaia.

Somente depois de montar todo o equipamento do rifle McMillan é que informei à equipe de chão que agora seria comandada por Scott.

— Em posição — alertei e conferi as redondezas pelo escopo do rifle. Mirando em direção ao ponto de ação, avistei apenas um homem fazendo guarda no topo de um prédio. Com um único tiro, neutralizei-o. — Essa é pra você, amigo, que mal sabe o que vai te alcançar... *Where do you go now? Where do you go...Where do you go... Sweet child...* — Acompanhei a melodia do rock pesado. Fechei um olho e puxei o gatilho. — Alvo abatido.

— *Cara, nossas missões têm trilha sonora... mas só você curte, né?* — Dylan resmungou, rindo baixinho.

— Não me desconcentrem, seus palhaços. É a guitarra do Slash que faz com que meus tiros saiam perfeitos — debochei.

— *Shadow, consegue ver o que estou vendo às 21 horas?* — Scott comentou.

Quando varri a área com o olhar, avistei o cano de um rifle de longo alcance em meio a duas caixas d'água no topo de um antigo hotel.

— Que porra é essa? — comentei, entrecerrando os olhos.

— *Será que constitui a equipe Mess?* — Usou o código que adotamos para não falar Mossad em nossa comunicação.

— Não tenho como confirmar. A visão de onde estou não me favorece para abater como possível ameaça. Mas pela mira, o alvo certo está localizado na mesma direção de onde toda a ação vai ocorrer. — Girei o escopo e ajustei o foco para marcar a distância caso fosse necessário um tiro.

Somente quando olhei para um dos prédios que ficava a cerca de um quarteirão de distância é que identifiquei outro atirador de elite.

— Porra, temos dois *snipers* em posição. Três, contando comigo. E um deles, certamente, está com o segundo atirador na mira — informei e foquei o escopo do rifle. — De onde estou, consigo identificar facilmente, e, na boa... o alvo é inimigo.

— *Qual critério?* — Scott perguntou em código.

— O mesmo de sempre — respondi com a mesma abordagem, indicando que o terceiro atirador era classificado como ameaça. — O objetivo dele é o *sniper* que suponho seja integrante da *Mess*. Assuma o solo, Scott. Vou ver o risco imediato que esse cara oferece. Em posição.

— *D, T, Doug e J, sigam pelo flanco esquerdo e direito, respectivamente* — Scott orientou. — *Teag, manda ver.*

Algo naquela operação me incomodava. Era óbvio que havia um conflito ali, já que um atirador de elite fora enviado para abater o possível *backup* dos agentes israelenses. Mas por que razão?

Pelos dados passados pelo Cap, nosso contato seria exatamente o *sniper* israelense de sobrenome Stein, então, se algo o estava ameaçando, era hora de agir para impedir que fosse abatido sem que tivéssemos a chance de o interceptar e colher as informações necessárias.

O som de dois tiros limpos atraiu minha atenção, e percebi que o segundo atirador, possivelmente Stein, havia neutralizado inimigos no interior do enorme prédio que mais se parecia a um depósito antigo. Tiro longo e preciso. Impressionante.

Quando vi de relance o brilho da arma do terceiro atirador, agi por instinto. Mirei em sua direção e, em um ínfimo segundo, apertei o gatilho.

A distância de onde eu estava mal chegava a um quilômetro, o que seria facilmente simples de cobrir. O que não contava era que o atirador também disparasse simultaneamente, na direção do alvo inicial.

Vi minha equipe invadir o prédio, mais sons de disparos e gritos ecoando no silêncio da rua deserta. Em segundos, abati três comparsas que seguiam em direção ao meu esquadrão, cobrindo suas retaguardas.

— *Vai, vai, vai!* — Scott gritou.

— Scott, atirador no telhado neutralizado. Creio que o segundo também tenha sido, e acredito que era a fonte. Como estão em campo?

— *T, desça daí e suba lá, cara. Por aqui parece estar tudo sob controle. Estamos em busca das mulheres.*

Desmontei o rifle com agilidade adquirida em anos de prática e o enfiei na mochila tática, pegando o fuzil de assalto. Em menos de dois minutos já descia a escada e disparava pela rua lateral ao prédio. Enfiei-me por entre as carcaças de veículos abandonados e corri em direção à construção do antigo hotel onde avistei o segundo atirador.

Era uma pena que os elevadores não funcionassem mais, então tive que optar em subir as escadas pelos quase dez andares. Com o M16 em punho, ia me assegurando de que a área estivesse livre para que pudesse chegar ao telhado.

Graças a anos de treinamento e um condicionamento excelente, não cheguei tão ofegante e, quando me enfiei por entre as caixas d'água, avistei o *sniper* caído e gemendo no chão.

Além de estar xingando em seu idioma. Hebraico, com certeza.

— *Laazazel! Bem-zonah!*[3]

Quando parei ao seu lado, o *sniper* reagiu por instinto e puxou a pistola 9mm Jericho 941, também conhecida como *"Baby Desert Eagle"*. Se o idioma estranho não delatasse a origem do soldado ferido, então a arma, certamente, entregaria, já que era de fabricação exclusiva da indústria militar de Israel.

Ergui as mãos em rendição e apontei para o emblema do meu traje tático, indicando que era aliado.

— Opa. Calma... Estamos do mesmo lado.

Não sabia identificar qual choque havia sido maior: estar com uma arma apontada no meio da minha testa, ou perceber que o *sniper* na verdade era uma mulher.

— Quem é você? — ela perguntou com um forte sotaque.

— Tenente Collins — informei. — Achei que o atirador de elite, Stein, do Mossad fosse nosso contato.

A garota arqueou a sobrancelha e apontou para o nome bordado acima do emblema da sua unidade militar.

וייטש טננטול.

Devolvi o cumprimento, arqueando eu mesmo a minha para demonstrar que não conseguia ler o alfabeto em hebraico.

— Eu sou a Tenente Stein — disse, gemendo enquanto comprimia o ferimento no ombro.

---

3   Respectivamente: Merda/Porra e Filho da Puta em hebraico.

49

— Deixe-me ver a gravidade — pedi, já tentando afastar sua mão, mas encontrando resistência.

— Não precisa — resmungou.

— Acho que precisa, sim. Seu kit de primeiros socorros está aí? — perguntei, focando no comunicador ao dizer: — Scott, estou com a *andorinha*.

A mulher arqueou a sobrancelha mais uma vez, com um sorriso desdenhoso nos lábios.

— *Teag, vaza daí, porra. Tem alguma coisa errada nessa merda.*

Um tiro passou de raspão por cima do meu ombro, atingindo a amurada de cimento onde a mulher estava recostada.

— Caralho! — gritei na mesma hora, jogando-me por cima dela e ouvindo o gemido de dor. — Perdão, querida, mas se não sairmos da reta nesse instante, nós dois vamos fritar.

Engatinhando, conseguimos nos esconder por trás de uma coluna que servia como ducto de ar. Outro tiro soou, dessa vez passando a milímetros da minha cabeça.

— Scott, recuar! Recuar! — gritei, vendo a tenente tentar passar a alça do rifle por sobre o ombro não ferido. Não dava tempo de desmontar e contar histórias divertidas naquele instante. Alguma coisa realmente estava muito errada por ali. — Siga com os outros para o ponto de encontro.

— *Mas e você, cara?* — perguntou Dylan.

— Eu vou levar o *kebab* avariado comigo — disse, referindo-me à oficial israelense.

— *Ben-zonah...*

O resmungo que ela deu em seguida só poderia estar se referindo à minha santa mãe. Palavrão era palavrão em qualquer idioma do mundo, e não precisava ser expert para detectar quando era o alvo de algum xingamento. No caso, eu estava servindo de cobaia naquele exato instante para a garota irritada.

— *Teag, não acho que seja uma boa ideia, cara* — Scott alardeou.

— Scott, tira a equipe daqui. Tem um prédio logo atrás desse antigo hotel, é por lá que vou tentar sair. Desde que consiga sair da mira do atirador filho da puta — resmunguei. — Abati um, mas havia outro já a postos. Isso está me cheirando a treta das grandes.

— *D, J! 15:45! Agora!* — Scott orientou a posição para onde deviam ir. — *Doug e Ty, venham comigo!*

Ao som de mais disparos, puxei a oficial e corremos em direção ao canto oposto do telhado, sempre buscando o refúgio das sombras e colunas de cimento. O edifício vizinho era tão próximo que ficava a cerca de um metro e meio de distância, e quando parei para pensar na alternativa de sugerir um salto, surpreendi-me ao sentir o movimento súbito à minha esquerda.

Ela pulou sem hesitar por nenhum instante. Agachada do outro lado, gesticulou para que eu arremessasse minha mochila tática. Sem mais demora, joguei por cima do prédio e saltei em seguida.

— Sabia que a gente costuma contar até três para executar uma ação de grande impacto? — cacoei. Tudo bem que a hora não era apropriada, mas meu choque causou um estalo no meu cérebro.

— Sério? Situações extremas exigem medidas extremas — disse, gemendo em seguida. Seu rosto estava pálido e era nítido o desconforto. Eu precisava conferir se o tiro fora apenas de raspão. Seu uniforme estava empapado de sangue.

— Precisamos nos abrigar em algum lugar para que eu possa cuidar do seu ferimento — comentei.

— Está tudo bem. Foi de raspão — respondeu à minha dúvida anterior. — Perdi contato com a minha equipe assim que fui alvejada.

Aquela informação não passou despercebido. Como assim, os agentes que a tinham como cobertura, simplesmente bloquearam contato? Eu não fazia ideia se entre o grupo de espiões havia alguma espécie de código para situações como essa, mas o nosso lema e grande trunfo dos Fuzileiros Navais era que nunca abandonávamos um companheiro. E isso explicava exatamente a razão da hesitação de Scott em atender minhas ordens para que recuasse ao ponto de encontro onde poderiam dar um jeito de voltar à cidade.

Recoloquei a mochila nas costas e vi que ela empunhava o pesado rifle, fazendo uma varredura pela área. Em uma pose de guerreira ultrajada e ferida, foi naquele instante que percebi como era bonita.

Sacudi a cabeça para afastar a mente de pensamentos que não nos levariam a lugar algum. Precisávamos sair dali imediatamente. Eu não sabia onde o outro atirador estava, mas como os tiros cessaram, deduzi que agora ele não tinha nenhuma visão privilegiada de nossa posição.

— Vamos — eu disse e liderei o caminho até a beirada do teto. — Ia sugerir que descêssemos pelas escadas internas do prédio, mas como estamos meio no escuro aqui, seria bom evitarmos, já que não sabemos quantos comparsas o atirador tem em terra.

Ela assentiu e espiou por cima da calha onde eu calculava se seria o ideal para descermos. Percebi que a garota não era favorável a receber ordens, especialmente de alguém que integrava outro exército, ainda que fôssemos aliados e estivéssemos na mesma situação.

Apesar do ombro ferido, ela começou a descer pelas amuradas e beirais das janelas estilhaçadas. Fiz o mesmo, sempre me assegurando de que não seríamos um alvo fácil naquela posição.

Quando chegamos a uma altura razoável, pulei, sentindo o efeito imediato do peso da mochila às costas. Sem demora, sinalizei que ela fizesse o mesmo, porém me mantive a postos para segurá-la. Sem hesitação, a Tenente Stein primeiro lançou a arma que levava ao redor do ombro para que a pegasse, e em seguida se soltou da janela onde mantinha o agarre firme e caiu... em meus braços.

Ela rapidamente se desvencilhou, segurando o ombro e se agachando por um instante antes de pegar seu rifle que eu havia deixado no chão. Segurando-a pelo braço bom, ajudei-a a desmontar o equipamento e enfiei na minha mochila, para logo mais sairmos dali em direção à rua deserta.

Corremos por cerca de quinze minutos até alcançar um limite da cidade abandonada que terminava em uma densa mata à beira de uma montanha. Eu seguia à frente, rompendo os galhos imensos para dar passagem à garota que vinha logo atrás.

O único ruído audível era o som de nossas respirações pesadas e passadas apressadas. A estática no meu comunicador auricular mostrava que estávamos a raios de distância do restante da minha equipe. Eu o arranquei e enfiei no bolso da calça, conferindo às minhas costas se a oficial israelense estava em dificuldades.

Quando a vi recostada em uma árvore, percebi que era hora de parar e cuidar do ferimento que a estava debilitando pela perda de sangue. Mais à frente, vi uma clareira encoberta pelas árvores e arbustos, e sem dar chance de a garota reclamar, peguei-a no colo e corri na direção do refúgio onde poderia prestar o cuidado necessário.

— O que acha que está fazendo? — ela gritou, assustada. Com o ritmo acelerado da minha corrida, não me dignei a lhe dar uma resposta sarcástica. — Me coloque no chão!

— Cala a boca, porra. Você mal consegue ficar em pé — resmunguei.

Escolhi o local mais distante possível e depositei-a no chão, retirando a mochila dos ombros e alongando um pouco os músculos doloridos. Vasculhei os inúmeros bolsos atrás do kit de primeiros socorros.

— Arranque a blusa — ordenei.

— O quê? — perguntou ainda boquiaberta.

— Boneca, não dá tempo de te oferecer um jantar ou flores, entendeu? Tire a blusa. Prometo não olhar para os seus atributos — debochei.

Ela lentamente começou a desabotoar a farda, gemendo com o movimento brusco para afastar a manga do ombro. Realmente havia sido um tiro de raspão, o que facilitava um pouco a recuperação, mas o corte era imenso e sangrava profusamente.

Com o pacote de gaze estéril preso entre meus dentes, abri a embalagem de solução de clorexidina e despejei sobre o ferimento, vendo-a morder o lábio inferior para conter o gemido de dor.

— Vai precisar de pontos — informei.

52   M. S. FAYES

— Não precisa nada. É só colocar a bandagem e pronto — disse com teimosia.

— Escuta, você quer perder mais sangue, é isso? A bandagem só vai servir para estancar por um tempo, até encharcar de novo — argumentei.

— Não temos tempo para um jantar, flores e toques gentis, não é mesmo? — contra-argumentou, e aquilo me fez sorrir. Meu tipo de mulher. Sempre com uma resposta afiada e usando minhas próprias palavras.

— Quem disse que meu toque será gentil? — brinquei, jogando a solução fisiológica em seguida. — Segure o curativo assim, comprimindo — orientei.

— Eu já me costurei antes, tenente — respondeu com um sorriso sutil. O primeiro desde que a conheci, minutos atrás.

— Bom, para conseguir fazer o mesmo com esse, teria que desenvolver um baita torcicolo, moça — brinquei, já pegando os adesivos que serviriam como pontos de sutura. Esperava que aquilo fosse o suficiente. — A propósito, qual é o seu nome?

Meu foco estava na ferida, então não observei seu rosto, mas o silêncio prolongado indicou que não queria revelar aquele detalhe. Ergui a cabeça e a questionei, com a sobrancelha arqueada.

— Zilah — respondeu a contragosto. — E o seu, tenente?

— Teagan. — Abaixei a cabeça e dei início à tarefa que me propus. — Somos companheiros de patentes, não é mesmo? Inclusive, de forças.

— Isso se você não contar que somos de países diferentes — brincou e aquilo me fez erguer a cabeça.

Seu rosto estava mais pálido do que antes, mas ela ainda se sentia bem o suficiente para fazer uma piada.

— Pelo menos somos aliados, certo? — repliquei com uma piscadinha.

— Acabou? — perguntou, impaciente.

— Ainda não, boneca.

— Não me chame de boneca. Você acabou de perguntar meu nome. Use-o — resmungou e bufou quando passei a pomada antibiótica. Essas merdas realmente ardiam.

— Zilah. Bonito nome, por sinal.

Ela não se dignou a responder, mas o sorriso que curvou um canto de sua boca foi o suficiente para me dizer que havia apreciado o elogio.

Passamos mais alguns minutos em silêncio enquanto eu aplicava o curativo com cuidado.

— Bom, a manga do seu blusão está com um rasgo charmoso — brinquei. — Primeiro tiro?

Ela mordeu o lábio quando vestiu a parte de cima da farda mesmo assim.

SHADOWS

— De raspão, sim.

Aquilo atraiu minha atenção na mesma hora.

— Então você já foi baleada antes?

— Sim. Em uma operação militar na Faixa de Gaza. Na coxa esquerda. Tiro limpo, entrou e saiu sem fraturar o fêmur, mas me deixou com uma bela cicatriz. — Deu de ombros. — E você?

— Bom, não dá pra esperar que alguém de operações especiais nunca tenha levado uma bala. Já tomei dois tiros e sei que os filhos da puta doem pra caralho — comentei. — Flanco esquerdo, quase me arrancou o baço, e outro no ombro. Mas foi um deslize.

Na mesma hora ela retesou o corpo.

— Eu não me descuidei para levar esse tiro. O atirador estava oculto no interior do prédio. Se estivesse no telhado, com certeza eu o teria identificado — disse na defensiva.

— Ei, calma, tigresa. — Levantei as mãos. — Estou apenas dizendo que a gente nunca espera uma bala, porque achamos que estamos protegidos com todo o aparato militar que usamos em operações de risco. Mas basta um deslize e pronto.

— A propósito... como você o viu? — perguntou, curiosa.

— Meu companheiro no solo identificou o brilho da arma. O cara usou uma AMW.50 prateada. Pediu para ser identificado, não é? — Guardei o restante dos materiais do kit dentro da mochila e puxei o cantil de água e duas barras de energético, entregando uma a ela.

— Coma. Vamos ter uma caminhada longa por essa mata ainda, talvez tenhamos que nos refugiar nas montanhas por esta noite — informei.

Ela conferiu o GPS do relógio tático e franziu o cenho, mas aceitou a barrinha. Em seguida tomou um longo gole de água. Foi preciso desviar a atenção da gota que deslizou pelo queixo e pescoço. Merda. Minha mente já estava viajando para outro cenário...

— *Laazazel*... minha mochila ficou no telhado — disse, recriminando-se.

— Primeiro, vamos esclarecer alguns pontos em nossa parceria: você diz um palavrão na sua língua, mas na mesma hora traduz para que eu possa entender, beleza? Tenho certeza de que xingou minha mãe alguns minutos atrás, mas não posso assegurar.

O som de seu riso baixinho diminuiu um pouco a tensão da nossa fuga.

— Certo. Esse que acabei de dizer nada mais é do que o seu *porra* ou as variáveis criativas que sempre passam na nossa cabeça num momento de raiva. E peço desculpas por ter xingado sua mãe — disse, corando um pouco.

Ainda agachado à frente dela, tomei um gole no cantil e o guardei. Nem sei porque fiz aquilo, já que poderia usar o canudo do cantil acoplado na mochila às costas. Com o telefone por satélite em mãos, tentei nos localizar mais precisamente antes de enviar a mensagem criptografada para o Capitão Masterson.

Era necessário informar que a equipe seguiria incompleta até a embarcação. O *H-Hawk* poderia pegá-los em um ponto da costa, enquanto eu nos levava para o extremo oposto.

— Você fez contato com seus superiores? — perguntei, vendo-a hesitar antes de responder:

— Não. Mahidy perdeu contato no transmissor pouco antes de eu levar o tiro. Consegui apenas informar que havia abatido dois alvos no interior do prédio — ela disse.

— Certo. Vamos esclarecer outro ponto antes de seguirmos. — Encarei-a com seriedade. — Você é nosso contato dentro do Mossad, e esteve atualizando os passos da operação que estavam cobrindo. Por quê?

Ela respirou profundamente antes de revelar:

— Meu comandante teme que haja um agente duplo dentro da equipe do Mossad que foi destacada para desbaratar essa operação. Há mais de três anos está sendo feita uma tentativa para interromper o tráfico humano com financiamento de suprimento bélico para forças inimigas. Mais precisamente, para alianças terroristas — ela disse. — Em algum momento, as informações são filtradas e nunca chegam a tempo de neutralizar os criminosos.

— Quantos agentes estão seguindo com você? — averiguei.

— Três. Mahidy, o líder, Ibrahim e Jacob.

— Não é uma equipe reduzida para uma operação desse porte?

Ela deu de ombros e se arrependeu quase que na mesma hora quando repuxou o curativo.

— Os agentes do Mossad agem em esquadra, e ao invés das operações das forças especiais, que sempre atuam em seis ou oito, eles optam por equipe de campo reduzida e equipe de suporte remoto.

— Entendi. — Levantei e a ajudei a fazer o mesmo. — Bom, há algo aí que definitivamente não está me cheirando bem.

— Bom, disso eu já sabia desde quando conheci Jacob Berns — disse com sarcasmo. — Além de ter um fedor de queijo podre, ele não me inspira nenhuma confiança.

— Você acredita que ele possa ser um traidor?

— Talvez, mas também me pergunto onde estavam Mahidy e Ibo no instante em que estive sob a mira de um *sniper*. Os dados que foram colhidos de um dos suspeitos de atuar em parceria com os sequestradores não informaram que haveria equipe de apoio no depósito.

— Além do mais... há um detalhe interessante — comentei e comecei a nos guiar pela mata —, não havia mercadoria alguma a ser comercializada no depósito. Acredito que talvez vocês tenham sido atraídos em uma emboscada. — Olhei para trás para ver se ela estava acompanhando meu raciocínio. — Eles só não contavam que nos encaminhamos para o mesmo lugar.

Aquela havia sido uma armadilha friamente orquestrada. E quem estava por trás disso agora acabara de ganhar um poderoso inimigo: o corpo de fuzileiros da Marinha Americana.

Olhei para ela, dei uma piscada e instiguei que continuasse a seguir nossa rota.

— Seja lá quem pretendia te matar, acabou metendo os pés pelas mãos. Precisamos apenas nos reorganizar para descobrir exatamente quem foi.

SANGUE FRIO

ZILAH

20h54

O americano e eu já estávamos caminhando há cerca de três horas. O breu da noite dificultava um pouco o percurso, mas como o loiro falador seguia à frente, eu me apoiava em seus passos certeiros.

Ele era alto, mais de 1,90m de altura. Suas costas largas pareciam uma muralha. Em momento algum se queixou do peso da mochila às costas, e eu só poderia deduzir que devia estar com cerca de 40 quilos em equipamento, a contar com meu rifle de 14 que estava ali dentro.

Ainda estava me recriminando por ter deixado minha própria bolsa naquele lugar. Que merda. Eu nunca me descuidava a ponto de servir de alvo fácil para um possível atirador de elite, tendo que sair às pressas para não ser abatida.

Sendo uma *sniper*, sabia muito bem que bastava um instante de distração para perder a vida. Um ínfimo segundo... e a próxima coisa que você veria era as portas do paraíso... Se é que esse fosse o seu destino.

— Você ouviu o que falei? — o homem perguntou, arrancando-me dos pensamentos recriminatórios.

— Ahn... o quê?

— Está precisando de uma pausa? — repetiu, agora parado à minha frente e um pouco inclinado para que nossos olhares ficassem nivelados. Eu era alta, mas este homem... me superava em mais de vinte centímetros.

— Tem alguma dimensão de quanto falta para chegarmos a seja lá em que lugar esteja nos levando? — Passei o antebraço pela testa suada.

Ele conferiu o relógio e em seguida o telefone por satélite. O cenho franzido indicava que não gostou da informação contida ali.

— Porra...

— O que houve? — Cheguei mais perto, quase invadindo seu espaço pessoal. Ambos estávamos cansados e precisando de uma pausa.

— Vamos ter que encontrar algum lugar para nos abrigar pela noite —

ele disse olhando ao redor e mais uma vez conferindo o GPS.

— Por quê? — insisti.

— Estamos sendo cercados. Seja lá quem for a pessoa que está por trás dessa merda, definitivamente está querendo a sua cabeça a prêmio. — Olhou para mim, esperando que eu respondesse algo mais. Meu silêncio disse tudo. Eu não fazia ideia do que havia por trás daquela operação além do fato de sentir que um traidor poderia estar entre nós, confirmando as suspeitas. — Vamos seguir para o norte por mais algum tempo, até pararmos para pernoitar.

— Está muito escuro, e quanto mais nos enfiarmos nas matas, mais difícil será identificar o melhor caminho — falei o óbvio.

— E é para isso que os óculos de visão noturna servem — brincou. — E isso também — disse e puxou um gancho de elástico do cós da calça, afivelando a extremidade no meu cinto. Quando senti seus dedos roçando sobre a pele da minha barriga, um calafrio tomou conta do meu corpo. Esfreguei os braços para disfarçar. — Você vai andar na linha, garota. Ou corremos o risco de cair juntinhos e emaranhados. — Piscou.

Revirei os olhos diante de sua arrogância, embora um sorriso teimoso estivesse querendo se manifestar em meu rosto.

Mesmo que eu não tivesse pedido, ele desacelerou as passadas de forma que eu conseguisse acompanhá-lo sem dificuldade. Por mais que nosso treinamento como forças especiais fosse um dos mais brutais do mundo, ainda assim, quando nos víamos em meio à ação, sem que fosse exercício de prática, a coisa mudava de figura.

Por vários momentos precisei me apoiar no corpo forte do americano. Ele não mostrou reação em nenhum instante. Não como o meu estava reagindo à sua proximidade. Quando parou por alguns minutos, sem perceber segurei-me à sua cintura e recostei em seu ombro. Somente aí o senti retesar os músculos.

Olhando por cima do ombro, ele perguntou:

— Hora de dar uma parada, hein? Como está o ombro?

— Latejando e doendo como um filho da puta, mas tudo bem.

— Precisamos nos alimentar e hidratar. De acordo com a leitura pelo satélite, estamos a uma distância de mais de cinco quilômetros de quem está no nosso encalço. Fora o fato de que parecem ter desistido por um momento. — Mostrou a tela e indicou os pontos agora imóveis. — Você retirou o GPS da sua farda? — perguntou.

— Pouco antes de saltar do prédio — informei.

— Ótimo. Dessa forma seus companheiros não terão como rastreá-la.

Concordei com um aceno de cabeça e afastei-me dele. Antes que conseguisse soltar o elástico que nos prendia, ele segurou meu pulso.

58   M. S. FAYES

— Vamos seguir até aquela encosta. Há uma gruta por ali, possivelmente até mesmo água corrente.

— Como sabe?

— Há uma cachoeira que era muito usada como trilha de passeios *outdoor* no passado. — Mais uma vez mostrou o dispositivo que servia como um mapa da região.

Em silêncio, seguimos por mais dez minutos. Meu corpo estava dolorido, o estômago retorcia em um nó ante a fome; a garganta estava seca e precisando de um litro de água. Eu podia sentir minha temperatura aumentar, e suspeitava que talvez estivesse com febre.

Como se tivesse lido meus pensamentos, o Tenente Collins disse:

— Vamos trocar esse curativo e renovar a dose de pomada antibiótica.

Meu cansaço era tão intenso que mal conseguia responder. Então, quando a gruta da qual ele falara surgiu à vista, não consegui conter o suspiro de alívio.

Assim que conseguimos nos enfiar pela passagem estreita, escalando as pedras pontiagudas, Teagan acionou a luz química que fazia parte de seu kit militar. O ruído das gotas soou como um bálsamo para meus ouvidos. Logo mais à frente, um filete de água escorria de uma das fendas da rocha. Virei para ir em direção, mas esqueci que ainda estava conectada a Teagan, então acabei puxando-o de encontro ao meu corpo. Nós dois tropeçamos e, de repente, me vi sendo pressionada pelo corpo maciço contra a parede de pedra.

— Ai — gemi quando meu ombro ferido se chocou contra a superfície rígida.

Era como se eu estivesse imprensada entre duas imensas paredes. Às costas e à frente. A diferença era que o que estava diante de mim, de repente, ofegou e respirou com dificuldade. E, quando ergui a cabeça, deparei com o mais belo par de olhos azuis que já havia visto. Olhos que me incendiaram da cabeça aos pés.

— Desculpa — sussurrei, ainda sem me mover para afastá-lo. Eu não entendia o que estava acontecendo... talvez a febre estivesse realmente afetando meu juízo. — Esqueci da armadilha que você colocou em mim — brinquei, tentando aliviar a tensão sexual repentina.

— Eu disse que você precisava andar na linha ou acabaríamos enroscados um no outro, não é? — retrucou em um tom de brincadeira, mas seu olhar ardente me dizia que possivelmente estava sentindo a mesma coisa que eu.

Apoiei as mãos em seu peito forte e o empurrei de leve. Ele cedeu o peso e enfiou a mão entre nossos corpos ainda muito próximos, demorando-se um tempo longo demais para desafivelar o fecho que se prendia ao meu cinto.

SHADOWS

59

Talvez tenha sido apenas impressão minha, mas, por um instante, pensei que estivesse fazendo uma carícia suave com os nódulos dos dedos. Em um segundo, assim que me vi livre, afastei-me dele e caminhei para o canto oposto, esquecendo até mesmo que nossa colisão se deu porque eu tentava alcançar a fonte de água.

— Venha, boneca, deixe-me ver esse ferimento — disse, já abrindo a mochila para alcançar o kit.

Tentei me recompor antes de me virar outra vez para encará-lo.

— Acho que estou com mais fome do que com dor — aleguei. — E estou me odiando profundamente por ter deixado todas as minhas guarnições para trás.

— Relaxa. Aqui tem o suficiente para esta noite e para amanhã. Caso precisemos alongar nossa estadia nessa reserva florestal maravilhosa e sob domínio das forças inimigas, sempre dá para caçar alguma coisa por aí — brincou.

Sentei-me um pouco mais distante à sua esquerda e aceitei a barra de carne seca que me ofereceu como aperitivo. Em questão de minutos, ele havia armado uma pequena fogueira no centro, de forma que pudesse aquecer a lata de feijão recém-aberta.

— Vamos lá... já que vamos dormir juntos — brincou —, melhor nos conhecermos melhor antes, que tal? — E lá estava mais uma vez, a piscada que sempre acompanhava suas palavras.

— O que quer saber, tenente? — perguntei, mastigando lentamente e vendo-o fazer o mesmo.

— Sua idade já seria um bom começo. Você não é muito jovem para ser tenente? — perguntou.

Comecei a rir e respondi:

— Idade é meramente um fator quando se identifica uma habilidade militar, não acha? E, respondendo à sua pergunta, tenho 23. Alistei-me no exército aos 18.

— E há quanto tempo faz parte dos *Sayeret*? — Sua pergunta me surpreendeu.

— Como sabe que pertenço à *Matkal*?

— Vamos dizer que tentamos não nos enfiar em uma missão no escuro — comentou. — A única coisa que não sabia era que o Tenente Stein, que mantinha o contato com nosso comando, era uma mulher. Isso foi uma surpresa.

Revirei os olhos, ciente de que a maioria dos homens se sentia daquela forma.

— Bom, no Exército de Israel não diferenciamos nossos soldados pelo sexo, e sim pelo empenho. Entrei nas forças armadas por opção, não somente por obrigação em ter que cumprir o serviço militar — expliquei.

— Não fazemos isso também... — Arqueei a sobrancelha. — Fazemos? Okay, me desculpa. — Ele ergueu as mãos. Sempre fazia isso quando queria se desculpar por alguma coisa. — Isso é coisa de homem babaca. Não que eu seja um o tempo todo, mas de vez em quando acontece... Vamos começar de novo, senhorita Zilah Stein. — Estendeu a mão, esperando que a aceitasse. — Eu sou o Tenente Teagan Kieran Collins, mas pode me chamar de Teag, já que vamos dormir juntos.

— Nós não vamos dormir juntos — resmunguei.

— Ah, mas o que é isso, boneca... Estou preparando esse cantinho do amor com tanto carinho — brincou.

— Engraçadinho — respondi, sem sorrir. Não queria que ele percebesse que meu coração estava acelerado. — O que mais quer saber?

— Certo, você tem 23 anos, é uma *Matkal, sniper* e opera um rifle CheyTac M-200 que está se esfregando no meu McMillan — caçoou. — Viu como estamos destinados a ficar juntos? — Riu de sua própria piada.

Um sorriso começou a querer surgir nos meus lábios, mas o contive. Eu não podia entrar naquela brincadeira, para que as coisas não se confundissem. Estávamos no meio de uma operação fodida, totalmente no escuro como ele mesmo alegara que não deveríamos entrar em missão alguma.

No entanto, naquele instante, era dessa forma que me sentia. Como um cego perdido em meio a um tiroteio.

Quando Teagan estendeu a latinha de feijão e uma colher, nossos dedos se tocaram, trazendo aquela sensação nem um pouco familiar a mim. Não era possível que estava me sentindo atraída por um cara desconhecido, no meio de um conflito e ainda ferida.

— Diga-me, Zilah — começou, mastigando sua porção devagar —, como era seu relacionamento com os agentes do Mossad? Melhor... como você foi parar na agência de espionagem?

Respirei fundo e disse:

— Para a segunda pergunta, é uma longa história...

— Temos todo o tempo do mundo. Já que não temos nenhuma TV para nos atrapalhar, dá pra conversar até o dia amanhecer — brincou.

— Bom, isso se o analgésico que vou tomar daqui a pouco não me apagar antes.

O som de seu riso encheu a pequena gruta onde estávamos.

— Certo. Mas voltaremos a este assunto em algum momento. Agora, e quanto à primeira pergunta?

Pensei um pouco antes para saber o que deveria revelar ou não. Eu estava em dívida com ele, ainda sem saber ao certo por que correra em meu socorro.

SHADOWS

— O líder da operação, Mahidy, é uma pessoa ótima. Fácil de conviver, é justo e competente. Ibo, Ibrahim, também. Embora não possa dizer que fiz amizade com qualquer um deles, pelo menos me sinto confortável em poder fazer o meu trabalho em paz. — Parei e abaixei a cabeça.

— E o tal Jacob? — ele perguntou, percebendo que eu hesitava.

— É o típico babaca arrogante e misógino. Não aceitou bem que uma mulher integrasse a equipe, ainda mais porque estou sendo cedida pelo Exército. Para ele, agentes do Mossad devem ser exclusivos e estar na ativa há anos antes de participar de uma operação de grande porte.

Ele me encarou por um longo momento e meu olhar caiu sobre o movimento de sua boca ao mastigar o alimento. *Mas que merda era essa? Eu estava atraída pelos lábios dele?*

— Bom, meu instinto me diz que esse agente irritou seus poros muito mais por outra razão.

Arqueei a sobrancelha, surpresa com sua dedução.

— Por que diz isso?

— Ah, qual é, boneca... O mundo está cheio de homens escrotos como ele, que pensam igual. Mas você é uma mulher bonita, competente... isso já é o suficiente para ativar o instinto dominante de macho alfa. É uma forma de querer exercer a supremacia masculina sobre as mulheres.

— Bom, a supremacia masculina dele teve um contato direto com meu joelho. Confesso que a sensação foi ótima ao vê-lo se contorcer no chão.

A risada alta e bem-humorada ressoou pelo ambiente. Sem perceber, acabei rindo junto. O movimento fez com as pontadas em meu ombro ampliassem. Gemi de dor e aquilo atraiu a atenção do gigante loiro.

— Vamos lá, está na hora de arrancar as roupas para mim outra vez — disse, dando um tapinha no meu joelho. — Mas vamos manter esse coleguinha aqui bem calmo, beleza?

Coloquei a lata quase vazia no chão e comecei a abrir a jaqueta do meu uniforme tático. Desta vez a retirei por completo e joguei ao lado. A regata preta que eu usava estava imunda, e a sensação pegajosa do suor na minha pele chegou a me incomodar. Eu devia estar fedendo, mas não queria conferir para não dar a impressão de que estava preocupada com aquilo.

Teagan ofereceu um comprimido e o cantil de água, acenando com o queixo para que tomasse sem contestar. O que eu não pretendia fazer, já que estava sentindo meu corpo combalido. Eu precisava recuperar minhas forças e agir menos como um bebê chorão, por mais que quisesse me deitar em posição fetal e ficar ali para sempre.

Decidi observá-lo enquanto manuseava os itens básicos para fazer a troca do curativo, mesmo que achasse desnecessário. Isso poderia ser feito no dia seguinte, mas preferi me abster em dizer algo mais.

M. S. FAYES

Ele era minucioso no que fazia, focado e mostrava habilidade, mas um fator marcante era que sempre tinha um sorriso no rosto. Além de cantarolar ou assobiar a todo instante.

Fechei os olhos quando senti os dedos ágeis trabalhando no meu ombro. Em um determinado momento, uma singela carícia me tirou da névoa em que havia me enfiado.

— Não deve ficar uma cicatriz extensa — ele disse com a voz rouca.

Engoli em seco, sentindo um calor súbito me aquecer por dentro.

— *Samti al ze zayin* — disse e só depois percebi que falei em hebraico. Ele estava me desconcentrando. — Quis dizer que não ligo pra isso. Qualquer cicatriz do lado de fora ainda é melhor do que as que carregamos por dentro.

Ele parou por um instante e me encarou com o olhar entrecerrado.

— E você tem muitas?

Não respondi, preferindo fechar os olhos para não enfrentar o tom condescendente que permeava suas palavras.

Por mais que ele inspirasse confiança, e meu instinto me dissesse que era um homem melhor do que muitos que já havia conhecido na vida, ainda assim, não era hora ou lugar para compartilhar as dores que meu coração carregava e que me tornaram a mulher amarga que muitos acreditavam que eu fosse.

SHADOWS

NOITE INSONE

TEAGAN

21h42

Não me passou despercebido que ela não havia respondido minha pergunta, mas era nítido que devia esconder a sete-chaves os segredos de seu coração.

Eu não era um cara muito dado a conversas profundas, talvez por nunca ter me interessado em passar mais do que algumas horas com as damas que me davam o privilégio de suas companhias. No entanto, a mulher durona à minha frente havia despertado meu interesse em saber muito mais.

— Por que me salvou? — ela perguntou, interrompendo o fluxo dos meus pensamentos.

— Eu não te salvei... lembra? Você levou um tiro.

— De raspão — respondeu, com um sorriso irônico.

— Ainda assim, um tiro. Por milímetros não perfurou a carne. Para ganhar esse posto de salvador, eu teria que ter matado o babaca antes disso.

— Mas você o matou de qualquer forma. Não dá para controlar tudo o que acontece no universo. Foda-se se ele apertou o gatilho segundos antes de você — argumentou.

Dei de ombros, tentando não dar importância ao fato de que ela queria me colocar como um herói que eu tinha consciência de não ser.

— É sério. Por mais que sejamos aliados, não dava pra você saber isso realmente. Então... por que foi até mim? Você poderia ter abatido o alvo e continuado dando a cobertura à sua equipe.

— Sim, poderia. E não deixei de proteger a retaguarda deles, mas eu sabia que precisava chegar ao *sniper* que tinha o ponto focal da ação na mira. Não fazia sentido algum você estar com os alvos prontos a serem abatidos se não estivesse do lado dos mocinhos.

— E nessa história, há um dos caras maus que sabia que eu estaria me assegurando de que os neutralizaria num piscar de olhos se estivessem no lugar certo.

— Exato. — Sem ver, passei a mão em seu rosto para limpar a sujeira residual que ainda impregnava sua pele. Ela não afastou o rosto e manteve o olhar fixo ao meu. — Você parece uma amazona.

O som de sua risada trouxe um sentimento desconhecido ao meu peito.

— Uma amazona sem nem um pingo de glamour, já que estou me sentindo imunda.

Seu olhar varreu a gruta onde estávamos abrigados, voltando em seguida para se focar ao meu.

— Tem noção de que horas pretende sair daqui? — perguntou, tentando mudar o assunto e a energia vibrante que estalava ao nosso redor.

Era quase palpável. Algo como se uma corrente elétrica estivesse gerando uma energia ao nosso redor.

— Talvez por volta das cinco da manhã — informei, conferindo o horário em meu relógio. — Não passa das dez, então você terá tempo suficiente para se recuperar.

Ela suspirou, cansada, e agradeceu com um aceno de cabeça.

— Somos treinados para resistir a todas as intempéries, não é? — murmurou, com os olhos fechados. — Mas quando elas surgem, é como se todo o preparo evaporasse. De repente, tudo ganha uma dimensão distinta, e seu futuro se passa diante dos seus olhos. O que não acontece nos campos de treinamento. Mas quando a gente treina, sempre pensa em tudo dando certo. As variantes de uma missão fracassada quase nunca são avaliadas.

Refleti em suas palavras, sabendo exatamente ao que ela se referia. Treinar para uma missão, em situações hipotéticas, era uma coisa. Estar no olho do furacão era outra, completamente diferente. Eu já estava acostumado, há anos tendo sido destacado para os mais variados tipos de cenários de guerra. Por mais que ela alegasse estar nas forças armadas há cinco anos, e por mais que integrasse um Exército que sempre estava imerso em conflitos territoriais, eu podia imaginar que não estava acostumada a se ver em uma situação que mais se parecia a uma incógnita.

Ela estava deitada no chão imundo, a cabeça recostada contra um tronco de árvore ressecado. Um braço segurava o ferido, como se estivesse tentando protegê-lo em caso de movimento súbito.

— Espere um pouco que vou preparar um lugar mais adequado para que possa se deitar.

— Não tenho frescura com isso. Aqui está ótimo. — Seus olhos ainda estavam fechados.

— Mulher, deixe de rebater minhas ofertas de luxo gratuito — brinquei, vendo o sorriso de leve curvar seus lábios cheios.

SHADOWS

Mesmo sem querer me afastar, levantei-me e voltei à mochila para pegar o poncho camuflado que compunha os itens básicos da mochila. Também peguei uma das meias que levava de reserva e uma camiseta.

— Vista a camiseta e coloque o agasalho. Vai esfriar à noite e você precisa se aquecer. — Eu havia percebido que ela tremia, talvez até mesmo por conta da febre branda que tentava disfarçar.

Ferimentos à bala podiam provocar os mais variados tipos de reações e, dependendo do calibre da arma, ou se havia sido injetada com alguma substância química e aderida ao metal, podia causar febre e alucinações; mesmo com um tiro de raspão, como fora o caso. Junte a tudo isso o fato de estar em um ambiente inóspito e sem os cuidados adequados.

— É sério, Teagan. Não prec...

— Boneca, não destrua a imagem de cavalheiro que levei anos para cultivar. Além do mais, você sabe que evita o risco de piorar o seu estado, então, apenas aceite.

— Obrigada — agradeceu e segurou minha mão por um instante.

O ruído de estática de repente soou pela caverna. Olhei para o meu equipamento, percebendo que não provinha dos meus dispositivos. Zilah, então, pegou um pequeno aparelho de dentro do bolso da calça preta que usava e olhou para mim.

— Alguém da equipe está tentando fazer contato — informou.

Pensando rápido, agachei-me ao seu lado e gesticulei para que respondesse ao chamado.

— *Tsél* — ela disse, olhando de relance para mim. — Sim, General.

Não dava para saber o que estava sendo dito do outro lado, mas pelo cenho franzido e os resmungos de Zilah, devia ser algo que não a agradava. Ela falou mais algumas palavras em seu idioma e encerrou o contato.

— Ele disse que os agentes reportaram que tiveram que evacuar a área assim que perceberam que era uma emboscada, e que não conseguiram fazer contato comigo — informou.

— E o que você acha disso? — perguntei, mas já sabendo que aquilo ali era uma desculpa de merda.

— Que não passa de uma mentira deslavada — disse, categórica. — Não sei a quem pretendem enganar, mas algo nessa operação está sendo compatível com todas as suspeitas do meu comandante.

— E que suspeitas seriam essas? — perguntei, mas ela hesitou. — Vamos lá... somos companheiros de fuga. Salvei sua vida...

— Você mesmo disse que não fez isso — retrucou, com um sorriso debochado.

— Retiro minhas palavras. Salvei sua vida. Mereço um pouco mais de consideração.

Quase engoli a língua quando ela retirou a regata que usava, revelando o sutiã esportivo e que compunha uma espécie de proteção de Kevlar sobre o tórax. Tentei desviar o olhar, mas registrei muito bem o abdômen sarado e a cintura estreita. Além dos seios na medida certa.

Ela se levantou e foi até o filete de água que escorria na rocha, molhando a regata que havia acabado de retirar. Em seguida, esfregou o tecido pela nuca, rosto e colo dos seios. Limpou o sangue seco ao redor da ferida e no braço, dando vida ao sonho molhado de todo adolescente que já fantasiou alguma vez na vida com a vizinha lavando o carro e se molhando toda com a mangueira.

Meu silêncio deve tê-la deixado desconfortável já que olhou para mim por cima do ombro, com uma sobrancelha erguida.

— O que foi? — perguntou, confusa.

— Ahn, nada — respondi sem jeito.

— Nunca viu uma mulher sem roupa, tenente? — debochou.

— Claro que sim, boneca. Só nunca vi um sutiã... Kevlar — menti descaradamente.

— Coisas que a tecnologia do Departamento de Defesa de Israel faz por nós — respondeu e deu de ombros, gemendo em seguida. — Porra...

— Ahh, até que enfim um palavrão decente na língua universal — brinquei.

— Acredite em mim... saiu sem querer. Quando estou estressada, desato a falar no meu idioma, pouco me importando com quem está do lado.

— Fico feliz que tenha tido a consideração com este pobre fuzileiro que não é poliglota.

Ela pendurou a regata úmida em uma rocha e pegou a camiseta que lhe emprestei, olhando de relance para mim.

— Obrigada mais uma vez.

— Tudo bem. Troque a meia. Você não vai querer bolhas nesses pés, e amanhã será uma longa caminhada até o cume.

— Vamos escalar a montanha? — perguntou, tentando retirar os coturnos sem demonstrar o desconforto por causa do movimento do braço.

— Deixe-me fazer isso. — Afastei sua mão e assumi a tarefa de desamarrar os cadarços. — Não discuta, mulher.

Um silêncio tenso se prolongou entre nós, até que voltei a falar:

— Se tudo der certo, amanhã conseguiremos o resgate enviado diretamente do meu porta-aviões. — Retirei suas meias e coloquei as novas, que ficaram enormes em seus pés delicados. — Mas não ache que me engana. — Ergui uma sobrancelha, vendo-a me encarar em confusão. — Você não me respondeu quais eram as suspeitas do seu comandante.

Depois que acabei minha tarefa, ela recolheu as pernas e abraçou os

SHADOWS

67

joelhos, recostando o queixo nos braços.

— Que meu noivo foi morto exatamente por ter chegado a fundo em algum esquema de corrupção entre os agentes do Mossad e essa operação intitulada *Zarpia*.

A informação de que havia um noivo na equação não me passou despercebido.

— Aaron e eu éramos da mesma unidade especial no Exército. Quando concluí o curso de formação na *Sayret Matkal*, ele foi recrutado para ingressar junto ao Mossad, acreditando que sua carreira poderia mudar de rumo. Há algum tempo ele queria deixar as forças armadas, ou ao menos, o fronte de guerra.

Gesticulei com o queixo para indicar que estava ouvindo e aguardando por mais informações.

— Alguns meses depois de se infiltrar em uma operação já como agente, ele foi morto.

— E qual era a ligação dele com as suspeitas do comandante?

— Aaron era sobrinho do meu superior — ela disse. Vi quando fechou os olhos e suspirou, cansada. — Só soube desse parentesco quando o meu comandante, o General Cohen, me imbuiu dessa missão. Minha função era detectar onde as informações estavam sendo filtradas quando deveriam ser reportadas ao Departamento de Defesa.

— E a equipe de espiões era a mesma em que seu noivo estava trabalhando? — perguntei.

— Até onde sei, apenas Mahidy chegou a trabalhar com ele. O Mossad opera com várias equipes simultâneas. A equipe de campo e a unidade tática e de informação. Nenhum nome dos que estavam à época conferem com aqueles que conheci agora.

— Certo. Então o esquema do "rato" continua desde sempre — comentei, pensativo. Alguém estava saindo ganhando, e não devia ser pouco, para interferir na justiça.

— Minhas suspeitas sempre recaíram em Jacob Berns. Mas talvez minha raiva e repulsa por ele possam estar interferindo em meu julgamento — admitiu.

— O que seu instinto lhe diz? — perguntei, vendo-a se aquecer por baixo do poncho.

— Que ele e talvez mais alguém sejam responsáveis e estejam de conluio com os criminosos. Há algo de muito estranho em tudo isso.

— Bom, todos os filmes do Jason Borne apontam para isso. — Ela pareceu não entender. — Qual é... vai me dizer que não assiste Hollywood?

O sorriso curvando o canto de seus lábios atraiu meu olhar por um longo momento. Não podia mentir: estava atraído pela mulher forte e destemida à minha frente. Porra... além do mais... ela sabia operar um rifle com perfeição e maestria... Então passei a pensar merda, imaginando o que poderia fazer com o meu... *rifle*.

Sacudi a cabeça para afastar os pensamentos pecaminosos. Aquela não era a hora ou o lugar. Eu precisava dar um jeito de que fôssemos resgatados, e só então, meu capitão reestruturaria toda a missão *Recon*.

No entanto, se contasse nosso desempenho no ato de realmente reconhecer um esquema criminoso por trás, sendo executado em uma ilha no meio do Mediterrâneo, um destino que possivelmente não levantaria suspeitas dos órgãos internacionais, ficava mais do que claro que poderíamos intervir, já que houve uma troca de tiros entre os envolvidos.

Ao pensar naquilo, percebi o padrão óbvio: a organização criminosa, associada a terroristas de plantão, havia escolhido pontos pouco usuais no mapa. Tudo para que ficassem longe do radar.

Eles só não contavam que duas forças reconhecidamente poderosas no âmbito militar se envolveriam. Nada de FBI, Interpol do caralho, ou seja lá que outra agência governamental havia sido solicitada. Era Mossad e Marinha Americana. Embora os escrotos do *Mess* não soubessem o que os aguardava agora.

Zilah Stein estava sob meus cuidados, embora tivesse certeza de que ela não precisaria de nenhum protetor para destruir seus próprios dragões.

Cortando o fluxo dos meus pensamentos, disse, ao vê-la bocejar e piscar para tentar se manter acordada:

— O remédio deve estar assumindo o comando no seu sistema. Está na hora de um cochilo de cinco horas, pelo menos. Vou ficar de guarda para qualquer eventualidade.

Ela pensou em discutir, mas ergui a mão e segurei a sua que estava apoiada em seu joelho.

— Você precisa de toda a sua energia para o dia seguinte. Isso vai evitar que eu tenha que carregá-la no meu ombro — pisquei e dei um tapinha em sua mão —, o que não seria nem um pouco divertido ou produtivo para nossa fuga — brinquei.

Ajeitei o lado mais macio da mochila para que apoiasse a cabeça.

— Deite-se e durma, Zilah. Vou reavivar o fogo e mantê-la aquecida... A não ser que queira que me deite de conchinha para fazer esse serviço — provoquei, mas nem eu mesmo sabia se era apenas uma brincadeira. Se ela concordasse, tinha certeza de que aceitaria sem hesitar. Droga.

— Obrigada. O fogo vai ser suficiente — retrucou, com um sorriso.

Observei enquanto ela se ajeitava e me surpreendi ao vê-la cair no sono em questão de segundos. Cobri seu corpo com a jaqueta de seu traje tático, para reforçar que se mantivesse aquecida.

SHADOWS

Logo depois, recolhi possíveis traços de nossa presença ali, já deixando a mochila preparada para nossa evacuação nas primeiras horas da manhã. Com apenas meu fuzil de assalto e o telefone por satélite, sentei-me perto o suficiente dela para servir de escudo caso necessário, e longe o bastante para não me sentir tentado em me juntar ao sono reparador.

O sinal da luz piscante no telefone indicava uma mensagem codificada. Não havia sinal para que pudesse efetuar uma ligação, mas ao menos poderia me atualizar sobre os planos de resgate.

Porque de uma coisa eu tinha certeza: minha equipe não sossegaria enquanto eu não estivesse desfrutando de uma cerveja no *deck* do *U.S.S Marula* o mais rápido possível.

Semper Fidelis.

EXAUSTÃO

ZILAH

04h20

Quando minha mente enevoada despertou ao leve som do farfalhar de roupas, abri um olho e deparei com o Tenente Collins já a postos e se equipando com o colete Kevlar que havia retirado ontem à noite.

Ele percebeu minha movimentação e olhou de relance para mim, indicando com o queixo algo no chão.

— Deixei algo para você comer e também um café instantâneo que mais parece xixi de vaca, mas pelo menos vai te sustentar pelo dia.

Conferi o horário em meu relógio de pulso e contive o bocejo.

— Você chegou a descansar um pouco? — perguntei, sentando-me e espreguiçando o corpo moído. Movimentei o ombro, sentindo a musculatura rígida pela posição desconfortável no chão duro.

— Não preciso de sono, boneca. Meu corpo é capaz de se manter acordado por mais de 36 horas, até que eu desabe como um tronco de sequoia — brincou.

Peguei a caneca e a barra nutritiva, devorando tudo em segundos. Levantei-me e retirei o poncho militar emprestado e lancei para ele, informando que iria do lado de fora para atender aos apelos da natureza e ele acenou.

— Não se afaste muito. O GPS indica que nossos inimigos recuaram, mas nunca é demais se precaver com mais cautela.

Depois de esvaziar a bexiga, esfreguei os dentes com uma folha de hortelã que encontrei pelo caminho. Não era o suficiente para tirar a sensação de gambá morto na boca, mas por agora teria que bastar.

Quando entrei na gruta, Teagan já estava com a mochila às costas e o rifle de assalto em mãos.

— Quando estiver pronta, estarei do lado de fora. — Saiu, dando-me privacidade para trocar a camiseta enorme pela regata que havia usado para me limpar na noite anterior.

A sensação do tecido imundo deixou minha pele pegajosa, mas eu não poderia reclamar, pois pelo menos estava seca. No entanto, decidi manter a camiseta militar que Teagan me emprestara, dobrando as mangas enormes e amarrando a barra com um nó na altura da cintura. Calcei as botas, sentindo o desconforto na ferida, mas quando a observei, vi que o curativo se mantinha limpo.

Arrumei o cabelo o melhor que pude e saí, vendo a figura imponente parada a cerca de três metros da entrada. Quando me postei ao seu lado, ele me entregou minha pistola.

— Eu deveria me oferecer para carregar a mochila um pouco.

O som de seu riso preencheu a mata onde estávamos enfiados.

— Moça, se minha mãe descobrir que deixei uma garota levar a bagagem, terei minhas orelhas arrancadas sem dó nem piedade.

— É muito cavalheiresco isso, mas não se esqueça de que já tive minhas doses de carregar meu próprio fardo — rebati.

— Sim, mas vamos combinar que a mochila é minha, então...

Dei de ombros e o segui quando começou a andar a passos largos, usando o cano da arma para afastar a vegetação que se tornava cada vez mais cerrada.

Em um determinado ponto, nós dois tivemos que romper vários galhos para que pudéssemos prosseguir rumo ao cume da montanha.

Meus músculos gritavam em protesto cerca de uma hora depois. Teagan parou em uma encosta e estendeu a mão para que fosse até ele. Sem cerimônias, ofereceu-me o canudo do seu cantil para que pudesse me hidratar. A água reposta no cantil, extraída do pequeno filete na rocha, já havia acabado há minutos.

Aceitei seu oferecimento e tomei alguns goles, surpresa por sentir o frescor do líquido.

Teagan olhou para o relógio e apontou para o norte.

— De acordo com o mapa, estaremos no cume em cerca de seis horas. Se chegarmos em menos tempo, melhor, já que poderemos nos preparar para o salto — disse, encarando-me por trás das lentes escuras dos óculos.

— Salto? — indaguei, confusa.

— O *Little Bird* não terá um galho para pousar. — Sorriu, mostrando a covinha por trás da barba dourada. — Nós vamos saltar para suas asas.

— Ah... uau.

— Isso aí. Uau. Vai ser uma experiência inesquecível — afirmou e voltou a caminhar.

Sem que parássemos em momento algum, ele apenas estendia a mão para trás para oferecer barras energéticas, sem que trocássemos palavras para que nossa energia não fosse desperdiçada.

Em parte, eu estava grata pelo tratamento dispensado. Teagan em momento algum me fez sentir como um fardo ou uma boneca de vidro por ser mulher. Ele não me poupou, achando que não daria conta do recado. E talvez aquele fosse um entendimento tácito entre nós, já que mesmo que pertencêssemos a forças armadas de países diferentes, ainda assim, tínhamos um treinamento distinto do restante como oficiais de elite.

E era daquele jeito que ele me travava: como um companheiro, de igual para igual. O sentimento era enternecedor.

Por mais incrível que pudesse parecer, mesmo quase caindo de exaustão, ferida e ultrajada por todo o esquema de corrupção que havia nos colocado ali em primeiro lugar, também estava atraída pelo militar americano.

Seria aquela uma espécie de Síndrome de Estocolmo diferente? Eu não era sua prisioneira, nem nada, mas ao estarmos enfrentando as adversidades juntos... aquilo pode ter criado um elo que só quem se via na mesma situação compartilhava.

A estática do meu aparelho de comunicação se fez ouvir no silêncio da mata.

Teagan parou e sinalizou para que não atendesse. Sem hesitar, quebrei o dispositivo com o coturno, vendo que ele me encarava, assombrado.

— Se foram capazes de cortar o contato durante a operação, nada mais justo que eu faça o mesmo enquanto tentamos sobreviver no meio de tudo isso.

Ele estendeu a mão e esperou que eu lhe devolvesse um cumprimento. Arqueei a sobrancelha quando ele pegou minha mão e fez com que tocasse a dele, já que eu não havia me prontificado.

Não éramos muito dados a manifestações efusivas em nosso exército. Talvez pelo fato de vivermos em constante estado de tensão pela região em que operávamos em Israel. Nunca dava para saber se, em meio a um cumprimento, uma bomba poderia acabar explodindo na nossa cara.

— Bom, já estamos com um avanço de quatro horas. Em pouco mais de uma hora estaremos lá no alto. — Apontou. — Quer fazer uma pausa?

Eu não queria parecer muito desesperada por um descanso, mesmo que fosse rápido.

— Porque não sei por você, mas eu preciso muito alongar meu trapézio e encontrar um mato para aguar — brincou, fazendo-me suspirar de alívio. — E seu ferimento?

— Está tranquilo. A dor é mínima, apenas um incômodo — menti.

— Ótimo. Você é uma péssima mentirosa — disse, rindo.

— Por que diz isso?

— Moça, se eu me excitasse com gemidos agonizantes, posso dizer que teria uma ereção do tamanho dessa montanha que estamos subindo. — Piscou.

Senti meu rosto queimando de embaraço pela admissão.

— Ahn...

— Não precisa gaguejar para se explicar, querida. Já levei um tiro de raspão de um *Shaher*, então sei que dói pra caralho.

Não me estendi em perguntar em que conflito armado se deparara com um rifle de uso específico no Irã. Ainda estava tentando me refazer da vergonha por conta de seu comentário de cunho sexual. Por mais louco que pudesse parecer, as imagens de nós dois nus, gemendo – dessa vez do jeito bom –, infiltrou-se em minha mente, fazendo-me ficar mais vermelha.

— Não precisa ficar com vergonha, Zils — disse, usando um apelido para o meu nome. O americano era do tipo abusado e que lidava com as pessoas como se as conhecesse há anos, apesar de estarmos na companhia um do outro há pouco mais de vinte horas. — Vamos descansar por uns quinze minutos, tudo bem? Não podemos correr o risco de o corpo esfriar muito, ou nunca mais vamos nos levantar daqui e acabaremos sendo o almoço apetitoso de algum inseto maldito. Ou algum animal da floresta. Porra... será que aqui tem ursos? — perguntou, mais para si mesmo.

Concordei e me sentei, recostando contra o tronco de uma árvore. Cerca de dois minutos depois, ele voltou alongando o corpo atlético e musculoso. Contive a vontade de me abanar. Céus. Eu devia estar ovulando. Só aquilo poderia explicar minhas reações.

— Puta que pariu — ele xingou ao parar à minha frente. Por um instante temi que tivesse falado em voz alta os pensamentos impuros que se passavam em minha mente. — Não se mexa nem um só milímetro, okay?

Aquilo foi o suficiente para acelerar meu coração a ponto de quase saltar pela boca. Só poderia representar uma coisa: algum animal oferecendo risco imediato à minha pessoa. E se o arrepio em minha nuca fosse um indicativo, eu poderia apostar minha patente como era uma cobra.

Sem hesitar, Teagan se lançou para frente como um relâmpago e pegou a cobra negra que estava prestes a dar o bote no meu rosto. Senti apenas o movimento passando, e em segundos, o americano segurava a serpente pela cabeça, encarando-a com curiosidade.

— Não faço a menor ideia da espécie dessa víbora sorrateira, mas posso dizer que não vamos parar e perguntar se a picada é venenosa, não é?

Levantei-me de um salto e cheguei perto de onde ele a mantinha cativa. Sem demonstrar o medo que ardia em meu peito, fingi desinteresse e dei de ombros antes de dizer:

— Não vejo razão em matá-la, já que não houve dano algum.

Ele começou a rir.

— Acho tão bonitinho quando você fala impostado.

— Eu não falo impostado! — gritei, ultrajada. Só depois é que percebi que ele estava me distraindo do meu próprio terror. Percebi porque quando ergui as mãos para apoiar sobre os quadris, estavam trêmulas.

Teagan se afastou e arremessou a serpente encosta abaixo.

— Espero que ela sobreviva. Mas pelo menos não estourei a cabeça dela com a minha pistola.

— Que bom por isso. Afinal, minha cabeça estava a centímetros da dela, não? — eu disse, com sarcasmo. Sua risada aliviou o momento de tensão.

— Tenho a mira excelente, boneca. Em todos os sentidos — disparou, e piscou maliciosamente.

Revirei os olhos e saí à sua frente, ouvindo a risada solta enquanto colocava a mochila novamente às costas.

— *Mamzer*[4] — sussurrei. No entanto, não foi o suficiente baixo para que ele deixasse de ouvir.

— Isso significa sensacional na sua língua? — perguntou e passou por mim, tomando a dianteira.

— Hum-hum — desconversei, porém incapaz de disfarçar o sorriso teimoso em meus lábios.

Mesmo enfrentando aquela adversidade, a companhia de Teagan Collins era agradável. Mais do que pensei que poderia achar de fuzileiro americano.

Por mais que ansiasse que aquele dia tivesse fim, que pudesse me recostar e dormir por uma semana seguida, temia que sentiria a falta daquele homem que em pouco tempo se mostrou muito mais atencioso comigo do que tantos outros com quem convivia.

Tentei ignorar a voz interior que me dizia que estava atraída pelo homem com o espírito brincalhão, mas que parecia esconder seus reais sentimentos por trás do comportamento despojado.

Há muito tempo não me interessava por um homem, e com toda a certeza do mundo... aquele ali não era o momento para isso.

---

4   Desgraçado/babaca em hebraico

SALTO MORTAL

TEAGAN

10h05

Quando eu e Zilah chegamos ao cume, faltava cerca de vinte e cinco minutos até que o helicóptero despontasse no horizonte. Com os binóculos, conferi do alto a floresta mais abaixo, checando também pelo sistema do GPS e informes enviados pelo capitão que monitorava a movimentação na região.

Pertencer ao Corpo de Fuzileiros Navais da Marinha Americana tinha muitas vantagens em comparação a outras organizações. Os sistemas de tecnologia de ponta não perdiam em nada para os usados pelas melhores agências de espionagem do mundo, incluindo o próprio Mossad, um dos causadores de nossos infortúnios naquele momento.

Por mais que não quisesse admitir, meu corpo pedia por descanso merecido, além de litros de cerveja gelada ou um bom e velho uísque.

Minhas impressões a respeito da minha companheira só se tornavam melhores a cada minuto passado. Não a vi se queixar em momento algum, mesmo quando percebi que em um dado momento ela havia começado a mancar. Sem que percebesse, também segurava o braço e franzia o cenho em desconforto.

Meus ombros estavam me matando, assim como a coluna, mas em nada se comparava com o incômodo que comecei a sentir em minha área mais ao sul, sempre que observava o corpo longilíneo se alongando.

Debaixo de toda a sujeira, suor e sangue, a mulher era um espetáculo. Diferente das que costumava pegar, já que preferia as sem conteúdo e com um corpo mais cheio de curvas para acolher o meu muito maior.

Ela tinha a estrutura física forte, porém delgada. Os olhos ora pareciam castanhos, ora pareciam dourados. Sempre que eu dizia algo espirituoso, um sorriso de canto de boca se formava e o lado direito se elevava um pouco mais em comparação ao outro.

Havia um jeito único com que arqueava a sobrancelha escura. Não a vi

M. S. FAYES

com o cabelo solto, mas imaginava que devia ser cheio dada a espessura de sua trança grudada à cabeça.

Quando ela me flagrou a observando, apenas sorri e ofereci um pouco mais da água que levava às costas.

Sem hesitar, ela se aproximou e nossos corpos se esbarraram por um instante. Cheguei a cogitar que o tom vermelho em suas bochechas fosse resultado de uma timidez, mas, quando observei seu peito subindo e descendo, como se respirasse com dificuldade, percebi que ela também havia sentido a mesma faísca que irradiava como ondas entre nós.

Não tive pudores em continuar minha avaliação minuciosa enquanto ela bebia a água que agora começava a escassear. Como se aceitasse o desafio, Zilah devolveu o meu olhar com a mesma intensidade, e quando seus olhos percorreram meu corpo, quase perdi o controle e a puxei contra mim.

Ooaaa, cowboy. Segura essa onda, porque o momento não é propício.

Mesmo que minha voz interior gritasse, era difícil controlar os hormônios que teimavam em mostrar seu efeito por dentro da minha calça.

Porra.

Virei-me bruscamente para disfarçar e afastar-me da atração magnética que a *sniper* israelense exercia sobre mim. Talvez, quando essa merda toda fosse solucionada... quem sabe...

O ruído das hélices do helicóptero indicou que nosso resgate estava próximo. Graças a Deus. Por mais que apreciasse a companhia da garota gostosa ao lado, tudo o que eu mais queria agora era um chuveiro quente, para em seguida resolver o maldito quebra-cabeça onde haviam nos enfiado.

— Escuta, nem preciso perguntar se você tem experiência com voos turbulentos, então vou supor que sim — perguntei, olhando por cima do ombro. — Esse será um deles.

— Embora nunca tenha "saltado", como você se referiu à manobra que teremos que executar, sim, tive treinamento aéreo e formação em paraquedismo — retrucou e se postou ao meu lado.

Observei-a colocar a mão para cobrir os olhos da intensa claridade do dia. O calor abafadiço estava nos matando, mas sendo do Oregon, devia estar mais do que habituado. Mais até... já que nossas incursões no Afeganistão ou Síria nunca vinham acompanhadas de um ar-condicionado embutido em nosso corpo.

— Quisera eu poder oferecer um tapete vermelho para que sua manobra evasiva fosse em grande estilo, mas dessa vez teremos que deixar essas formalidades de lado. — Coloquei o comunicador no ouvido e busquei o canal de comunicação. — Nosso helicóptero está entrando em domínio aéreo turco, então não seremos bem-vindos por aqui. Isso se já não nos detectaram.

Ela colocou as mãos em seus quadris, observando a aeronave se aproximar ao longe.

— Apenas diga o que terei de fazer e não haverá problemas, tenente — respondeu, sem me olhar.

— Uhh... quando você me chama de tenente assim, nesse tom de voz, chego a sentir arrepios pelo corpo todo, boneca — provoquei, tentando afastar o ar preocupado de sua fisionomia.

Sua risada baixa foi mais do que o suficiente para me aquecer por dentro.

Concentre-se, Teagan.

— *Teag* — chamou a voz pelo intercomunicador.

— Já não era sem tempo, cara.

— *Certo. Estávamos em um jogo de pôquer importante na base* — Scott caçoou. — *Conhece o voo do pássaro?*

— Estou mais para águia, babaca. Olha a imponência da minha pessoa.

— *Tanto faz. O importante é você preparar as asas pra voar. A Andorinha já sabe que terá que pousar no ninho em pleno ar?* — perguntou.

— Sim. Basta chegar.

— *Certo. Faremos assim: Grieg se aproximará da encosta o suficiente para que os dois saltem um de cada vez. Se o vento não for favorável, então sobrevoaremos a uma altura razoável e lançaremos o cabo.*

Aquela não era a melhor opção, já que para aquele tipo de manobra evasiva, a aeronave teria que ficar mais tempo sobrevoando espaço aéreo inimigo.

O brilho da lataria e o barulho ensurdecedor trouxeram aquela paz que só sentia quando uma missão estava prestes a encerrar. E eu esperava que de um jeito favorável para todos.

Não desejava que nosso salto fosse mais mortal do que parecia, mas a força dos ventos já mostrou que não seria tão fácil quanto pensávamos.

Assim que a aeronave alinhou a cerca de dois metros da encosta, acenei, indicando que arremessaria a mochila pesada primeiro. Dylan e Dougal estavam sentados com as metralhadoras a postos, caso um ataque repentino acontecesse. Depois do que ocorreu com Ailleen naquela missão, não descuidávamos mais de nossas retaguardas.

— Zilah, lembra-se do salto que fez de um prédio ao outro ontem? — perguntei e vi quando acenou a cabeça confirmando. — Dessa vez, preciso que não aja no impulso, okay? Espere minha contagem.

— Okay.

— No três, você salta para dentro do helicóptero. Não olhe para baixo

M. S. FAYES

e não pense em mais nada, apenas em pousar naquele ninho macio — brinquei apontando a cabine ampla do *H-Hawk*.

Gesticulei para que Grieg tentasse chegar mais perto, mas as folhagens e as rochas pontiagudas ao redor não permitiam.

Parei por trás de Zilah e apoiei a mão em seu corpo para lhe dar um melhor equilíbrio antes do salto.

— Um... dois... três!

Ela disparou e percorreu a pequena distância, saltando no vazio entre o cume e a aeronave. Suspirei aliviado quando os braços de Scott a firmaram lá dentro.

Dando apenas o tempo necessário para que liberassem o espaço, saltei... na mesma hora que uma corrente de ar agitou o helicóptero. Consegui me agarrar nas barras de esqui de pouso, ouvindo os gritos acima de mim. Caralho...

— Teag! — Scott bradou de cima.

Acho que calculei mal também que meus músculos exauridos não cooperariam na hora de ganhar uma impulsão maior. Paciência.

— Vai, vai, vai! — gritei para que ele se afastasse da montanha ou corríamos o risco de ser jogados contra as rochas.

— Teagan! — Ouvi a voz desesperada de Zilah.

O cabo de aço foi lançado no mesmo instante; soltei-me da barra metálica e prendi o fecho ao suporte do cinto, subindo em seguida antes de esperar que içassem meu corpo. À medida que ia sendo puxado, podia sentir o empuxo do vento que tentava me sugar para a queda livre.

Subi alto o suficiente e meus braços foram agarrados pelas mãos dos meus companheiros. O que me surpreendeu é que uma dessas mãos era de ninguém mais, ninguém menos que Zilah Stein. Mesmo ferida, a mulher não hesitou em me ajudar a subir, fugindo de uma morte certa.

Quando consegui me sentar, estava sem fôlego.

— Caralho! Seu burro, por que não esperou que lhe desse o sinal positivo para saltar? — Scott bradou, revoltado.

— Cara, eu não estava a fim de tomar um chá antes que você autorizasse meu voo rasante. Agora, vamos combinar... foi bonito, hein? — Pisquei para uma trêmula Zilah, que me encarava boquiaberta.

— Mais para o voo de um pombo indo direto para as turbinas de um avião, mas tudo bem — Dylan gritou e todos riram.

Torci a boca diante da piadinha que tinha como objetivo acabar com a minha reputação, mas dei graças a Deus por termos conseguido sair sem mais intercorrências.

Cerca de dez minutos depois, observei um filete de sangue escorrer do braço da tenente. Sem hesitar, soltei-me do cinto de segurança e mandei

SHADOWS

que Dougal trocasse de lugar comigo. Ela não havia trocado uma palavra entre meus companheiros, parecendo estar sendo vencida pelo cansaço.

— Você está sangrando outra vez — falei, e apontei para o braço. — Resultado do seu esforço em me ajudar. O que você tinha na cabeça? — perguntei, por cima do ruído estridente da máquina.

— Só não queria ver a águia despencando e se esborrachando no chão, tenente — respondeu com a voz débil.

Coloquei a mão em seu joelho, sentindo-a tremer sob meu toque e disse, gentilmente:

— Durma, boneca. Vou te avisar assim que estivermos próximos da aterrissagem para que possa fazer uma descida triunfal.

Um sorriso frágil curvou um canto de seus lábios.

— Com direito a tapete vermelho? — provocou.

— Pode ser que o tapete tenha a cor de asfalto e umas listras amarelas alinhadas na pista, mas quem está reclamando? — cacoei.

— Ninguém, Teagan. Ninguém — respondeu, e fechou os olhos, cedendo à exaustão. As olheiras marcadas de repente me mostraram que ela estava bem mais desgastada do que demonstrou naquelas últimas horas.

Um pigarro atraiu minha atenção e, quando me virei, deparei-me com Scott, Doug e Dylan me encarando com expressões variadas: assombro, sorriso de merda e curiosidade.

Com um gesto teatral, mostrei meu dedo médio que serviu para calar a boca de cada um deles, antes que tivessem a chance de dizer algo mais.

Três horas e vinte minutos depois, avistei o *U.S.S Marula*, e só então respirei aliviado. Foram poucas horas fora dali, mas vividas tão intensamente que mais parecia que havia saído para uma longa jornada.

Antes que tivesse a chance de despertar Zilah, ela abriu os olhos e se ajeitou no assento, observando tudo ao redor.

— Acredita que nunca estive em uma base marítima antes? — disse, admirada.

— Sério? Mas o Departamento de Defesa de Israel investe bilhões em suas forças armadas e não possui um único porta-aviões?

— Se você parar para pensar que a maioria dos conflitos bélicos em que nosso exército se vê envolvido está situada na região do Oriente Médio, exatamente onde estamos inseridos, não faz muito sentido manter uma base aérea móvel, não é? — ela conjecturou. — No entanto, temos fragatas espalhadas por toda a costa.

Nunca havia pensado assim. Para nós, americanos e portadores do maior número de porta-aviões no mundo inteiro, aquele tipo de base era normal. Além deles, nossas fragatas estavam espalhadas quase que literalmente pelos sete mares.

— É verdade — atestei.

— Então... você é uma *Matkal?* — Dylan perguntou, e não me passou despercebido o tom malicioso com que a encarava.

Percebi que ela havia ficado desconfortável, mas antes que pudesse interferir, ela apenas disse:

— Não falo sobre meu treinamento, sargento. Tenho certeza que sendo de uma unidade de elite da Marinha Americana, também deva guardar certo sigilo a respeito de suas habilidades militares, não?

— Ahn, não. Eu gosto mesmo de me gabar — ele respondeu, e todos nós reviramos os olhos. — O que foi? Duvido que se o Teagan fosse um *Seal* manteria sigilo!

Zilah se mexeu no assento antes de continuar:

— Vamos apenas dizer que é preferível que um inimigo me identifique como um soldado comum do Exército Israelense. Dessa forma, ele me subestima e acaba sendo surpreendido quando, por fim, meu treinamento militar vem à tona.

— Bom, na certa ele vai achar que você é uma mulher indefesa — Doug comentou.

Ela torceu os lábios diante da dedução óbvia da maioria dos homens.

— E é aí que os homens, só porque acham que seus paus indicam sua verdadeira força, se enganam. É preciso bem mais do que isso para se tornar um *Sayeret Matkal.* — Olhou diretamente para Dougal. — Ah, por um instante me esqueci que suas forças de elite não admitem mulheres em suas unidades, verdade?

O sarcasmo praticamente escorria pelo helicóptero. Minha risada encheu o ambiente, coincidindo com o momento em que o orientador de pouso sinalizou o local onde deveríamos aterrissar. Uma fileira de helicópteros e caças militares se alinhava até se perder de vista.

— Qual é a capacidade dessa base? — perguntou, curiosa.

— Esta aqui, especificamente, comporta mais de vinte e dois caças, dez helicópteros e cerca de 1.700 tripulantes — Scott respondeu.

— Uau — murmurou.

Esperei que todos descessem, vendo o Capitão Masterson atravessando o convés a passos largos na nossa direção. Eu não queria admitir para ninguém – culpem meu lado orgulhoso e prepotente –, mas havia ferido minhas costelas mais do que imaginei durante o salto. Definitivamente, minha águia interior enfrentava um sério problema em uma de suas asas.

Scott estendeu a mão para ajudar Zilah a descer da aeronave, e, por um instante louco, senti ciúmes de meu melhor amigo. *Que merda era aquela?*

— Tenente Stein — o capitão cumprimentou, estendendo uma mão.

— Capitão Masterson. Estou no comando deste porta-aviões, e fui o

SHADOWS

81

contato imediato que seu comandante lhe indicou.

— Certo. Você usava o codinome Seagul, certo?

— Exato. E você é a *Tsél*.

Mais uma vez aquela palavra. Eu a havia escutado dizer quando aceitou a comunicação com seu superior, o tal general.

O capitão olhou para mim com um ar zombeteiro e disse:

— Coincidências que duas sombras se encontrem, não é mesmo?

Minha sobrancelha erguida deve ter sido um indicativo de que não havia entendido sua piada, e ele logo tratou de explicar:

— *Tsél* significa sombra em hebraico, Teag.

Aquilo fez com que Zilah virasse a cabeça de uma vez na minha direção, surpresa.

— *Você* é o *Shadow*? — perguntou com um tom de voz admirado.

— Eu mesmo, ao seu dispor, madame. — Floreei um cumprimento galante, mesmo que nosso estado e roupas não indicassem nada de luxo.

— Por que não disse nada? — indagou, acompanhando lentamente meus passos trôpegos.

— Hum, talvez pela mesma razão que você não disse nada a seu respeito? — respondi, retoricamente.

Sem perceber, apoiei minha mão na parte inferior de suas costas, sentindo seu corpo retesar ao meu toque. Quando pensei que ela fosse se afastar, Zilah relaxou e se aproximou um pouco mais.

Estávamos sendo flanqueados pelo capitão, Scott, Dylan e Dougal.

— Tenente, você foi ferida, de acordo com o relatório de Teagan — o capitão disse.

— Apenas um tiro de raspão, capitão — ela respondeu. — Agora, acho melhor conferir o estado de saúde de seu próprio tenente, já que ele não quer dar o braço a torcer de que pode ter sofrido algumas injúrias.

Comecei a rir na mesma hora, tentando disfarçar o suor frio que se formava em minha testa. Porra, minhas costelas estavam me matando.

— Injúrias? Que palavra chique, Zils.

— Vamos levá-los ao serviço médico para que possam ser examinados. — Virando-se para mim, Masterson perguntou: — Em uma escala de 1 a 10, qual é o nível dos seus ferimentos? Preciso escalar a equipe que vai seguir em terra novamente.

— Não me deixe de fora, Cap — respondi rapidamente. — Devo ter esfolado uma costela ou duas. — *Ou quatro, mas quem estava contando?*

— Isso já é mais do que o suficiente para ser afastado, Teag — Scott se intrometeu.

— Nada disso. Já estive em operações muito mais arriscadas com uma bala alojada na coxa. Isso aqui é fichinha. Nada que alguns analgésicos e

uma bandagem não resolvam — afirmei e dei o assunto por encerrado.
— Nada comparado com as tripas quase pulando pra fora que o Cap teve naquela missão do caralho.

— Isso é o que vamos ver — Scott murmurou.

Antes de nos afastarmos totalmente, gritei para Grieg, o piloto:

— Ei, G! Cuide bem da minha mochila, hein? Se puder pedir para alguém entregar na minha cabine, ficarei grato.

— Sem problemas, Teag!

Meu bebê cuspidor de fogo estava ali dentro. Além do mais, a arma de Zilah também se encontrava sob minha responsabilidade. Longe de mim querer que algo acontecesse ao seu rifle. Eu sabia o quanto podíamos ser sentimentais com nossas coisas.

As vidas de nossos companheiros dependiam daquilo. E a vida de nossos inimigos eram ceifadas com a mesma precisão com que protegíamos uns aos outros.

SAIA JUSTA

ZILAH

16h02

Aceitei os cuidados da equipe médica, sem querer demonstrar minha preocupação com o estado de saúde de Teagan Collins.

Por mais que ele tenha tentado desmerecer as lesões que pode ter sofrido, eu sabia muito bem que costelas fraturadas podiam causar danos maiores do que se queria deixar transparecer.

— Os curativos de sutura funcionaram bem por um tempo, mas com o esforço na manobra de evasão, o tecido se abriu e será necessário pontos reais, tudo bem? — a enfermeira disse, já preparando os kits. — Vou colocar um patch à prova d'água para que possa tomar um banho, o que imagino que deva ser um dos seus maiores desejos, certo? — Seu tom compassivo atraiu minha atenção.

Eu não era muito dada a aceitar cuidados de terceiros, quanto mais de pessoas a quem não conhecia, mas a mulher inspirava confiança naquilo que fazia.

— Tudo bem. E... sim... não vejo a hora de me livrar de toda essa sujeira.

Quando se passava dias sem poder desfrutar de um bom banho, a perspectiva desse luxo era colocada em outro patamar.

Fiquei em silêncio enquanto ela suturava o talho de mais de oito centímetros resultado do tiro de raspão. Até agora eu me recriminava pela minha desatenção. Por mais que tenha afirmado para Teagan que ninguém pode controlar o universo, eu sabia que uma parte minha sempre se frustraria por aquela falha.

Cerca de vinte minutos depois, o Capitão Masterson entrou na baia de atendimento onde eu me encontrava. Antes que eu tivesse chance de perguntar sobre o estado de saúde do tenente, ele se adiantou.

— Teagan está revoltado porque atestamos a fratura de três costelas, mas insistiu que gostaria que você também recebesse o melhor atendimento dentre as unidades militares do mundo. Palavras dele, não minhas — ele disse, com um sorriso. — Como você está?

— Ótima. Seu tenente fez um bom trabalho para evitar que eu me esvaísse em sangue com uma ferida não tão grave — comentei, com um sorriso sarcástico. Eu precisava admitir que ele foi fofo ao extremo.

— Um tiro é sempre um tiro, querida — a enfermeira interrompeu. — Capitão, ela só precisa tomar os antibióticos e analgésicos, mas está liberada. Não há necessidade de permanecer em nossas acomodações por mais tempo, de acordo com o Dr. Gunzer.

— Perfeito — eu disse, e desci rapidamente da maca. — Posso solicitar a extensão desse atendimento cinco estrelas para um banho longo e demorado? — pedi, sentindo-me um pouco envergonhada.

— Com toda a certeza, tenente.

— Não há necessidade de me tratar pela patente, capitão. Pode me chamar apenas de Zilah — informei, vendo o sorriso gentil em seu rosto.

Ele era um pouco mais velho, mas ainda assim um homem bonito e imponente. Não fez minhas entranhas revirarem da mesma forma que seu belíssimo tenente havia feito; no entanto, era um colírio para os olhos.

Eu o segui pelo longo corredor, indo em direção aos alojamentos femininos. Paramos na primeira porta e ele a abriu, gesticulando para que entrasse primeiro. Além de bonito, era cavalheiro.

— Reservei esse quarto apenas para você. Acredito que não será do seu agrado ser alvo de inúmeras perguntas por parte das fuzileiras — informou, e deu uma piscadinha. — Tenha um bom descanso. Quando estiver preparada, nos reuniremos para traçar as estratégias de nossa missão em conjunto.

Apenas dei um aceno de cabeça e recostei-me à porta quando ele mesmo a fechou. Era bom poder respirar aliviada e ter aquela breve sensação de segurança.

O quarto era pequeno, com uma cama de solteiro do lado direito e uma mesa no canto oposto. A escotilha do navio mostrava o mar ao nível da superfície do casco, e imaginei que aquele poderia ser considerado até mesmo uma acomodação de luxo.

Por um momento, contemplei a imensidão do mar pelo vidro, sentindo-me pequena diante de tudo aquilo.

Em cima da cama havia uma regata preta e uma calça cargo da mesma cor, além de roupas íntimas limpas e uma escova de cabelo. Peguei a toalha dobrada sobre a mesinha e me encaminhei ao pequeno banheiro contíguo, mas decidi me livrar da farda imunda do lado de fora, já que não teria muito espaço para me movimentar ali dentro.

Quando, por fim, pude sentir a água se derramando sobre o meu corpo, suspirei em total descrença por conta de todo o ocorrido e fechei os olhos,

SHADOWS

85

tentando me concentrar para decifrar a peça faltante do quebra-cabeça onde me via naquele momento.

Dei-me ao luxo de ficar quinze minutos no banho lavando o cabelo com dificuldade por causa do ferimento e do curativo que cobria os pontos. Meus músculos estavam doloridos, mas eu sabia que era apenas questão de tempo para que os medicamentos que havia ingerido há pouco fizessem efeito.

Sem hesitar, peguei meu traje militar e tentei lavar o máximo que conseguia naquele espaço ínfimo sem muito sucesso, mas era o melhor que podia fazer. Eu não queria incomodar ninguém daquela tripulação. Por mais que integrasse um exército aliado, e nossas operações tivessem colidido, ainda assim, eu era uma intrusa no meio de um navio de guerra americano.

Depois de me vestir com as roupas emprestadas, tratei de limpar minha pistola e facas que estavam embutidas em meu uniforme. Encarei as meias brancas e enormes que Teagan me ofereceu pela manhã, sem entender o motivo de aquilo fazer meu coração bater em um ritmo irregular.

Passei a escova lentamente pelo cabelo, deliciando-me com o simples prazer de sentir as cerdas suaves acariciando o couro cabeludo. Aquilo me fez ver que já estava mais do que na hora de espancar alguma coisa... dessa forma eu esquecia o sentimentalismo dos pequenos gestos.

O som da batida me arrancou de meus devaneios e, ainda secando o cabelo com a toalha, fui conferir quem estava à porta.

O sorriso aberto de Teagan Collins me aguardava do outro lado e, meio sem-jeito por ter me demorado mais do que o previsto, apenas acenei para que entrasse.

— Está na hora de colocar comida de verdade dentro dessa sua barriga aí — ele disse, olhando ao redor da pequena cabine.

— Agora que você comentou, realmente senti meu estômago se manifestar. — E era verdade. Os eventos anteriores haviam bloqueado do meu corpo as necessidades mais vitais.

— Bom, como você demorou a dar sinal de vida, vim conferir se não estava apagada nessa cama mais do que confortável — brincou, mas havia uma pitada de sarcasmo em suas palavras.

— A privação do sono faz parte da nossa profissão, tenente — devolvi, com um sorriso.

— É verdade, mas tirar algumas horas de um cochilo pode ser reparador para o corpo.

— Com isso eu tenho que concordar. — Sentei-me na cama e mais uma vez passei a escova pelos fios agora não tão úmidos.

Sem a menor cerimônia, Teagan fez o mesmo e se sentou ao meu lado. A proximidade me permitiu sentir o cheiro limpo de sabonete. Ele agora usava o uniforme militar de combate, ao invés do tático, mas seu charme exalava da mesma forma. A camisa bege se apegava ao tórax forte, marcando cada um de seus músculos. A calça camuflada não deixava muito à imaginação ao moldar as coxas musculosas e a bunda rígida.

Céus. Esse cara é o pecado em forma de homem.

Pigarreei, tentando disfarçar o nervosismo que sua presença agora me trazia, além de tentar ocultar as reações do meu corpo.

— O Capitão fará uma videoconferência com seu comandante, o tal General Cohen — informou, olhando-me atentamente. — Há ordens imediatas vindas do Departamento de Defesa dos Estados Unidos, então estamos tentando alinhar nossas ações.

— Realmente preciso averiguar a posição da equipe do Mossad. Saber se eles contataram seus superiores.

Teagan se recostou à parede, totalmente à vontade.

— Se há um esquema de traição ali dentro, duvido que façam contato imediato. Provavelmente darão a impressão de que a operação está fluindo da maneira que deveria — ele disse.

— Sim, mas eu informava o comandante a cada etapa, e Mahidy sempre tinha que lhe enviar relatórios. Era através disso que ele averiguava se minhas infos batiam com o que estava sendo relatado.

— E em algum momento elas foram incompatíveis? — perguntou.

— Em apenas uma etapa da operação. Nosso comando não recebeu a informação de que o criminoso que extraímos em Syraz foi eliminado por Jacob.

— Humm... então tudo aponta para o tal Jacob... — deduziu.

— É a aposta mais óbvia, mas, na atual conjuntura, não estou descartando nem mesmo Ibrahim e Mahidy — afirmei, com um tom de voz pesaroso.

— Bem, o importante é que cheguemos ao ninho de cobras e cortemos as cabeças das serpentes, certo? — afirmou, e encarou-me por um longo momento.

O silêncio praticamente podia ser ouvido. Se é que era possível. Porém, mais do que isso... Havia uma faísca que teimava em crepitar sempre que estávamos muito perto.

E naquele espaço apertado da cabine era como se estivéssemos mais uma vez naquela gruta na floresta.

Engoli em seco, sentindo uma dificuldade absurda em disfarçar as batidas aceleradas do meu coração. Temia que ele pudesse ouvir o sangue latejante pulsando por cada veia em meu corpo.

— O Cap acha que não teremos tempo hábil para descanso. Para que possamos seguir no rastro dos criminosos... — fez uma pausa antes de

SHADOWS

87

acrescentar: — e da sua equipe do Mossad. Devemos partir o mais rápido possível.

— Tudo bem — respondi rapidamente.

Teagan me encarou por um longo instante, em seguida exalou um suspiro e fez menção de se levantar da cama. No entanto, o movimento nos aproximou ainda mais.

— Eu não deveria estar aqui — ele disse, baixinho. — Corro o risco até mesmo de uma suspensão. — Seu olhar estava focado em minha boca.

Umedeci os lábios ressecados, sentindo o coração quase saltar pela garganta.

— Ahn... e-eu... — gaguejei, sem saber o que mais dizer.

— Eu só precisava ver se você realmente estava bem, ou se estava mais debilitada do que gostaria de admitir.

Dei um sorriso sutil e sarcástico.

— Eu deveria pensar o mesmo ao seu respeito, tenente. Afinal, não fui eu quem tentou disfarçar que havia fraturado alguns ossos no trajeto.

Teagan riu e seus olhos se estreitaram. As rugas suaves nos cantos lhe davam um charme todo especial.

— Bom, já vimos que tiros...

— De raspão — interrompi.

— Okay, tiros de raspão e costelas "trincadas" — fez questão de enfatizar as aspas — não são o suficiente para nos impedir de continuar, certo?

— Concordo.

— Só vamos nos ater a essas pequenas lesões na próxima, beleza? Uma vez já é o bastante.

— Tentarei não cometer o mesmo erro outra vez — eu disse, e abaixei a cabeça.

Teagan ergueu meu rosto com a ponta do dedo sob o queixo.

— Ei... você não tem que se envergonhar... Não somos infalíveis, Zilah. Ninguém é. Bem, talvez eu, mas... — brincou, para aliviar o clima. — Espero que consigamos deter os criminosos e reaver sua confiança quando seu Governo fixar uma medalha de honra bem aqui. — Sem que se desse conta, ele colocou a ponta do indicador logo acima do meu coração. Muito, muito próximo do meu seio.

Quando percebeu o que fez, Teagan se afastou rapidamente e se levantou, gemendo de dor no processo.

— Pooorra... essa merda dói. — Apoiou a mão sobre o lado esquerdo. — Okay, uma oficial vai te levar até o refeitório dentro de quinze minutos. Em seguida, você será encaminhada para a sala de comando. — Começou a se afastar, ainda com a mão protegendo sua lesão.

Era provável que eu só teria aquele momento roubado entre nós. Depois, mais uma vez, nos enfiaríamos de volta na missão, e sabe-se lá o que o futuro poderia nos reservar.

E mesmo que o que estava prestes a fazer me colocasse em uma saia justa, meu cérebro se desligou de qualquer consequente complicação e tumultuou mais ainda a minha vida conturbada.

Se meus agradecimentos não tiverem sido o suficiente, esperava que o próximo gesto o fizesse.

EXPLOSÃO QUÍMICA

TEAGAN

16h41

— Teagan — Zilah me chamou, mas não me virei para encará-la. — Muito obrigada. Mais uma vez.

Senti sua presença às minhas costas e o toque gentil de sua mão em meu ombro. Girei o corpo para ficar de frente a ela e, sem nem ao menos pensar duas vezes, ela se ergueu na ponta dos pés e tocou meus lábios com os seus.

Um beijo suave, talvez até mesmo de agradecimento.

No entanto, fui pego de surpresa e suspirei profundamente. Mais para tentar resgatar meu autocontrole do que qualquer outra coisa. O que se passou depois foi mais como um borrão.

Em menos de um centésimo de um segundo, pressionei o corpo suave contra a parede ao lado do banheiro e devorei sua boca sem piedade.

A química evidente que havia se desenvolvido entre nós naquele curto espaço de tempo foi mais do que o suficiente para quase fazer meu corpo entrar em combustão.

Com um gemido suave, ela enlaçou meu pescoço e aprofundou mais ainda o beijo faminto que compartilhávamos.

Minhas mãos ganharam vida própria e percorreram suas curvas com ânsia e moderação ao mesmo tempo. Eu não queria assustá-la, mas seu beijo mais suave do que o toque de uma pluma foi o bastante para que estourasse o barril de pólvora do meu desejo reprimido.

Era óbvio que ficar um tempo sem degustar da suavidade de uma mulher causava esse efeito, mas eu sentia que havia algo muito maior por trás do arroubo que estávamos vivenciando.

Nossos ofegos se misturaram aos gemidos, e em um determinado momento fiquei sem saber se eram apenas de prazer ou havia dor envolvida. Minhas costelas estavam me matando, e eu sabia que ela havia recebido pontos em seu ferimento, mas já nem me importava mais com nada.

— Ah, meu Deus — ela disse, assombrada. Achei que fosse se afastar por um segundo, mas me enganei totalmente quando ela me beijou outra vez.

O embate entre nossas línguas marcava o mesmo ritmo de nossos corações. Meu sangue estava latejando e meu pau havia ganhado vida própria, assumindo o comando ao pressionar minha virilha contra a dela.

— Espera... ai, meu Deus... nós não podemos — ela disse, entre os beijos que nunca cessavam.

— Eu sei... Mas, foda-se — praguejei, e enfiei as mãos por baixo de sua camiseta preta.

Quando estava prestes a abarcar seus seios com minhas mãos, uma batida à porta nos interrompeu.

Recostei minha testa à dela, respirando com dificuldade, e sussurrei:

— Caralho, salva pelo gongo.

Ela riu baixinho e pressionou a boca contra o meu pescoço, quase me fazendo gemer alto o bastante para que nosso "empata foda" escutasse.

Mais três batidas soaram e Zilah apenas respondeu:

— Sim?

— *Sou a Sargento Joyce Fields e vim buscá-la para o horário da refeição. Está tudo bem?*

— S-sim... Eu já estou saindo — disse e ouvimos os passos se afastando. — E agora? — sussurrou.

— Agora... eu vou ficar por mais alguns instantes aqui na sua cabine enquanto espero minha barraca desarmar — caçoei, e pressionei meu quadril outra vez contra o dela. Ainda não havíamos nos soltado de nosso abraço. — Depois, vou aproveitar o horário do jantar para sair sem ser detectado.

— Meu Deus, Teagan... O que fizemos? — murmurou.

— Na minha concepção, nós demos um puta beijaço como dois adultos com tesão. Pronto.

Sua risada suave aqueceu algo que nem sabia que estava congelado por dentro.

— Simples, direto e grosseiro.

— Como todo fuzileiro deve ser — completei.

— Algo do tipo... Bom... — Afastou-se de mim e ajeitou a regata, colocando-a para dentro do cós da calça. Em seguida, passou as mãos no cabelo e suspirou antes de dizer: — Foi um prazer...

— Incomensurável — interrompi, e fiz uma reverência. — Sempre ao seu dispor, madame.

— Você é tão engraçadinho — ela zombou.

— Sempre me dizem isso.

SHADOWS

Ela indicou para que eu me escondesse no banheiro e abriu a porta. Antes, porém, olhou por cima do ombro e piscou.

Fui deixado ali dentro, ainda atordoado pelo beijo intenso trocado. Porra, pelo amasso trocado. Um amasso mais quente do que o que troquei com Sandi Lee, no ensino médio, entre as estantes de livros clássicos na biblioteca da escola.

Meu nível de frustração sexual havia acabado de alcançar a escala máxima, e só o que eu poderia fazer era rezar para que minha ereção monstruosa finalmente cedesse.

Porém, só em pensar que minhas mãos estiveram cheias com o corpo gostoso de Zilah Stein, o monstro ganhava vida outra vez e latejava, tentando me dizer que ainda não havia se saciado.

Eu temia que levaria muito tempo para conseguir suprir aquele desejo e me saciar por completo com aquela mulher.

Não foi tão difícil assim deixar a cabine de Zilah sem que minha presença fosse detectada. Por ser a primeira acomodação do corredor, a câmera de segurança não a englobava, então nem ao menos precisei usar de minhas táticas furtivas para dar o fora dali como uma sombra.

Andando a passos largos, entrei no refeitório e contive a vontade louca de procurá-la por ali. Avistei Scott e Jensen no mesmo canto onde sempre nos sentávamos, ao lado de outros companheiros.

Peguei a bandeja próxima à ilha de comidas variadas, mas me servi apenas com um sanduíche e uma lata de Coca-Cola.

Não sabia explicar, mas havia perdido a fome, e agora todas as minhas energias estavam concentradas nas reações químicas desencadeadas em meu corpo por conta daquele nosso breve momento.

Caramba... não me lembrava de já ter sentido tanto desejo reprimido assim por uma mulher. Nem mesmo em minha adolescência, quando bastava ver Pamela Anderson correndo com aquele maiô vermelho em uma praia em Malibu para que meu pau ganhasse vida.

Malditos hormônios.

— E aí, cara? Como estão as costelas? — Scott perguntou.

— Doendo, mas contidas em uma bandagem mais apertada do que cueca tamanho P — respondi, e ouvi a explosão de risadas.

— Já se reencontrou outra vez com a *sniper* gostosa? — Jensen sondou.

Um: quase me entalei com o pedaço de sanduíche que havia acabado de abocanhar.

Dois: quase pulei por sobre a mesa e o agarrei pelo pescoço por conta do comentário nem um pouco engraçado.

Não que Zilah não fosse uma *sniper* gostosa, mas eu não queria que outros caras se referissem a ela assim. Ela era a *minha sniper* gostosa. Droga. Meu lado possessivo estava aflorado.

— Espero que ela aplique algum golpe sinistro em você, só por causa dessa sua língua grande. Você sabe muito bem que a ordem aqui dentro é tratar as mulheres com respeito. E isso não está limitado somente às nossas fuzileiras, idiota — Scott interveio, antes que eu pudesse arremessar minha lata de Coca na cara de Jensen.

— Foi mal. Mas vocês têm que admitir que ela é bonita pra caralho. Minha nossa, quando a vi na enfermaria, quase precisei que o Dr. Gunzer usasse o desfibrilador em mim — o garoto se desculpou. — Não vai me dizer que você não notou, Teag?!

— Claro que notei — respondi, com a boca cheia e tentando disfarçar meu desconforto com a pergunta. *Notei e comprovei com minha própria boca e mãos o quanto ela era gostosa.*

Scott me olhou com atenção e entrecerrou os olhos, e eu apenas o encarei e arqueei as sobrancelhas.

— Humm — murmurou.

Depois de quinze minutos, estávamos já nos dirigindo para a sala de comando quando a Sargento Fields veio em nossa direção na companhia de ninguém mais, ninguém menos que a mulher que estava povoando minhas fantasias.

— Tenente Collins, Tenente Bromsfield — cumprimentou, respeitosamente —, a Tenente Stein solicitou que pudesse ir à sala de comando na companhia de vocês.

Dei um sorriso de lado, tentando não encarar Zilah bem à frente.

— É claro que sim. Como está o braço? — Scott perguntou, educadamente.

— Não vou dizer que estou pronta pra outra, porque estaria mentindo — ela respondeu, sucinta.

Nós três caminhamos em silêncio até a sala onde o capitão já nos aguardava. Sem perceber, acabei me sentando ao lado de Zilah, enquanto Scott se postou à nossa frente na imensa mesa oval.

Dougal, Tyler, Jensen e Dylan chegaram logo em seguida e tomaram seus assentos.

— Bom, vamos direto ao ponto, porque estamos ficando sem tempo

SHADOWS

93

— o Capitão Masterson deu início. — A Força de Defesa de Israel nos enviou um relatório breve que aponta os locais exatos para onde a organização criminosa está transportando a carga.

Mais uma vez ele abriu o imenso mapa à nossa frente e foi indicando por etapas.

— Varosha serviu como emboscada, já que as mulheres traficadas não chegaram a pisar o pé ali. Segundo nossas fontes, elas ficaram em um depósito no Cais de Protaras.

Parou de frente a Zilah e cruzou os braços, a cabeça inclinada de leve.

— O General Cohen acredita que armaram pra você ali. Quem quer que seja o rato dentro do grupo de agentes onde estava cedida, tomou uma atitude pensada na hora de tentar se livrar da sua presença. Precisamos saber o porquê.

— No mínimo, porque ele sabe que estou ali dentro para entregar o esquema corrupto que pelo jeito teve início há anos. Meu comandante perdeu um ente querido em uma operação, mais de dois anos atrás, e, por incrível que pareça, a vertente da investigação que transcorria na época abordava o mesmo teor. Armas financiadas para terroristas a troco de mulheres traficadas do Oriente Médio — ela disse.

— Aniquilar essa organização criminosa é de interesse de nossos países — ele disse —, mas parece que sua cabeça agora está a prêmio.

Ela assentiu e pareceu engolir em seco.

— Não tenho medo do combate, Capitão. Fui treinada para isso, e se há um traidor entre o grupo do Mossad, ou se toda a equipe está de conluio com esta organização, então nada me fará mais feliz do que poder matá-los um a um.

Uau. Aquela mulher era dinamite pura. Tive que apoiar a base da minha mão em minha virilha para conter o mastro que queria se erguer em homenagem a ela.

Dei um pigarro de leve para tentar disfarçar meu total estado de excitação somente em escutar sua voz com aquele sotaque sexy.

— Bom, já que estamos de acordo nisso, vamos prosseguir com o plano — o Cap disse. — Nossa intenção é tentar fazer o reconhecimento de onde será a próxima negociação. Podemos fazer a extração das reféns — olhou para todos —, tentando o mínimo de baixas e efeitos colaterais...

Ele deixou algo no ar, e não sei por que razão, aquela pausa me trouxe um arrepio indesejável.

— Se não formos bem-sucedidos, então outra opção é que outra especialista nisso use outra abordagem.

— Que abordagem? — perguntei.

— Infiltração.

— Espera, nenhum de nós poderia se infiltrar no meio dos criminosos, porque não fazemos o perfil — Scott conjecturou.

— Nós, não. — Olhou para Zilah que prestava atenção a tudo. — Mas ela pode.

— O quê? — perguntei, e levantei-me de uma vez. — O senhor quer que ela seja uma agente infiltrada entre as mulheres traficadas?

O silêncio reinou na sala por meros segundos, antes de Zilah dizer:

— Eu topo.

— O quê? — Olhei para ela. — Não! Você não pode. É arriscado demais.

Ela se levantou e parou em frente ao mapa, sem olhar para mim em momento algum.

— Se pude atuar em meio aos agentes do Mossad, conhecendo de todas as suas técnicas, com toda a certeza poderei fazer o mesmo, caso seja necessário.

— Tenente, você não passará despercebida no meio daquelas mulheres — tentei argumentar.

— Meu biotipo ajuda, Tenente Collins. Posso me misturar com facilidade.

Fui até ela e parei à sua frente, pouco me importando que todos ali estivessem acompanhando nossa discussão.

— Olha, você é uma *sniper* treinada, seu foco de atuação é dar cobertura em meio à ação, não agir diretamente ali dentro.

— Antes de me tornar atiradora de elite das forças especiais, já era do Exército, Collins. Já estive em combates fronteiriços. Na verdade, isso sempre foi rotineiro para nós, das Forças de Defesa de Israel. Vivemos em território hostil, cercados por ataques terroristas a qualquer instante, seja dia ou noite. Além do mais, minha unidade de elite é especialista em extração de reféns.

Ela se afastou de mim e parou perto do capitão, estendendo a mão para ele. Aquilo me irritou pra caralho.

— Temos um acordo, capitão. Se nossa abordagem não for frutífera, eu me infiltrarei em meio às mulheres com um GPS aderido ao corpo. Tenho certeza de que a Marinha Americana também possui o mesmo sistema de tecnologia avançada com relação ao rastreio indetectável.

— Sim. Temos um GPS intradérmico. Ele não pode ser detectado por sensor, e marca em tempo real a sua localização — o capitão respondeu. — Mas, veja, Stein, essa não é nossa prioridade aqui. Será o último recurso, caso não consigamos intervir ainda em Chipre.

A reunião prosseguiu por mais vinte minutos, mas eu já não ouvia mais nada. Um zumbido incômodo perturbava minha cabeça, imagens de Zilah desaparecendo das minhas vistas me atormentando.

Eu não deveria estar tão conectado assim a ela. Aquele era o nosso trabalho, e ela não deveria ser desmerecida em suas habilidades de tática militar em momento algum.

Não era por ser mulher. Caramba, eu já havia conhecido inúmeras que não deixavam a desejar para homem algum. Mas era por ser... *ela.*

Eu não sabia explicar, mas Zilah Stein havia se entranhado em meus pensamentos, por baixo da minha pele... E tudo o que eu mais queria era garantir que estivesse segura, mesmo que nossos caminhos tenham colidido em meio ao fogo cruzado.

Quando o capitão deu a reunião por encerrado, aguardei um tempo até que pudesse ir atrás dela mais uma vez.

— Não pense em fazer isso — Scott me advertiu, ainda sentado em sua cadeira.

— Fazer o quê? — perguntei, o encarando.

— Vamos lá, Teag. Eu te conheço há anos, cara. Sei que essa mulher está mexendo com você.

— O quê? — perguntei, olhando para os lados para ver se havia mais alguém na sala.

— Você está emitindo sinais, irmão. Sinais altos e claros de que se importa com essa garota mais do que quer admitir — disse, e recostou os cotovelos sobre a mesa. — Olha, talvez vocês tenham criado um laço, um elo, sei lá... por conta da operação. Mas não se esqueça de que estamos falando da segurança dos Estados Unidos.

— E desde quando me esqueci disso, Scott? — Estava irritado com meu amigo agora.

— Não estou te julgando, Teagan. Mas essa garota tem habilidades que podem nos ajudar a acabar com essa porra de esquema criminoso. Garantiremos que essas mulheres, jovens e crianças não sejam vendidas como gado e ainda evitaremos que um bastardo imundo financie terroristas espalhados ao redor do globo.

— Eu entendi muito bem a missão, Scott — resmunguei.

— Ei, não precisa ficar puto. — Ergueu as mãos em rendição. — Estou apenas te aconselhando a não deixar que suas emoções interfiram num bem maior.

— Não é questão de emoções... — Bem, meio que era, mas eu não precisava entrar em detalhes.

— Você mesmo já presenciou e sobreviveu a missões malsucedidas, Teag. Porra, o Cap já passou por isso não muito tempo atrás. O que poderá dar errado em uma operação detalhada e cujas variáveis serão cobertas por nós?

— Talvez o mesmo que tenha acontecido em tantas outras, onde o infiltrado acaba sendo descoberto e se transforma em um trunfo nas mãos dos inimigos — afirmei, levantando-me.

Scott fez o mesmo e colocou a mão sobre o meu ombro.

— Nós vamos nos assegurar de que tudo saia como o planejado, Teag.

Ele saiu e me deixou ali na sala de comando sozinho. Sem pressa alguma, conferi cada detalhe da operação programada para o dia seguinte.

Desisti de procurá-la em sua cabine, porque não me responsabilizaria pelos meus atos ou pela proximidade de nossos corpos.

Além do mais, não poderia garantir que não acabaria falando merda e deixando-a transtornada. Precisávamos entrar com a cabeça limpa naquela missão. A minha, mais ainda.

ESQUADRÃO ÍMPAR

ZILAH

06h01

Às seis horas da manhã do dia seguinte, estávamos todos reunidos no convés do porta-aviões. Mais uma vez sairíamos em missão, e eu não queria pensar nas possíveis consequências caso nossa abordagem falhasse.

Depois da reunião com o Capitão Masterson na noite anterior, voltei à cabine e uma parte minha esperava receber a visita de Teagan. Ele não apareceu, no entanto, e eu não sabia se minha frustração era a causadora da ansiedade que tomava conta de mim naquele momento.

Duas fuzileiras da corporação foram até minha cabine cerca de duas horas depois da reunião e conferiram minhas medidas para que pudessem providenciar os trajes que usaria naquela operação.

Meu lado patriótico se remoía em desconforto pelo fato de não estar usando minhas insígnias, mas eu sabia que precisava me misturar aos elementos da mesma forma que os seis oficiais de elite que seguiriam junto.

Depois de me alimentar com uma refeição frugal, fui ao encontro dos homens que já trajavam seus Marpats, usando eu mesma um traje similar. O camuflado verde e bege nos deixaria parcialmente encobertos em meio ao terreno escolhido para o embarque das mulheres sequestradas.

Quando Teagan me viu chegando, veio na minha direção com o meu rifle que fora enviado para a seção de manutenção. Ele estava limpo como novo e, de acordo com as informações do tenente, os carregadores estavam devidamente abastecidos.

— Aqui — ele disse, e percebi que seu semblante estava sério. O homem brincalhão dera lugar a outro que não disfarçava a irritação. — Conferiu todos os aparatos de seu traje tático? — perguntou.

— Sim.

— Coloque isso aqui — orientou, e ajudou-me a vestir o colete militar revestido em Kevlar. Eu estava usando o meu bustiê, mas não cobria outros tecidos moles que caso fossem atingidos poderiam ser fatais.

98   M. S. FAYES

— Tenente... — falei, baixinho, sem querer atrair a atenção de mais alguém. Toquei seu braço e o senti retesar. — Não entendo o motivo desse humor ácido logo tão cedo.

Um sorriso curvou o canto esquerdo de seu lábio, mas não chegou aos seus olhos claros.

— Estou puto por não termos outra opção caso nossa abordagem não seja bem-sucedida. Nossa meta é neutralizar os criminosos, resgatar as mulheres e, se possível, trancafiar os agentes filhos da puta que não te deram cobertura e que podem estar envolvidos nessa merda toda — admitiu. — Não colocá-la em um covil.

Foi a minha vez de tentar lhe dar um sorriso tranquilizador.

— Esse não será meu primeiro baile, Teagan — brinquei.

— Eu sei. Mas se lembra do lema dos fuzileiros navais da Marinha Americana? — perguntou.

— *Semper Fidelis?* — soltei, vendo-o assentir brevemente.

— Exatamente. É difícil sair em uma missão e voltar sem o esquadrão completo. Nossa meta é entrar e sair dessa, juntos. Entende?

— E você sabe qual é o lema das unidades de forças especiais israelenses, Teagan? — foi a minha vez de perguntar.

— Não — admitiu.

— Inspirados na força aérea britânica, nós usamos o bordão *Qui audet adipiscitur.* Quem ousa, vence.

Ele suspirou e passou a mão pelo cabelo.

— Se ousarmos de uma maneira que eles não esperam, sairemos vitoriosos; e então, eu e você poderemos ostentar aquela medalha da qual falou — tentei brincar para aliviar o clima.

Eu também não queria me infiltrar num ambiente hostil onde sabia dos riscos somente por ser mulher. Preferia estar na ação, onde teria muito mais controle sobre as adversidades.

Mas se fosse preciso, iria a fundo para descobrir a raiz operacional dessa organização criminosa, e nada me faria mais feliz do que entregar de bandeja para o meu comandante as cabeças daqueles que ousaram nos trair.

— Certo. Você implantou o chip? — Teagan perguntou, ainda com o semblante sisudo.

— Você quer dizer, o outro chip, certo? — Toquei a nuca, local exato onde eu já possuía um rastreador inserido pela minha unidade de elite.

— Você já possui um? — perguntou, arqueando a sobrancelha.

— Sim. Mas é codificado com os *Sayeret.* Não abre rastreio para nenhum sistema operacional de fora. Enfim, agora tenho dois. — Mostrei a parte interior do pulso, onde o microchip havia sido implantado com

SHADOWS

99

uma agulha hipodérmica. — Nem que eu quisesse agora conseguiria me esconder.

Consegui o que queria quando o vi rindo baixinho.

O ruído das hélices sendo acionadas ressoou pelo *deck* de partida. O capitão veio até nós com um dispositivo e entregou um para Teagan e outro para Scott.

— Os planos de ação estão aqui. Há um navio cargueiro saindo de Famagusta esta noite. Vocês levarão cerca de seis horas até chegarem ao local de desembarque. Ponto de descida será uma fragata que está disfarçada como barco pesqueiro. Ela os levará até uma cidade vizinha que faz fronteira com a vila onde o cais está localizado. A área onde ele está situado é bastante remota e distante da civilização — o capitão informou. — A infiltração no território não poderá ser feita com o *H-Hawk* por conta do espaço aéreo restrito e fortemente vigiado.

Estávamos todos prestando atenção às orientações passadas. Em um determinado momento, ele se virou para mim e disse:

— Tenente Stein, o General Cohen enviou uma mensagem criptografada ao nosso comando informando que os agentes do Mossad reportaram sua baixa em serviço.

— O quê? — *Aqueles idiotas informaram minha morte?*

— Em contrapartida, nós o informamos que você segue agora infiltrada dentro do esquadrão *Recon* dos fuzileiros navais. Eles não saberão que você está entre nós, a menos que se revele abertamente. — Chegando perto, ele estendeu uma tarja com a identificação *Tn. Z.* — Será uma honra integrá-la em nossa equipe.

Teagan me deu uma cotovelada de leve e, quando o encarei, vi o sorriso curvando o canto de seus lábios cheios.

Oh, céus... Bastou olhar para aquela boca que havia consumido a minha na noite anterior para sentir o desejo formigando por todo o meu corpo outra vez.

— Quer que eu coloque pra você? —— ele sussurrou no meu ouvido. Foi preciso um grande esforço para disfarçar a onda de excitação que suas palavras causaram.

— Não, mas obrigada — respondi no mesmo tom, colando a faixa com o velcro no campo acima do seio. Não olhei para cima, mesmo me dando conta da risada sutil de Teagan.

A energia ao redor mudou, indicando que todos estavam prontos para partir em missão.

— Primeiro as damas — Jensen disse de um modo galante, e estendeu a mão para mim.

Subi no helicóptero e acomodei-me em meu assento, afivelando imediatamente o arnês de quatro pontas. Teagan sentou-se à minha esquerda, enquanto Scott se postou à direita. Os outros quatro fuzileiros se acomodaram à frente.

Quando a aeronave levantou voo, tive apenas um minuto para apreciar toda aquela imensidão azul do oceano antes que o Sargento Jensen dissesse aos gritos:

— Se estamos indo em sete, não dá azar? — caçoou.

— Cala a boca, imbecil — Teagan ralhou.

Eu podia sentir seu corpo vibrando ao meu lado. Nossas coxas estavam pressionadas uma à outra, os braços colados como uma unidade.

Incrível pensar assim, mas mesmo que o Tenente Bromsfield também fosse um homem bonito, nossa proximidade não causava aquele turbilhão que eu podia sentir por dentro.

— Scott, pelo mapa, qual é a distância onde nos posicionaremos? — Teagan perguntou.

— A cerca de 900 metros há um prédio que serve como armazém da guarda costeira. Está abandonado, já que eles não fazem averiguações pelas cercanias do Cais. Parece que o esquema de corrupção tem as teias bem largas.

— É o que parece.

— A carga está prevista para zarpar do porto às 22:45. Um horário excelente, já que a troca de plantões noturnos acontece sempre às 22:30 — continuou. — Dê aí quinze minutos de folga entre chegada e saída dos estivadores, e a transição das mulheres pode ser feita sem problemas.

— Então nossa meta é ficar no telhado desse armazém e abater os alvos? — perguntei.

— Sim. Mas o capitão precisa que façamos um reconhecimento dos integrantes da organização. Por isso, ao menos um deles tem que sair vivo para contar a história.

— E as mulheres? O que será feito delas? — Dylan indagou.

— Acionaremos a polícia portuária, e, por mais que o cais ainda esteja em domínio turco, eles não vão querer que o governo da Turquia seja associado a este esquema contra os direitos humanos. Isso geraria um incidente diplomático de enormes proporções.

— Tudo bem — murmurei. — O Tenente Collins ficará de prontidão sobre o telhado do armazém, e eu? — sondei.

Scott olhou para Teagan e depois de volta para mim.

— Você cobrirá a área ao lado dele — ele disse.

— O quê? Mas isso não faz o menor sentido. Somos dois *snipers* que podem operar em posições diferentes, abordando ângulos distintos para cobri-los enquanto avançam por terra.

— Zilah, nós não sabemos se haverá tempo hábil para um posicionamento estratégico. A operação está sendo feita às pressas. Assim que chegarmos ao ponto de desembarque, teremos que avançar pela mata circundante — Teagan esclareceu.

— Okay, eu entendi isso. Mas podemos fazer uma abordagem pelos flancos direito e esquerdo. Você monta seu equipamento de um lado, e eu, do outro. Assim nós triangularemos o ataque — argumentei.

— O capitão não quer que você se coloque em um risco maior do que o necessário — Scott contra-argumentou. — Caso seja preciso que se infiltre entre as mulheres traficadas.

Agora eu entendia onde eles queriam chegar. Se caso algo desse errado, se não conseguíssemos eliminar todos os criminosos – exatamente por não sabermos quantos estariam ali –, eu precisava estar de sobreaviso para agir.

Fazia todo o sentido. Não é que eles estivessem tentando me poupar, como pensei a princípio, e sim, me colocando como uma peça móvel.

— Tudo bem, e os caras de Israel? — Dylan perguntou, e afastou meus devaneios.

— Se os agentes do Mossad estiverem lá, nossa meta é levá-los a interrogatório — Teagan respondeu. — Ao menos um deles.

Abaixei a cabeça, sem saber identificar o sentimento que se infiltrou em meu peito. Nojo, por saber que alguém da minha nação havia aceitado participar de um esquema tão hediondo; arrependimento, por conta da incerteza a respeito do caráter de Mahidy e Ibo. Eu poderia estar julgando Jacob Berns erroneamente, embora meus instintos alertassem que não era o caso. Mas será que meu juízo de caráter foi tão falho a ponto de não perceber que os outros dois poderiam estar envolvidos?

— Difícil será saber qual deles deverá ter a vida poupada — falei, baixinho.

Teagan colocou a mão em meu joelho e apertou de leve.

— Confie em seus instintos, Zilah. No fim das contas, são eles que sempre regem nossas ações.

Dei um sorriso tímido e concentrei meu olhar na janela do helicóptero. A conversa dos homens se tornou apenas um burburinho em meio ao caos que agora dominava minha mente.

Eu não sabia explicar a razão, mas sentia que algo muito maior estava para mudar na minha vida.

CERCO ARMADO

TEAGAN

16h34

A descida do *H-Hawk* sobre a pequena fragata a cerca de cinco quilômetros da costa foi tranquila. Fizemos uma pausa para aliviar as necessidades fisiológicas antes de dar início ao próximo percurso.

Depois do nosso desembarque na fronteira entre duas pequenas cidades litorâneas do distrito de Famagustra, nos enfiamos na mata tropical que margeava a encosta.

O trajeto não era difícil, e se comparássemos com outros cenários bem mais ásperos que já havíamos enfrentado, era como passear no parque. Desde que você contasse que o passeio seria com uma mochila tática mais pesada que a maioria das crianças.

Eu seguia à frente, com Zilah logo atrás e Scott na retaguarda. Dylan, Jensen, Dougal e Tyler vinham logo atrás. Apenas o som de nossos passos em meio às folhagens podia ser ouvido. De vez em quando, gaivotas circundavam a área, indicando que o mar logo abaixo estava repleto de peixes.

— Puta merda... esse mar azul mais parece coisa de filme de Hollywood — Dylan comentou.

— Cara... reparou nos iates luxuosos que ficam margeando a costa? — Dougal emendou.

— Vocês viram o meu lá? — brinquei. — Era o maior. Aquele brilhante com um casco dourado.

As risadas foram contidas, mas o suficiente para acalmar um pouco os nervos. Eu podia sentir a tensão vibrando do corpo de Zilah logo atrás de mim. Ela não dera mais nenhuma palavra desde que saiu do helicóptero, cerca de cinco horas atrás, nem mesmo quando paramos para nos alimentar, limitando-se a apenas agradecer com um aceno de cabeça.

Minha vontade era puxá-la para um canto e perguntar o que havia de errado, mas evitei dar muito na cara o meu interesse, ainda mais porque não queria ser motivo de zoação entre os caras. Quer dizer, eles podiam

SHADOWS

debochar de mim o quanto quisessem, mas quando imaginava o constrangimento de Zilah, sentia meu sangue ferver.

Em um dado momento, ergui a mão em punho e o esquadrão parou na mesma hora. Estávamos em uma divisa de um pequeno vilarejo, e seria impossível avançar por ali sem sermos notados.

— Área aberta e com civis. Vai ser difícil trafegar por aqui — sussurrei.

Olhei ao redor e percebi que para que pudéssemos passar para a área mais segura e oculta, teríamos que percorrer um descampado com algumas casas à vista. Embora não fosse um local movimentado, ainda assim, era perceptível que havia pessoas que poderiam facilmente informar atividade suspeita.

Não era todo dia que seis caras fortemente armados – acompanhados de uma mulher também fortemente armada – passeavam pela pacata vila costeira.

Antes que eu pudesse dizer algo mais, Zilah parou ao meu lado e retirou a mochila das costas, abrindo-a para pegar um traje todo preto ali dentro. Em seguida, se livrou do colete Kevlar.

— O que está fazendo? — perguntei em um tom de voz tenso.

— Vou fazer um reconhecimento da área e criar uma distração enquanto vocês tentam chegar ao ponto onde poderão alcançar a praia. Aquele penhasco ali serve como trilha para aventureiros, e pode ser a alternativa para cruzar essa área. Depois, basta seguir pela faixa de areia. Não sei se repararam, mas esta região não é propícia a turismo.

— Como sabe disso? — Scott perguntou, admirado.

Zilah indicou uma placa escrita em um dialeto que deduzi ser árabe. Como se tivesse lido meus pensamentos, ela disse:

— É turco. Na verdade, persa antigo, mas informa que a cidade é muçulmana e considerada proibida para banhistas. Ao longo da mata havia outras placas indicativas para turistas desavisados.

Ela vestiu um imenso vestido negro por cima da roupa tática, e com agilidade enrolou um lenço da mesma cor sobre a cabeça.

— Vocês levam minha mochila. — Olhou direto para mim antes de dizer: — E, Teagan... cuide bem da minha arma — falou, com um sorrisinho.

— Tem sua pistola aí? — conferi.

— Sempre.

Sem mais um minuto de hesitação, ela se afastou de nós e entrou na vila pela floresta. Como se não estivesse fazendo nada. Vimos quando se abaixou e pegou um cesto no chão, ao lado de um poço artesanal.

Parou ao lado de duas senhoras que estavam sentadas em frente a uma casa simples e começou a conversar. Em questão de segundos, aparentemente as duas mulheres a convidaram para entrar. Por mais que eu achasse que aquilo ali poderia ser um risco, já que ela desconhecia se havia mais alguém na casa, entendi que Zilah se valia da hospitalidade dos turcos para criar a distração que precisávamos.

Quando estava entrando no casebre, ela estendeu a mão para trás e acenou para que descêssemos.

Com cautela, caminhamos pela área descampada até alcançar a trilha do qual falara. Quando chegamos ao limite, nos enfiamos por entre as rochas do penhasco, tentando alcançar a estreita faixa de areia límpida. A água do mar chegava até as pedras, dificultando um pouco o percurso, mas nada que não pudéssemos driblar.

— A garota é esperta — Tyler, que quase nunca falava nada, comentou.

— Ela é um soldado de elite, seu tapado. É claro que é esperta pra cacete — Dylan respondeu por mim.

Cerca de quinze minutos depois, vimos uma figura solitária vindo em nossa direção. Ergui a mão para que a formação parasse às minhas costas, somente para conferir se realmente era a Tenente Stein que vinha ao longe.

Ela acenou, confirmando sua identidade e seguimos pela areia até alcançá-la.

— Cerca de dois quilômetros daqui a faixa de areia acaba, então vocês precisam subir outra vez. A vila já terá ficado para trás, mas o terreno é baldio, sem vegetação. Será preciso acelerar os passos — disse, e puxou o vestido por cima da cabeça.

Porra... eu queria que ela fizesse aquilo em um ambiente propício, sem nada por baixo, apenas com a intenção de desnudar seu corpo para mim. Por mais que soubesse que minha mente estava viajando, não fui capaz de conter as imagens de seu corpo nu sob o meu.

Rapidamente ela guardou a indumentária e colocou o colete outra vez, estendendo a mão para pegar a mochila. Era Jensen quem a estava levando, já que era o mais novo e ainda o tratávamos como recruta.

— Obrigada. Espero que não tenha sido muito incômodo — ela disse a ele e sorriu. Não sabia o porquê, mas senti uma fisgada de um ciúme inoportuno.

— Não há de quê, dona — respondeu, com o sotaque texano. Babaca.

Assumimos nossa posição outra vez e subimos pelas rochas pontiagudas.

— Por onde você desceu? — Dougal perguntou. Revirei os olhos. Será que eles ainda não haviam entendido que a mulher era cheia de habilidades?

— Pelo mesmo lugar por onde estamos subindo — ela disse, simplesmente.

— Mas você fez isso de vestido? — insistiu.

SHADOWS

— Não é vestido, espertinho. É uma burca — Dylan interferiu.

Ela deu uma risadinha antes de responder:

— Aquilo não é um vestido, e nem mesmo uma burca. O nome da vestimenta é *Abaya*, e o lenço é um *hijab*.

Olhei para a mulher que respondia com tranquilidade, como se não estivesse se agarrando às pedras pontiagudas do rochedo para não cair.

— Uau. É vivendo e aprendendo — Jensen se juntou à conversa sobre moda.

— E como você sabia que nos encontraria por aqui? — Dylan insistiu.

— As mulheres turcas são conhecidas pela hospitalidade e por falarem bastante quando são estimuladas. Bastou perguntar a elas qual era o ponto por onde os jovens gostavam de se enfiar em uma aventura para alcançar a praia — ela respondeu.

— E assim, do nada, elas disseram a você? A uma total desconhecida? Em um vilarejo onde todos devem se conhecer? — perguntei, assombrado.

— Sou a prima de Ömer, e estou de passagem. Meu destino é chegar a Rayul, que fica a cerca de cinquenta quilômetros daqui — informou, com um sorriso sagaz.

— Não. Para... e elas acreditaram? — Tyler riu. — E quem é Ömer?

— Existe uma probabilidade de cerca de 97% de existir um homem com esse nome por aqui. Eu só não me estendi em mais detalhes, alegando que precisava apenas de um copo de *chai* antes de encontrá-lo no mercado.

— Como você sabia de tudo isso? — Dougal estava assombrado.

— Um Google Maps é mais do que o suficiente para averiguar todas as localidades e cercanias. Depois da reunião de ontem, compilei todos os dados possíveis. É sempre bom saber exatamente em que terreno estamos pisando. — Olhei para trás e vi que todos a encaravam com ares de assombro.

— Fiquem quietos — ralhei. — Estamos chegando à beira.

Ergui a cabeça por cima da rocha e espiei fazendo uma varredura pela área. Realmente parecia um terreno abandonado, onde havia apenas uma carcaça de uma antiga caminhonete e dois vira-latas repousando debaixo de uma árvore.

Não havia nenhuma casa por perto, ninguém.

Gesticulei que eu sairia primeiro e que todos viessem em seguida. Com meu fuzil de assalto em mãos, guiei-nos pelo local até que pudéssemos chegar em segurança sob a proteção das árvores.

Parei em uma clareira e sinalizei para que nos hidratássemos um pouco. Aproveitei o momento para conferir o mapa no GPS, ao lado de Scott.

— Em vinte minutos chegaremos à região onde o cais está situado. São cerca de dois quilômetros até as docas — informei.

Na mesma hora, senti a presença de Zilah ao meu lado. Era como se uma faísca estalasse ao nosso redor.

— De acordo com seu mapa, aqui está o prédio onde faremos a cobertura e aqui está o ponto de partida. Mas onde estarão as mulheres?

— Em um container — falei, sentindo o choque imediato de todos.

— Essas mulheres são transportadas em containers? Como se fossem mercadorias? — Jensen perguntou, revoltado.

— É exatamente assim que elas são tratadas — Zilah emendou. — Como objetos descartáveis. E não ache que essa realidade é algo raro. O tráfico humano, especialmente de mulheres e crianças, tem crescido a cada dia. Espalhadas pelo globo, há inúmeras organizações que lucram com a miséria alheia.

— Porra... então vamos detonar essa. Se a gente não pode acabar com todas de uma vez, vamos pelo menos destruir esses desgraçados — Dylan acrescentou.

— Nossa meta é fazer isso, mas não podemos esquecer o que há por trás de toda essa operação — Scott interrompeu, sério. — Oficialmente, estamos em uma missão *Recon*. Extraoficialmente, vamos acabar com esses filhos da puta.

— Ooh-rah! — gritaram todos em uníssono.

Olhei para Zilah e percebi que havia um sorrisinho curvando o canto de seu lábio. Como se estivesse admirada ou algo assim.

Caminhamos por mais alguns metros até um ponto onde havia uma sombra abundante no calor miserável da ilha mediterrânea. Em um dia normal, seria um local paradisíaco, com águas cristalinas e areias brancas. A vegetação abundante em um tom verde vivo contrastava com o céu de um azul límpido e com poucas nuvens.

— Preciso que todos comam alguma coisa agora, hidratem-se o suficiente e cubram seus rostos — orientei, já abrindo a mochila para pegar uma lata de sardinha.

Se a operação saísse conforme estávamos esperando, não seria até mais de meia-noite até que pudéssemos finalmente baixar a guarda e descansar, apenas esperando para retornar ao nosso ponto de resgate.

Agora, se tudo fosse pelos ares, a noite terminaria de uma forma catastrófica.

E era aquilo que eu estava tentando evitar a todo custo.

Às 21 horas, estávamos todos a postos. Eu podia sentir a presença de Zilah ao meu lado, deitada no telhado do antigo depósito de barcos do cais. Olhei de relance e a vi focada na mira de seu rifle, calibrando a distância de um tiro certeiro e limpo.

— Mil duzentos e dois metros — informou em um dado momento. — Desse ângulo. E do seu?

Comecei a rir.

— Está querendo comparar o tamanho de nossos rifles, boneca? Garanto que o meu é bem maior — caçoei, maliciosamente.

— Você é um idiota — resmungou, mas com um sorriso.

— É para descontrair o clima. O que você faz quando precisa ficar de tocaia por muito tempo? Tipo... para não ficar entediada? — perguntei.

Eu realmente queria saber muito mais sobre a vida dela. Estava interessado além da conta, além da atração pelo corpo sexy e delgado. Pela boca carnuda e bem-definida. Ou pelos olhos enigmáticos que pareciam esconder segredos sem fim.

— Honestamente? Nada. Fui treinada para manter a mente em branco em uma operação — ela disse, e sentou-se de pernas cruzadas. — E você?

— Escuto *Guns N'Roses* no máximo volume. O som pesado da guitarra do Slash me acalma.

— O quê? Um som de rock pesado te acalma? Meu Deus... — ela exclamou, e começou a rir.

— É sério. Cresci na fazenda dos meus pais. O que se ouvia ali o dia inteiro era música *country* melosa e cheia de sentimentalismo. Quer algo mais poético do que um solo de guitarra que simplesmente está ali para acelerar seu coração?

— Não sei se conseguiria me concentrar com esse tipo de música — admitiu.

Foi a minha vez de me sentar. Dobrei um joelho e apoiei o braço, encarando-a com atenção.

— Qual é a sua história, garota?

— O quê? Como assim?

— Contei que fui criado na fazenda. Saí de lá aos dezoito, para nunca mais voltar. Quer dizer, nunca se sabe, não é? Minha meta sempre foi conhecer o mundo. Consegui isso como um *marine*.

— Você escolheu um jeito bem arriscado de conhecer o mundo, soldado. Não seria melhor simplesmente colocar uma mochila nas costas e viajar de hostel em hostel, como os americanos gostam de fazer? — Ela sorriu, passando a mão no cabelo para conferir se estava no lugar.

— Eu queria um propósito. Não conseguia enxergar isso criando vacas leiteiras, como meu pai fez a vida inteira. Sempre quis algo maior. As forças armadas trouxeram isso para mim.

Ela abaixou o olhar, mordendo os lábios por um instante.

— Você em algum momento... pensa nas pessoas às quais tirou a vida? — perguntou, timidamente. — Porque... eu penso o tempo todo. Anos podem ter se passado, mas nunca fica mais fácil.

— Nossas vidas e a de nossos companheiros, além das de milhares de cidadãos dependem disso, Zilah — falei e toquei sua mão.

— Eu sei... mas... achei que a vida militar me deixaria mais bruta e insensível. Porém, mesmo que não hesite em puxar o gatilho em uma missão, ainda assim, não consigo deixar de imaginar seus rostos em meus sonhos, ou sempre que fecho meus olhos...

— Passei por isso no início. — Não queria dizer a ela que já havia participado de muitas operações extraoficiais, onde nosso único objetivo era eliminar vidas que deveriam ser varridas do mapa. — Depois a gente caleja... começa a criar barreiras para afastar os fantasmas daqueles que se tornaram nossos alvos por alguma razão.

Ela desviou o olhar, encarando o vazio escuro à nossa frente. Apenas as luzes de algumas embarcações podiam ser vistas daqui, bem como a parca iluminação dos postes que rodeavam o ancoradouro. Um imenso navio cargueiro estava mais adiante, e as empilhadeiras de contêineres já haviam cessado seu trabalho há muito tempo.

— É uma coincidência que nós dois sejamos sombras em nossas atividades, não é mesmo? — comentei, tentando atrair sua atenção outra vez.

— Às vezes confesso que me sinto apenas como uma...

Seu tom de voz abatido não me passou despercebido, e sem perceber, sentei-me ao seu lado e puxei-a contra o meu peito.

— Volte seja lá de onde estiver, Zilah. Suas lembranças sombrias não podem te vencer nesse momento — falei.

Ela tentou se afastar, mas mantive o abraço firme. Eu queria confortá-la, sem nem ao menos entender que era eu quem precisava de conforto.

Nunca fui apegado a sentimentalismos e essas coisas. Contato físico para mim representava apenas sexo ardente e suado. Depois de algumas horas, um beijo de despedida cumpria o serviço de transmitir que havia passado um bom momento.

Nunca fiz promessas às quais não poderia cumprir, assim como também não tratava mal as mulheres que passaram pela minha vida. Pelo contrário, quando estavam em minha companhia, recebiam o melhor de mim. Não tudo, mas o que eu podia oferecer de melhor no momento.

— O que é isso? Alguma espécie de abraço pré-operação? — ela perguntou, ainda sem-graça. Sua mão, no entanto, pousou no meu peito. Senti o coração acelerar na mesma hora.

SHADOWS

— Acho que nunca abracei nenhum dos meus companheiros antes de uma missão... então... isso pra mim também é novo. — Minha frase tinha um significado muito mais profundo do que eu mesmo queria admitir.

Talvez tenhamos ficado naquela posição – dois *snipers* solitários abraçados e sentados no telhado de um armazém caindo aos pedaços – por não sei quantos minutos.

Até que o som da estática de nossos comunicadores auriculares estalou à nossa volta.

— Merda — murmurei.

— Tudo bem, tenente. Vamos acabar com esses filhos da puta — ela disse, saindo do meu abraço e deitando-se outra vez de bruços no chão.

Repeti seu movimento, acionando o canal de comunicação com a equipe em terra.

— As duas águias estão no ninho — brinquei, embora soubesse que o momento agora requeria minha total concentração.

— *T, estamos cercando às 15 e 21 horas. Dylan vai chegar em 18 horas.*

— Certo. — Olhei pelo binóculo infravermelho, detectando os movimentos nas posições informadas. — Há uma van branca estacionada ao lado de um Volkswagen velho no canto oposto do cais.

— É bem capaz que seja a equipe de agentes do Mossad — Zilah comentou.

Vi de relance que ela também conferia o perímetro com seu binóculo.

— Scott, há uma movimentação mais adiante, perto do contêiner laranja de código XR56G78. A carga está listada como se fosse de produtos perecíveis. *Zyon Seed*. Três homens na lateral. Dois acima e quatro próximos ao navio. Sem contar os estivadores. Há um na empilhadeira.

Posicionei a mira do rifle, conferindo a distância do primeiro tiro.

— *Quando o primeiro for disparado, vai ser como a porra de um barril* — Scott comentou.

— Senhores, está na hora da ação.

Disparei a primeira bala vendo-a atingir o alvo mais distante e acima, ao mesmo tempo que Zilah neutralizava o segundo.

Uma movimentação na lateral indicou que uma equipe havia alcançado os outros três. Olhei para o lado e vi que Zilah agora tinha a mira de seu fuzil apontado para a van branca. Não dava tempo de conferir sua linha de ação porque eu precisava assegurar a retaguarda dos homens que estavam em terra.

— *Laazazel!* — ela xingou ao meu lado. — Eles vão fugir outra vez.

Ela disparou dois tiros certeiros nos pneus da van, mas fez o impensável. Saiu de sua posição e começou a descer pela lateral do prédio, pulando como a porra de um gato de rua.

— Zilah! Caralho!

— *T, o que houve?* — Scott perguntou.

— Ela deve estar indo atrás dos babacas do *Mess*. Veja se consegue enviar um dos caras para protegê-la! — gritei, mirando em mais um dos criminosos. O tiro o atingiu no meio da testa.

— *Saraivada, saraivada!* — Dylan gritou, e devolveu com fogo-cruzado.

— Zilah! Responda à porra do comunicador! — gritei.

— *Eu vou pegá-los de surpresa. Jacob está fugindo para o navio. Não sei quem ficou na van* — gritou, enquanto corria.

Sem hesitar, abati mais dois homens que seguiam na direção de onde ela corria, mas de onde estava não conseguiria garantir que sua chegada ao veículo onde acreditava que os espiões estavam seria segura.

— *T! Um Hammer com mais cinco capangas. A leste!*

Girei o rifle e identifiquei o veículo, atirando no homem que se equilibrava no teto solar. O *Hammer* derrapou, mas seguiu em frente.

— *Merda, merda! São dois containers! Um já está prestes a zarpar!* — Tyler gritou.

Caralho.

— *Vai, vai, vai!* — Scott gritou para um dos nossos.

— Scott, mais dois abatidos. Não tenho mais ângulo de onde estou. Vou descer!

Joguei uma lona por cima do meu rifle e o de Zilah montados, e peguei meu M16 para me juntar à equipe de solo.

Meu coração estava na boca. Aquele cenário era um dos tantos que já havíamos vivenciado, mas nunca senti um medo tão irracional antes. Minha mente girava enlouquecida, tentando não pensar no pior.

A mulher era imprevisível, e seu senso de dever parecia ser maior do que a porra dessa ilha.

Avistei a van branca mais ao longe e corri em sua direção. Quando cheguei à porta lateral aberta, um dos agentes estava morto, enquanto o outro arquejava com uma ferida no pescoço.

Não dava para saber ser havia sido Zilah que fizera aquilo, e eu também não podia perder tempo averiguando.

— Ty! Guarde a van. Temos um agente ferido que pode nos dar mais informações dessa merda.

Uma troca de tiros próxima ao *deck* atraiu minha atenção. Em um lampejo, Zilah saltou para dentro da embarcação, atrás do traidor.

— Merda! — gritei.

Um movimento à minha esquerda me fez erguer a arma, mas bem a tempo vi que se tratava de Tyler.

— *O navio está saindo* — Scott disse o óbvio.

SHADOWS

Mesmo que eu corresse o máximo que pudesse, nunca o alcançaria. E agora, lá estava a mulher que revirou meu mundo de ponta-cabeça em questão de dias.

Parei na beirada do cais, colocando as mãos sobre a cabeça.

— *O container que ficou está repleto de mulheres e crianças, Teag. Todos os criminosos foram mortos, mas onde está Zilah?*

Não respondi nada. Meu olhar ao longe devia ser mais do que o bastante para indicar que a mulher que eu queria ali, sã e salva, já se afastava rumo ao desconhecido.

Eu só esperava que ela soubesse exatamente o que estava fazendo quando se jogou sem nem ao menos pensar duas vezes.

DESTINO INCERTO

ZILAH

22h11

Quando cheguei à van onde supus que os agentes do Mossad estavam, fui surpreendida por uma cena atroz.

Mahidy estava morto, com um tiro na cabeça, e Ibrahim gorgolejava sangue com uma ferida à faca na garganta.

Jacob não estava em nenhum lugar à vista, e pelo que pude deduzir, ele havia sido o autor da carnificina.

— Zi-Zilah... — Ibo tentou se comunicar, segurando o ferimento mortal. — O-o n-navio... há o-outro... J-Jacob...

— Entendi... vou tentar detê-lo — falei.

— N-não... A-a... — tossiu, agonizando de dor.

Não lhe dei chance de falar mais nada e disparei para a beirada do cais, correndo o mais rápido que podia para tentar alcançar o navio cargueiro.

Ao contrário de outras embarcações, aquela apresentava uma parte reclinada e, à medida que eu corria, calculava mentalmente se seria viável saltar. Eu já havia saltado de um penhasco para um helicóptero, certo? Aquele seria apenas mais um salto para o meu currículo.

Desviei de uma saraivada de tiros provenientes do destino onde pretendia entrar – embora parecessem disparos a esmo –, e me lancei contra o vento, caindo em um rolamento no convés. Minhas costas se chocaram contra o container de metal, e com a pistola em punho, preparei-me para que Jacob houvesse detectado minha presença.

Engatinhando pela lateral, olhei ao longe para o cais, esperando que os fuzileiros estivessem bem e dessem cabo dos criminosos. Agachei-me e espiei pelos lados, observando o movimento dos estivadores e marinheiros que, certamente, trabalhavam em conluio com a organização de tráfico internacional de mulheres.

Os xingamentos em hebraico me alertaram para a presença de Jacob, e quando me enfiei por entre as cordas espessas, pude vê-lo conversando

SHADOWS

113

com alguém ao telefone.

— Deu merda! Alguém vazou o esquema e ficamos com a porra da Marinha Americana nas nossas costas! Matei Mahidy e Ibrahim, quando percebi que eles dariam para trás. Porra! — berrou. — E eu lá vou saber como essa informação chegou até eles, merda? Zilah foi dada como morta, mas tenho certeza de que estava infiltrada entre a minha equipe para passar informações ao Ministério de Defesa.

Tentei chegar mais perto.

— Eu não sei, caralho! Na operação de Varosha, chegou até nós que o *sniper* do grupo terrorista conseguiu acertar no alvo. Informamos ao comandante que ela havia sido morta em combate. Até então, nossas ordens eram para monitorar a carga, mas daí deu merda porque esses americanos filhos da puta invadiram o porto — gritou. — *Zarcon*, eu não sei que merda foi essa, porra!

Zarcon? Aquele nome não me era estranho, mas eu não conseguia me lembrar de onde já havia ouvido. A adrenalina estava fluindo com força total.

Eu não poderia matar Jacob ali, sendo que não fazia ideia de quantos homens mais havia no navio. Além do mais, se o matasse, não conseguiria descobrir as informações para transmitir a localização ao governo de Israel e o dos Estados Unidos.

Droga. Agi por impulso e larguei meu posto sem nem pensar duas vezes. Sem nem ao menos dizer a Teagan que confiava que ele e sua corporação poderiam nos resgatar caso fosse preciso.

Agora eu só tinha que me esconder e tentar ir rumo ao destino que aquele navio estava seguindo.

Esperei que Jacob desaparecesse para dentro do navio e fui agachada até as portas do imenso container.

Espiando para todos os lados, abri as travas, sentindo um pouco de dificuldade no processo e, sem mais esperar, enfiei-me por entre a pequena abertura. O som de metal rangendo me fez parar por um instante, temendo que os homens tivessem ouvido alguma coisa.

Recostei-me na lateral, com a pistola preparada caso algum deles abrisse as portas para conferir. O som de passos do lado de fora indicou que alguém estava conferindo a carga.

Eu podia sentir o suor frio escorrendo por entre as costas e o vão dos meus seios. O colete tático pareceu pesar um chumbo contra o meu corpo.

— *Não há nada aqui. Está tudo fechado* — uma voz exaltada disse, em árabe.

— *E as mulheres?* — outro homem perguntou.

— *Vão sair como? A nado? E elas não têm como abrir as portas por dentro, imbecil.*

A discussão desvaneceu à medida que seus passos se afastavam pelo convés.

Olhei ao redor, vendo inúmeras caixas empilhadas. Ao dar a volta, passei pelas fileiras de mercadorias que serviam apenas como um disfarce para a verdadeira natureza daquela operação.

O som de ofegos e lamúrias, além de murmurações em árabe, me saudou assim que adentrei mais ainda o container.

Ergui a mão, pedindo silêncio quando vi que algumas estavam prestes a dizer algo.

Cerca de quarenta mulheres, dentre elas crianças, estavam sentadas no chão imundo, em condições deploráveis e de total devastação.

— Estou aqui para tentar ajudá-las — disse, em seu idioma. — Não vou lhes fazer mal.

Algumas me olharam com desconfiança, mas a maioria apresentava apenas aquela expressão de total descrença e desesperança.

Suas roupas estavam em farrapos, o aspecto de suas peles em um tom opaco e sem vida. Os olhos vidrados e lábios rachados indicavam desidratação e desnutrição evidentes.

Aquelas mulheres estavam sendo tratadas como animais. Na verdade, até mesmo estes recebiam tratamento melhor.

Fui até uma delas e agachei-me, evitando tocá-la quando a vi vacilar e recuar como se temesse que eu a golpeasse.

— Oi... meu nome é Zilah — disse, baixinho. — E o seu?

A garota abaixou a cabeça, escondendo o rosto entre os braços apoiados nos joelhos dobrados.

— Ela não fala há dias — outra mulher interferiu. — Desde que foi estuprada por um dos bandidos.

Olhei para a jovem outra vez, que não devia ter mais de dezoito anos, antes de me concentrar na mulher de meia-idade.

— Eu me chamo Nadia.

— Há quanto tempo não são alimentadas direito? — perguntei.

— Eles nos dão apenas uma refeição. A maioria de nós poupa o que tem para as crianças. — Indicou com a cabeça um lado onde algumas mulheres cuidavam de crianças pequenas.

Meu Deus. Uma garotinha parecia ter no máximo oito ou nove anos. Seu rostinho sujo mostrava a trilha de lágrimas que derramou em algum momento.

— Você tem noção de quantas mulheres foram sequestradas?

Ela arqueou a sobrancelha, sem entender bem a pergunta.

— Um container foi apreendido antes de ser colocado no navio.

SHADOWS

A mulher começou a entoar uma prece e chorar baixinho.

— Alá, minha Fatimah está a salvo — esclareceu, secando as lágrimas. — Eles separaram as mulheres da mesma família. Até mesmo as crianças estão afastadas de suas mães. Só nos víamos de vez em quando, mas sempre ficávamos alojadas em locais diferentes.

Interessante. Possivelmente assim eles enfraqueciam as alianças ou poderiam usar os laços de parentesco como moeda de barganha.

— Os... estupros... são frequentes? — perguntei, em um sussurro.

— Eles preferem as mais jovens. Avaliam as moças e fazem o que querem. Não é tão diferente assim dos acampamentos de refugiados onde algumas estiveram.

Meu Deus. Que traumas essas mulheres carregariam para o resto de suas vidas caso conseguíssemos livrá-las daquele destino?

Não. Eu não poderia pensar de forma negativa. Precisava acreditar que acabaríamos com essa organização criminosa, que liquidaríamos aqueles que usavam vidas humanas para financiar o terrorismo que se alastrava pelo mundo afora.

Que submetiam mulheres a um regime de escravidão sexual, como se elas não fossem nada.

Precisava confiar não somente em meu governo enviando uma força armada para o meu resgate, como também na eficiência dos militares americanos, especialmente... de Teagan Collins.

— Vou me infiltrar entre vocês, tentar passar despercebida. Mas saibam que tudo está sendo organizado para que voltem sãs e salvas — falei, sem pensar.

— Voltar sãs e salvas para onde? Para nosso país destruído pela guerra? Para os acampamentos onde vivemos em condições de extrema pobreza? — uma mulher ao lado se manifestou.

— Soraia! Não fale assim — Nadia ralhou, silenciando-a. — É melhor do que o destino que esses homens traçaram para nós.

— Acreditem em mim quando digo que nossa intenção é libertá-las das mãos desses criminosos. O importante é que todas saiam com vida, que possam voltar para os entes queridos que deixaram para trás — falei para todas, olhando ao redor. — Sei que muitas aqui perderam suas famílias, mas o que não podem perder, nesse momento, é a esperança. Preciso da ajuda de vocês, para que possa fazer o mesmo por cada uma. O que estiver ao meu alcance.

Uma senhora do fundo do galpão metálico veio em minha direção e estendeu um vestido marrom, típico da indumentária muçulmana.

— Para se misturar, você precisa se parecer a nós — ela disse.

Peguei a roupa, e logo em seguida, uma jovem me ofereceu um *niqab*.

Daquela forma, eu teria como cobrir todo o meu rosto, deixando apenas os olhos de fora. Não seria reconhecida caso Jacob aparecesse por ali.

Agradeci a cada uma delas, fazendo questão de vestir tudo aquilo por cima do meu traje tático e do colete. Não poderia deixar evidências para trás, ainda mais material que pertencia às forças armadas americanas.

— É melhor que você finja ser uma mulher mais velha. Dessa forma será poupada dos homens quando vêm em busca de diversão — Nadia comentou.

Passei as mãos no chão e esfreguei a sujeira em meu rosto antes de posicionar o *niqab*. Talvez morresse de hipertermia por baixo de toda aquela roupa, mas precisava confiar que Teagan seguiria o GPS hipodérmico e conseguiria me alcançar.

Teagan.

Eu nem pensava mais em ser salva pelas Forças de Defesa de Israel, pelo meu comandante ou pelos *Sayeret Matkal*. Nem mesmo pela Marinha dos Estados Unidos.

Tudo o que esperava era que fosse resgatada pelo Tenente Collins.

Pensar no beijo trocado foi o que me restou quando me sentei ao lado daquelas mulheres sofridas e marcadas pela violência humana.

Senti-me fútil e egoísta por permitir que minha mente vagasse para um território longe daquela realidade, onde eu poderia voltar a sentir o que há muito estava adormecido em mim.

Desde a morte de Aaron, nunca mais havia me deixado levar por sentimentos de desejo e paixão. Fechei meu coração de tal forma que já nem me lembrava de há quanto tempo havia saído em um encontro com um homem.

Recostei-me à parede e fechei os olhos, dividida entre o desejo oculto por Teagan Collins e o que deveria fazer para que conseguíssemos completar aquela missão.

Nunca me senti mais arrependida por não ter usufruído da companhia daquele homem, pensando que talvez não teria mais a chance de apreciar o toque de suas mãos e o sabor de seu beijo.

Comecei a rezar para que houvesse um futuro à frente. Para que aquelas mulheres tivessem suas vidas poupadas.

E para que tivesse a chance de viver o que imaginei ser impossível: uma nova paixão.

SHADOWS

ESTRATÉGIA DE GUERRA

TEAGAN

11h16

O trajeto de volta ao ponto onde embarcaríamos no helicóptero rumo ao porta-aviões foi feito em total e absoluto silêncio. Durante as mais de sete horas necessárias para o retorno, trocamos pouquíssimas palavras, apenas apressados em reestabelecer mais uma vez uma operação para o resgate das mulheres e de Zilah Stein.

Quando cheguei ao convés, contive a vontade de arremessar meu capacete no chão, ou destruir a primeira coisa que estivesse à minha frente. Por mais que o plano de uma infiltração fosse uma variável possível para que a missão fosse completada, ainda era difícil lidar com a possibilidade de que agora ela se encontrava no meio de um vespeiro.

Depois que confirmamos as baixas de todos os criminosos, bem como de um dos agentes do Mossad, tratamos de reportar às autoridades de Famagusta o que havia acontecido.

Conseguimos fazer um atendimento inicial ao outro espião do serviço secreto israelense, e o trouxemos sob custódia para o porta-aviões. Só então informaríamos ao Ministério de Defesa e ao comandante Cohen, para que ele fosse realocado. No entanto, antes disso, ele teria que responder a algumas de nossas perguntas.

Quarenta e sete mulheres e cinco crianças foram resgatadas dentro do container que não foi embarcado. Algumas estavam em condições sub-humanas, sendo que duas delas não acreditávamos que seriam capazes de sobreviver.

M. S. FAYES

Os maus-tratos sofridos eram mais do que evidentes, mostrando a brutalidade à qual foram submetidas por semanas.

As autoridades firmaram um compromisso de que não deixariam as informações vazarem a respeito da apreensão desse "carregamento", para que não alertassem mais ainda a rede criminosa que parecia possuir tentáculos em todo lugar.

Voltando ao presente momento, acompanhei os padioleiros levando Ibrahim Iansenberg para o serviço médico.

— Tenente — o capitão me cumprimentou, assim que parou ao meu lado. — Vejo que a alternativa que mais temíamos foi a escolhida pela oficial de Israel.

— Zilah, Cap. O nome dela é Zilah — corrigi, sentindo-me revoltado com toda a reviravolta.

— Sim, eu sei. Acalme-se. Ou vou começar a achar que há muito mais aí nesse seu comportamento do que cogitou em me contar — deu-me uma reprimenda.

— Peço perdão, Capitão Masterson. Os eventos da noite não estão sendo fáceis de digerir. Aqueles filhos da puta estão traficando meninas com menos de dez anos, caralho. Se já não fosse ruim o bastante estarem fazendo isso com mulheres arrasadas por conta de uma maldita guerra, tudo fica pior quando vemos que os escrúpulos desapareceram de vez.

— Eu sei. Mas preciso que mantenha a cabeça fria. Seu comentário foi bem mais pessoal do que deveria ter sido.

Parei e olhei ao redor, vendo que estávamos um pouco distantes dos outros que ainda desciam do helicóptero. Scott estava com os operadores conferindo os dados de relatório de voo.

— Eu... pode ser que tenha me interessado pela Tenente Stein, Cap. Mas nada disso interferiu em nosso trabalho.

— Nunca duvidei disso, Teag — falou, em um tom de voz mais compassivo. — Confesso que estou surpreso. Nunca o vi assim antes.

Dei um sorriso cansado, querendo nada mais do que descansar antes de ir atrás da garota, mas sabia que era impossível. Não teríamos como proceder da mesma forma que fizemos no resgate de Ailleen Anderson, tanto tempo atrás.

— Nem eu mesmo sei explicar. Estou mais confuso do que o senhor, pode acreditar — admiti. — Não tivemos nada mais além de um beijo, mas foi o suficiente para... bem... o senhor sabe.

— Sei. É exatamente o que sinto pela minha noiva, Cristina, toda vez que volto de uma incursão. Só Deus sabe como é difícil lidar com a distância, ou com o turbilhão de sentimentos que uma mulher pode causar.

Scott nos alcançou a caminho da sala de operações, interrompendo

SHADOWS

aquele momento de troca de confidências.

— O que faremos com o agente, Cap? — ele perguntou.

— Vamos esperar o relatório médico para interrogá-lo. Precisamos saber exatamente dos detalhes que talvez supram as lacunas nessa merda.

Nós nos sentamos à mesa e, mesmo com o corpo exaurido, tudo o que eu mais queria era traçar as estratégias para o resgate de Zilah e das outras mulheres.

— Bem, vamos lá — o capitão disse, acionando o dispositivo de rastreamento por satélite. Em menos de segundos, o painel mostrou a localização exata da tenente. — Supondo que o cargueiro não era dos maiores, a contar das imagens obtidas, vamos estimar que a velocidade será maior na travessia até o destino.

Tamborilei os dedos na superfície da mesa de mogno, tentando conter a vontade de pedir que se apressasse.

— O GPS marca agora, em tempo real, que o navio ainda está passando por águas territoriais turcas. O mar mediterrâneo vai nos oferecer um funil em relação à ação que podemos tomar, já que teremos que aguardar que o cargueiro esteja em águas internacionais.

— Cap, não dá pra esperar até que possamos agir. De acordo com a previsão, a travessia pode levar até 25 dias, dependendo do número de paradas e da velocidade para cobrir as milhas náuticas — falei. — Não sabemos se Zilah... digo, a Tenente Stein estará em segurança.

— Ela é uma oficial treinada, Teagan. Não seria das forças de elite se não fosse gabaritada para isso, ainda mais se contarmos com a equipe que ela integra. O General Cohen está enviando um esquadrão de *Sayerets*, e o Secretário de Defesa dos Estados Unidos já destacou uma equipe de *Seals* que deverá chegar nas próximas horas.

— Por que não podemos tratar a embarcação como ação de pirataria? — Scott perguntou. — Dessa forma não seria necessário aguardar que o navio estivesse em águas internacionais.

— Scott tem razão. Se nos valermos do Direito do Mar, podemos romper as soberanias marítimas e abordar o navio antes que se distancie mais ainda — interpelei.

— Isso é viável — Masterson disse. — Posso fazer contato com o General Rockwell para que autorize a equipe de *Seals* que aguardava nosso posicionamento aqui para agir em Key West, e, simultaneamente, interceptamos o cargueiro em alto-mar. Uma das cargas já foi resgatada de certa forma.

— Mas isso será o suficiente para desbaratar o esquema dessa organização de tráfico humano? — Scott conferiu.

— É para isso que temos o espião em nosso poder — comentei.

— Israel está enviando um comissário responsável pelo agente, mas nos deu carta-branca para que possamos obter o maior número de informações possível — o capitão acrescentou.

— Então, de acordo com o mapa náutico territorial, teremos que aguardar até que o navio esteja próximo...

— À Grécia — Masterson me interrompeu. — Vamos nos valer da rivalidade entre os gregos e turcos para que possamos agir.

Era questão de tempo até que pudéssemos abordar aquela merda de navio e resgatar os reféns.

Zilah ainda estava viva. Ou o rastreador intradérmico já teria parado de funcionar.

Eu precisava confiar nas habilidades que aquela mulher tinha, deixando de lado o macho-alfa que queria ganhar vida e garantir que sua mulher ficasse em segurança.

Sua mulher? Espera... minha mulher? Desde quando passei a pensar nela como algo mais do que uma companheira de fardas?

Minha mente estava confusa, o cansaço provavelmente nublava meus pensamentos coerentes.

— Teagan, descanse o tanto que puder. Não há nada que possamos fazer agora nesse exato momento. Esfrie a cabeça, organize seus equipamentos, malhe... faça qualquer coisa para ocupar sua mente. — Levantou-se e colocou a mão sobre o meu ombro. — E isso é uma ordem.

Depois da última sentença, saiu da sala, deixando-me a sós com Scott.

— Olha, como sou um cara extremamente observador, e como conheço meu parceiro e melhor amigo, vou deduzir que as palavras do capitão foram específicas para acalmar seus ânimos em relação à garota que está dominando sua cabeça.

— Como você sabe? — perguntei, sentindo-me estúpido. Scott me conhecia há anos. Era óbvio que meu interesse não passaria despercebido.

— Pelos inúmeros flertes entre os dois, pelo brilho nesses seus olhinhos azuis... são tantos os sinais, Teag, que mal dá para enumerá-los — falou, e riu.

Passei a mão no cabelo, puxando os fios curtos para tentar aplacar a crescente irritação por me sentir impotente.

— Nunca fui de me enrolar com uma mulher, Scott. Sempre fui lá, consegui o que queria e pronto. Nada de sentimentos. Nada de apego. Não consigo explicar o que está acontecendo comigo, porra.

— Cara, você está apaixonado.

— O quê?

— É isso aí. Finalmente, encontrou uma versão feminina que reflete aquilo que você mais admira e honra. Ela é durona, espirituosa e sarcástica.

SHADOWS

121

É gata e treinada como uma guerreira amazona. Ela é a sua própria Mulher-Maravilha na versão Gal Gadot.

Começamos a rir até que falei:

— Ei, a Gal Gadot não é israelense?

— Viu? Mais um ponto que liga o destino dessa garota ao seu. Vai dar tudo certo, irmão. Vamos poder contar essa aventura depois na mesa de bar.

Eu esperava que ele estivesse certo. Por um ínfimo segundo, desejei que pudesse ser um cidadão pacato e comum, um civil que teria a chance de conhecer a sua garota da maneira mais banal do mundo. A rainha do baile, o cara da fazenda... um namoro que levaria a um provável enlace...

Mas eu não era esse cara. Assim como a minha garota também não se encaixava naquele perfil.

O capitão nos chamou para conversar com o agente do Mossad que ainda se recuperava do ferimento have que quase tirou sua vida. Ele embarcaria em poucas horas com o encarregado pela agência de espionagem, onde poderia receber o tratamento adequado.

Entrei na enfermaria e cumprimentei o Dr. Gunzer, que não tardou em nos advertir:

— Nada de pressão. A lesão que ele tem na garganta, por si só, já é bem debilitante. Além do mais, o homem já vai ter que lidar com as responsabilidades assim que chegar em seu país. É melhor que ele saia daqui em condições excelentes para não deixar margens de dúvidas de que os Estados Unidos não terão nada a ver caso seu estado de saúde se complique... eventualmente.

Com um toque no meu ombro, ele saiu do quarto e ficamos apenas eu, Scott e o Capitão Masterson.

— Então, Sr. Ibrahim — o capitão começou —, se puder nos relatar o que ocorreu desde o início, ficaremos gratos.

Achei o tom muito educado. Minha vontade era sacudir o homem e exigir saber porque abandonaram Zilah em Varosha.

— Não tenho permissão para expor detalhes da operação — ele desconversou, a voz rouca pela gravidade da lesão.

Eu me aproximei, encarando-o com um ar ameaçador.

— Acho que você não está entendendo, cara. Até que se prove o contrário, você é um traidor em sua própria terra. Embora não tenhamos direito de intervir na forma como será julgado, por estarmos envolvidos na mesma missão, podemos considerá-lo, em nossos relatórios, como prisioneiro. O que obrigaria o seu Governo a negociar com o nosso — falei.

— Eu... eu não sei do que você está f-falando — gaguejou, e arfou de dor.

Quando ia me aproximar mais um pouco, o capitão me segurou pelo ombro.

— Tenente, vamos esclarecer de uma melhor forma aqui — disse, em um tom ameno, mas que exalava autoridade. — A Tenente Stein está sob a proteção das Forças Armadas americana, mais especificamente do corpo de Fuzileiros. Mas estamos em uma missão compartilhada com Israel, já que o esquema de tráfico de seres humanos e armamento afeta aos nossos interesses em conjunto.

O homem começou a suar frio.

— A Tenente Stein vinha seguindo ordens do General Cohen, que já suspeitava de ação criminosa entre o grupo de agentes destacados do Mossad. Resta saber até onde vai o seu envolvimento — ele completou.

— Olha, eu sei que devo minha vida a vocês, já que não fui deixado lá para morrer, mas... preciso que entendam a minha posição.

— Não há o que entender aqui, salvo a verdade, Sr. Ibrahim. Você é um agente de uma força aliada, mas parece não estar enxergando em nós exatamente isso. Não somos seus inimigos, mas se suas ações resultaram no fracasso da missão, tanto da sua equipe, quanto da nossa, então seria bom colaborar. Não queremos extrair informações de um inimigo. Queremos saber onde nos metemos. Apenas isso — o capitão emendou.

O homem engoliu em seco e passou a mão trêmula pelo cabelo ralo.

— Nem eu sei bem ao certo o que aconteceu. Mas nem eu ou Mahidy tínhamos noção do envolvimento de Jacob com atividades ilegais. Foi apenas quando a Tenente entrou para a equipe que notamos uma mudança no comportamento dele. Até onde entendi, ele pretendia nos convencer a fazer parte do esquema de corrupção onde está atolado até o pescoço, mas só soubemos disso quando sua pistola estava apontada para nós dois.

Cruzei os braços, ainda sem saber se ele estava de fato falando a verdade ou se estava envolvido.

— Nosso erro foi não ter reportado essas alterações de comportamento que pudemos observar ao longo do último mês. Quando nos baleou, sem o mínimo de remorso, Jacob afirmou que vinha atuando e retardando toda e qualquer missão que visava desbaratar esse esquema de tráfico. Mahidy morreu por algo que acreditava. Ele realmente queria

SHADOWS

acabar com essa organização criminosa, assim como eu — admitiu. — Meu Deus, acreditei realmente que havíamos perdido Zilah, e tentamos fazer contato assim que possível. E quando percebemos que Jacob havia enviado um relatório informando a morte da tenente ao diretor e ao comandante, entendemos que algo estava errado.

— Certo. E o que ele disse antes de tentar matá-lo? — perguntei.

— Que seria impossível impedir que a organização viesse abaixo. Afirmou que esse esquema de colaboração havia começado há mais de dois anos, e que um ex-agente do Mossad integrava a organização, e que era ele o responsável por filtrar as informações que chegavam aos superiores.

— E decidiu que bastava falar e te matar, já que ninguém saberia. Mas de que vale isso? — perguntei. — Se o que ele queria era se gabar, por que fazer isso com um homem que considerou que estaria morto pela sua própria mão?

— Jacob sempre gostou de se mostrar superior. Essa foi a forma que encontrou de dizer que fez tudo aquilo por dinheiro, e que fomos apenas uma pedra de tropeço no meio do caminho. Ainda alegou que deveríamos ter entrado no esquema muito antes — ele disse. — E Zilah? Onde está?

— Ela foi atrás de Jacob — informei. — Entrou como infiltrada no navio quando percebeu que o cargueiro estava zarpando.

— Meu Deus, se ele a encontrar...

— Nossa meta é que isso não aconteça. Você tem os mapas de percurso? — o capitão perguntou, querendo saber se ele revelaria o que já sabíamos.

O homem passou todas as informações possíveis, conferindo com o que havíamos obtido de Zilah Stein.

Quando o comissário da agência chegou ao porta-aviões, levou o agente sob custódia, já que um inquérito seria instaurado.

Eu e Scott voltamos à nossa cabine depois que havíamos preenchido os relatórios da missão.

— Bom, confirmamos então que não havia outro traidor dentro do grupo, a não ser o que levantou as suspeitas da Tenente Stein desde o início — conjecturei. — Mas quem é o homem por trás da organização e que consegue impedir a ação de um dos grupos de agentes mais competentes do mundo?

— Esse é o tipo de informação que o Governo de Israel tem que perseguir a fundo — Scott disse, baixinho.

— Você se lembra que disse que parecia estar faltando uma peça no quebra-cabeça da missão à qual fomos designados? — comentei e vi o sorriso sagaz no rosto do meu melhor amigo.

Ele também concordava com aquilo desde o princípio, mas a confirmação de que o esquema era muito mais intrincado do que prevíamos apenas nos deu a certeza de que nossos instintos ainda se mantinham afiados.

Bastava agora que o ímpeto que levou Zilah a saltar para dentro daquele navio também cumprisse o mesmo propósito.

Eu não queria pensar que aquela missão daria errado. Precisava acreditar que fora apenas uma intercorrência até que alcançássemos o sucesso que ambos buscávamos desde o princípio.

Foi somente depois de tomar um banho e me deitar para descansar o corpo exaurido que me permiti pensar e rezar para que ela se mantivesse firme e fora de perigo, mesmo que estivesse dentro de um dos ninhos de cobra.

Eu só precisava acreditar e esperar que ela tivesse me levado a sério quando disse que nunca deixávamos um companheiro para trás.

Nem mesmo se ele pertencesse a outro exército.

Entendi o lema de seu exército, já que ousou ao se arriscar daquela forma. Era hora de ela compreender a fundo o que significava um *Semper Fidelis*.

SHADOWS

ZILAH

14h29

Já estava ali há exatamente seis dias.

Seis dias de sofrimento, fome, privação do sono e angústia por sentir-me com as mãos amarradas.

Eu não podia sair para investigar algo mais, sob o risco de ser apanhada e levada à presença de Jacob Berns e do encarregado pelo tráfico humano. Dentre os homens, muitos eram do grupo *terrorista*, mas havia outros quatro capangas latinos.

Havia conseguido proteger duas jovens que seriam levadas e estupradas, já que quando entravam no container, eu simulava alguma espécie de comoção, levando a um pequeno tumulto.

Quando fizeram menção de me punir, as mulheres mais velhas entraram na frente, gritando em árabe que eu não valia a pena. Alegaram que era a única que conseguia controlar o choro interminável das crianças assustadas.

Minha vontade era enfiar a faca na garganta de cada um deles. No entanto, como me livraria do corpo quando outro criminoso fosse em busca do comparsa? Mais do que isso... como conseguiríamos lidar com um corpo em decomposição dentro daquele lugar abafado e que chegava a ferver durante as tardes?

O container fétido estava se tornando inviável para que ficássemos dentro. Com as tempestades se tornando mais intensas à medida que cruzávamos os oceanos, aumentava e muito as taxas de mal-estares e vômitos causados pelas náuseas intermináveis. O odor acre empesteava o ambiente, gerando a nítida sensação de que não passávamos de animais sendo transportados.

Eu mesma quase não conseguia comer. Apenas mantinha no estômago o suficiente para não perder as forças por completo, mas sentia minha saúde se debilitando a cada dia.

Sentia-me como uma fera enjaulada. Acuada e prestes a perder o controle.

Arriscando-me a chegar mais perto da porta, procurei pelas frestas que descobri em minhas andanças no espaço confinado. Subi em algumas caixas e agucei os ouvidos quando reconheci a voz de Jacob do lado de fora.

— *São mais de onze dias até chegarmos ao porto de Key West. Já não aguento mais essa merda. O combinado era que eu voaria até você, não que me enfiaria nesse navio dos infernos.*

Ele andava de um lado ao outro, conversando nervosamente com alguém ao telefone. Ao seu lado havia dois capangas, sendo que um deles eu já havia visto rondar as garotas mais jovens no galpão.

— *Cara, não fiz a contagem desse carregamento. Mas até onde sei, não houve baixas. Porra, homem! Estou com o meu na reta, entendeu? Você vai precisar me arranjar outra identidade quando chegar aí, porque com certeza o Mossad não vai deixar barato o fato de eu ter matado dois de seus agentes.*

Babaca arrogante. Não demonstrava nem mesmo um pingo de remorsos pelos seus feitos, por ter traído o país, sua equipe.

Desci das caixas e esgueirei-me outra vez para o canto onde as mulheres se amontoavam.

Cerca de vinte minutos depois, as imensas portas foram abertas com um baque. Cinco homens entraram, e sem falar absolutamente nada passaram pelas mulheres mais velhas que se postavam à frente, para que pudessem alcançar três jovens logo atrás.

Uma delas era a garota silenciosa que vi assim que cheguei. Hana. Seu rosto abatido e tomado de lágrimas, aliado à postura de total desesperança, simplesmente acenderam algo dentro de mim.

Sem pensar nas consequências, avancei em direção ao homem e em uma manobra eficaz, consegui imobilizá-lo pelo pescoço. Tomado de surpresa, ele soltou a garota e tentou se livrar do meu agarre, mas em questão de segundos passei a faca em sua garganta.

Os outros homens soltaram as jovens que tentavam arrastar e vieram na minha direção.

Puxei minha pistola e disparei contra os dois. O quarto atirou contra mim, mas me desviei a tempo. O outro homem apontou uma arma para minha testa, mas em um movimento ágil consegui tomar a arma de sua mão, invertendo as posições.

Com a base da mão acertei o nariz de um ao mesmo tempo que chutava o saco, vendo-o contorcer-se no chão. Sem piedade, atirei contra o outro no meio da testa. O corpo imenso tombou em cima de algumas mulheres que gritaram apavoradas.

Agachei perto do cara que xingava enraivecido, e quando vi que ele já se preparava para pegar a arma, adiantei-me e dei um golpe com a lateral da mão direto em seu Pomo-de-Adão. O som da fratura de sua traqueia veio acompanhado do desespero do homem em busca de ar.

— Apodreça no inferno, filho da puta.

A maioria das prisioneiras estava em um canto, tentando silenciar o choro agudo das crianças, mas o tumulto atraiu a atenção de outros capangas que entraram às pressas no container.

Com a pistola roubada de um deles e a minha própria, disparei contra os dois primeiros. Algumas mulheres tentaram me ajudar, lançando o que podiam alcançar na direção dos bandidos, mas eles nos superavam em número.

Subi em uma das caixas e me lancei contra outro cara, enfiando meu punho em seu plexo braquial. Muitos não sabiam, mas algumas artes marciais consistiam apenas em eliminar agressores com o uso de pontos vitais no corpo.

Krav-magá, Caratê, Sambo – uma arte marcial russa –, Jiu-Jitsu... todas eram pré-requisitos para um soldado de elite, e embora eu não dominasse todas com maestria, sabia me virar bem na hora de aplicar os golpes mais mortais.

Quando alguém me segurou por trás, consegui me desvencilhar rapidamente, no entanto, mais dois vieram em meu encalço.

Somente depois de ter abatido seis deles é que fui contida com um soco que me deixou desnorteada. Cambaleei e fui agarrada por trás e colocada de joelhos.

— Que merda é essa que está acontecendo aqui? — a voz de Jacob me trouxe de volta ao presente.

— Essa piranha matou vários dos nossos! — o babaca que apontava uma arma contra a minha têmpora disse.

— Tire a porra do véu, idiota!

Quando o *niqab* foi arrancado da minha cabeça, encontrei o olhar enfurecido de Jacob Berns.

— Eu sabia. Nenhuma outra mulher poderia dar conta de tantos agressores, a não ser que fosse alguém treinada exatamente para isso. — Agachou-se para ficar ao nível do meu rosto. — Então nos encontramos mais uma vez, não é mesmo? Que grande reviravolta temos aqui em nossas mãos, senhores...

Os criminosos se entreolhavam, confusos, sem entender ao que ele se referia.

— Você fica bem de joelhos, Zilah. Talvez eu encontre uma nova profissão para você, *zonah*[5].

---

5   Puta, em hebraico.

128   M. S. FAYES

Cuspi em seu rosto nojento e desprezível, levando um soco na mesma hora. No entanto, não me rendi e virei a cabeça para encará-lo outra vez.

— Aproveite o tanto que puder dessa sua vida miserável, Berns. Em breve, você será apenas a memória do que acontece com traidores.

Segurando-me pelo cabelo, ele fez com que eu ficasse de pé e praticamente colou o nariz com o meu.

— Você sem suas armas não é páreo para ninguém, tenente. Acha que com palavras será capaz de me amedrontar? A única memória que vai restar daqui a um tempo será a sua. E sabe por quê? Porque em pouco tempo é você quem estará implorando por uma morte misericordiosa — disse, entredentes.

Como se precisasse deixar suas palavras registradas, ele me deu um soco no estômago, fazendo com que eu perdesse o fôlego por completo.

— Amarrem essa vadia e joguem no porão do navio.

— E quanto às outras? — um deles perguntou.

— Acabou a diversão de vocês, imbecis. Essa merda aconteceu porque não conseguem segurar seus paus dentro das calças. — Jacob veio até mim outra vez. — Joguem os corpos desses idiotas no mar.

Dois homens me arrastaram do container abafado. O som do choro das mulheres ficou para trás à medida que eu era levada até o porão do cargueiro. Os caras me empurraram por uma escada estreita, e quando dei por mim, meu corpo rolou até chegar ao piso de madeira imundo e infestado de insetos e sabe-se Deus o que mais.

Um deles acorrentou minhas mãos, usando algemas interligadas com os tornozelos. Seria difícil conseguir acessar qualquer uma das minhas facas ocultas no uniforme que usava por baixo do vestido em farrapos.

Não sei quanto tempo se passou até que a porta acima se abrisse e o som de passos pudesse ser ouvido.

Jacob chegou com mais dois homens e parou com as mãos nos bolsos, encarando-me.

— Não consegue vir sozinho, *ben-elef*[6]? — zombei. — Nem mesmo se garante no treinamento recebido para se tornar um agente do Mossad, não é mesmo?

Ele avançou e me deu um chute doloroso contra os joelhos antes de se agachar, mas não tão perto. Ele sabia que assim que eu tivesse a chance, o atacaria com o que estivesse ao meu alcance. Mesmo que morresse no processo.

— Eu só não te mato agora, sua vadia, porque há alguém ansioso em te ver — disse com um sorriso sinistro. — Do contrário, eu a esfolaria viva e jogaria a carcaça para os peixes.

---

6   Filho de todas as putas, em hebraico.

SHADOWS

Quem seria tal pessoa de quem ele falava? O mandachuva de toda a operação?

Havia muitas lacunas que precisavam ser preenchidas.

— Por que você entrou nessa, Jacob? Achei que sua reputação no Mossad valesse mais do que qualquer coisa — debochei.

— O dinheiro vale muito mais a pena. São milhões que entram no meu bolso a cada transação.

— Há quanto tempo você está nisso? — insisti.

— Anos. Um, dois, quem se importa... já perdi as contas. Só sei que meu futuro está garantido com tudo o que tenho direito — disse, com um ar arrogante.

— Seu futuro já está desenhado, Berns — retruquei e dei um sorriso de escárnio. — Nenhuma prisão será suficiente para você, então pode contar com o fato de que os ponteiros do relógio estão marcando os minutos exatos que ainda tem de vida.

Por um instante, pensei tê-lo visto vacilar, mas em seguida ele decidiu calar a minha boca com um soco na mandíbula. Meu pescoço ricocheteou para trás, o gosto metálico do sangue se infiltrando entre os dentes.

— Depois que meu chefe se livrar de você, *sharmouta*[7], farei questão de te foder de todas as maneiras mais brutas que alguma vez já chegou a imaginar. E se você sobreviver — deu de ombros, com indiferença —, posso passar o que restou do seu corpo para o restante da tripulação.

Jacob se levantou e saiu, deixando-me a sós em meio à escuridão do porão.

Eu não temia o escuro. Temia muito mais o fato de o meu coração acelerar o ritmo por conta do destino incerto que me aguardava.

---

7   Piranha em hebraico.

MUDANÇA DE PLANOS

KEY WEST

15h39

Eu não estava contando com aquilo. A Tenente Zilah Stein não deveria ter entrado no circuito, ainda mais sendo a combatente ousada que era. Jacob, o filho da puta, deveria ter dado um jeito de evitar que ela ingressasse na equipe de agentes destacados para aquela operação.

Teria sido fácil lidar com Mahidy e Ibrahim, talvez até mesmo convencendo-os a aderir ao esquema que nos rendia um bom dinheiro a cada transação.

No entanto, tudo virou de ponta-cabeça. O que vinha dando certo há cerca de três anos agora corria o risco de ser encerrado pela ação das Forças de Defesa de Israel e pela merda da Marinha Americana.

— Prepare o jato para Creta e o *H155* assim que chegarmos lá. Vamos visitar um *cruzeiro* — desliguei, e encarei a rua pacata pela janela do Cassino Zarcon, em Key West.

Era hora de acertar as contas com o passado e eliminar de uma vez por todas qualquer elo fraco que ainda pudesse ter.

SHADOWS

AÇÃO FURTIVA

TEAGAN

18h41

— Muito bem — o capitão chamou nossa atenção no *deck* de embarque —, as rotas já estão estabelecidas e cada um tem seu plano de ação em mãos. Não vamos esperar que o cargueiro atraque no porto de Algeciras, na Espanha. É lá que ele reabastece o tanque para cruzar o Atlântico de acordo com as logísticas portuárias.

Cruzei os braços, à espera de mais informações.

— Com sua licença, Capitão Masterson — o Major Spielman, da equipe de forças especiais de Israel, pediu a palavra. — De acordo com os cálculos, sabemos que o cargueiro é de pequeno porte e, pela imagem do satélite, está transportando apenas três contêineres, sendo que dois deles servem como disfarce.

— Certo — ele disse.

— Houve uma mudança de rota, no entanto. Nossas fontes acreditam que talvez estejam se preparando para atracar em uma enseada abaixo de qualquer suspeita ao norte de Creta, mais precisamente em Plaka — o homem prosseguiu.

— Vocês acreditam que estão despistando o trajeto? — perguntei.

— Ou talvez tenham detectado a presença da Tenente a bordo — informou, em um tom sombrio.

Aquilo não era bom. De forma alguma. Ela estava nas mãos de uma organização criminosa reconhecidamente inimiga de Israel. Acrescente aí o fato de um dos agentes do Mossad – exatamente o que ela mais odiava – estar no mesmo lugar. As suspeitas dela estavam certas desde o início. Ela tinha mais do que motivos para desconfiar do traidor.

— A hipótese de que ela pode estar morta já foi ventilada? — o Tenente Casters, da equipe de *Seals*, perguntou em um tom frio.

— Ela não está morta — eu e o major israelense respondemos ao mesmo tempo. O homem me olhou, sem entender o porquê fui tão enfático.

— Inserimos um GPS intradérmico em sua pele. Se seu corpo estivesse sem vida, o sinal seria perdido — Cap respondeu antes de mim.

— Todo oficial *Matkal* recebe um implante na nuca que funciona como um rastreador. É assim que acompanhamos suas atividades, especialmente quando estão por trás de linhas inimigas — Spielman completou.

Eu não teria o que acrescentar. Não podia alegar que, além dos fatos tecnológicos que indicavam que ainda estava viva, havia dentro de mim a certeza de que Zilah lutaria com todas as forças para não sucumbir nas mãos daqueles homens.

Por mais que soubesse que não somos imortais, era mais do que óbvio que os soldados de elite possuíam treinamento diferenciado para sobreviver nas situações mais adversas.

— Há duas alternativas para nossa entrada — o líder dos *Seals* disse, apontando para o mapa em seu dispositivo —, pode ser com o navio em alto-mar, ou quando chegar à enseada. Se contarmos com a segunda opção, dá para fazer uma abordagem por terra, com um ataque ofensivo em massa.

— O *H-Hawk* pode deixar os *Recons* em terra. Ainda contaremos com o suporte da Base Naval da Marinha em Souda Bay, localizada mais ao noroeste da ilha.

— Capitão, sugiro uma entrada furtiva, sem grande alarde — Spielman interferiu, olhando para os dois responsáveis pelas equipes distintas à dele.

— O único fator de furtividade que eles vão contar é com a morte certa, Major Spielman.

— A Tenente Stein pertence às nossas forças, então acredito que a decisão deveria ser nossa na escolha de abordagem — ele rebateu.

— E onde vocês estavam quando ela estava em meio ao fogo-cruzado? — perguntei, atraindo sua atenção. — Nossos governos foram chamados a colaborar um ao outro. Não estamos fazendo distinção se ela é de Israel ou dos Estados Unidos. É companheira de armas, merece que a tratemos como igual. Então, não acredito que tenha essa de "eu decido, porque ela é uma *Sayeret*" — falei, entredentes.

Scott me puxou para um canto.

— Teag, você está louco, cara?

— Sim, sabe por quê? Porque estão decidindo quem deve entrar para salvar a tenente, como se isso fosse contar como um ponto em suas carreiras. Foda-se, no primeiro momento que a operação com o Mossad deu errado, eles já deviam ter dado um jeito de intervir. Mas fizeram isso? Não.

— Não sabemos como eles atuam, Teagan.

— E daí? Scott, se um de nós estivesse em perigo, sendo mantido em cativeiro, o caralho a quatro, quando um resgate chegasse, você pararia para perguntar?

— Acho que não.

— Exato. Seja fuzileiro, *Recon*, *Seal*, Beretta... foda-se. O que importa é tirá-la de lá.

— Mas você não pode se esquecer de que tudo isso leva a uma operação muito maior — argumentou.

— Você já se perguntou por que a CIA não está no comando? Por que o FBI não foi citado em momento algum? Esse tipo de investigação é da alcunha deles, Scott. Se colocaram a Marinha em ação, é porque querem que a operação seja resolvida de forma confidencial. O que é feito em territórios bélicos, se passa como conflitos bélicos. Não é uma coincidência que nosso porta-aviões estivesse próximo o suficiente para isso?

— Faz todo sentido.

— Exatamente.

— Tenentes — o Capitão nos chamou.

Quando voltei até onde os grupos discutiam, cruzei os braços.

— Três dos nossos entrarão furtivamente, mas apenas para eliminar qualquer ameaça no convés. É nessa hora que os *Matkal* descerão de rapel do helicóptero que vai sobrevoar o navio quando os elementos à vista já estiverem neutralizados. Simultaneamente, uma equipe de terra fará o controle da costa, enquanto os *Recons* também manterão a guarda.

Eu queria contestar. Queria dizer que minha intenção era subir naquela porra de navio cargueiro e matar cada um daqueles filhos da puta com as minhas próprias mãos, mas não poderíamos retirar a autoridade do *Seal*.

— Se esse navio está sendo desviado da rota, significa que eles também mudaram a abordagem de ataque. Então vamos nos assegurar de que daremos conta do recado sem que uma guerra seja declarada.

Depois que todos os detalhes foram acertados, fui em direção ao *H-Hawk* para tomar o meu assento. Eu não estava a fim de papo, então preferi me isolar dos companheiros que conversavam animados sobre a ação que em breve se desenrolaria.

— Teagan — o Capitão Masterson me chamou. — Não se esqueça de que, antes de tudo, você é o líder dos Rec, então aja conforme o seu instinto. Seu papel em terra será imprescindível para a segurança de seus companheiros, entendeu?

— Sim, senhor.

— Ótimo. Tenho certeza de que tudo isso se resolverá o mais breve possível.

Eu também esperava.

Nosso voo já durava mais de cinco horas. Estávamos sobrevoando o mar de Creta, avistando a costa a pouco mais de cinquenta quilômetros. O céu estava escuro como breu, e as poucas luzes que podíamos ver naquela imensidão escura abaixo eram as luzes de alguns navios esparsos.

Cerca de dez quilômetros próximo ao ponto de partida, os três *Seals* saltaram em seus trajes táticos e impermeáveis assim que o helicóptero desceu a uma altura segura o bastante. Os mergulhadores seguiriam até o cargueiro por baixo da superfície, enquanto nós seríamos deixados a uma distância considerável em terra.

Quando chegou nosso momento de descer pelos cabos, apenas acenei para Scott, Dylan e Jensen. Dougal e Tyler não vieram à missão, reduzindo o contingente.

Na surdina, nós quatro deslizamos por rapel e pousamos sobre as areias fofas da praia da ilha de Kalydon. Ergui o punho, sinalizando que os oficiais de Israel poderiam fazer o mesmo. Os outros dois desceriam sobre o convés. Mais uma equipe israelense desceria na costa de Plaka.

Começamos a correr pela praia, com nossas armas em punho, e mesmo que estivéssemos imersos em total escuridão, munidos de nossos óculos de visão noturna, nos guiamos com atenção a qualquer ruído diferente de nossos passos.

— Aquelas são as luzes do navio? — Scott perguntou.

— Pela localização do satélite, sim — respondi. A urgência em chegar até lá fazia meu coração bater cada vez mais acelerado. — Eles estão atracados e com a rampa de embarque conectada à costa.

— O que significa que alguém entrou ou saiu da embarcação — Scott emendou.

Seria complexo identificar um melhor ponto para me posicionar, mas pelo mapa, havia uma pequena encosta que talvez servisse como base de apoio para montar o meu rifle.

Levamos cerca de vinte minutos para chegar ao ponto mais próximo. O cargueiro estava a cerca de cinco quilômetros de distância, e até onde podíamos perceber, sem qualquer movimentação.

Somente alguns minutos depois é que a sinalização de um dos *Seals* cintilou no escuro. Eles já estavam a bordo, e entrariam em posição naquele momento.

Eu só esperava que aquela missão se encerrasse por ali, de uma vez por todas.

Um lado queria apenas trazer alívio às mulheres que estavam sendo tratadas como mercadoria. O outro, aquele mais egoísta, queria apenas se assegurar de que teria tempo hábil para explorar a química que explodiu em milhares de fagulhas com Zilah Stein.

SHADOWS

CONFRONTO INESPERADO

ZILAH

20h53

Eu já devia estar ali naquele porão há mais de um dia, sobrevivendo à base de água e o pão macilento que me levaram apenas duas vezes.

Meu corpo inteiro doía por conta da posição em que me encontrava, e os punhos e tornozelos estavam em carne viva. Por mais que tivesse tentado me livrar das algemas, aparentemente nada servia para desbloquear os cadeados enferrujados que ligavam os elos das correntes.

Jacob não aparecera de novo, deixando-me em paz, mas algo me dizia que tramava alguma coisa e só estava esperando o momento certo para contra-atacar.

Eu já havia perdido a noção das horas, mas imaginava que estávamos na noite seguinte à minha prisão naquele buraco de merda. Durante o tempo em que estive ali, meus pensamentos se voltavam a todo instante para o fuzileiro americano.

Minha mente repetia o beijo que trocamos em um *looping* interminável. Havia uma sensação incômoda de que talvez nunca mais pudesse sentir aqueles lábios contra os meus outra vez, que não poderíamos explorar um ao outro da forma como eu desejava. Teagan Collins despertou no meu corpo uma chama que se recusava a ser adormecida.

Recostei a cabeça contra a estrutura de madeira e fechei os olhos, sentindo o corpo aquecer diante das lembranças. Um beijo apenas. Nada mais... Porém a ausência de Teagan era quase tão palpável quanto as dores que sentia em cada centímetro do meu corpo.

Desde Aaron, nunca mais havia me permitido entregar a qualquer forma de desejo carnal. E, naquele momento, sentada em um porão nojento e decrépito, rumo a uma morte certa, tudo o que eu mais queria era poder vivenciar o que o beijo de Teagan prometia.

Abri os olhos na mesma hora quando percebi que o navio já não se movia. Tentei apurar os ouvidos para detectar os passos acima, mas o ruído das máquinas me impossibilitava. Sentei-me ereta, olhando para todos os lados. Havia, certamente, alguma movimentação acontecendo.

A porta se abriu de uma vez, e dois *criminosos* desceram com suas armas em punho. Um deles me puxou para cima, esquecendo-se de que eu estava algemada às correntes. O outro se ajoelhou para soltar os grilhões dos tornozelos e, quando pensei em agir, acertando-lhe um chute, o cano da arma na minha têmpora indicou que não seria uma ideia genial. Fiquei tonta por um instante, tentando recobrar o equilíbrio.

— Faça um movimento em falso, e esse chão vai ficar manchado com o seu cérebro — o homem fétido disse.

Fui levada pelas escadas acima, sendo quase arrastada pelo corredor apertado que levava a diversas cabines. Mesmo sob ameaça, debati-me em suas mãos. Eu me recusava a entregar os pontos sem uma boa luta.

Depois de mais alguns instantes, eles abriram uma porta e me arremessaram no chão. Bati a cabeça na estrutura da cadeira e gemi em agonia. Ainda estava no chão quando a porta se abriu. Por estar zonza, não abri os olhos imediatamente, temendo vomitar.

Um par de botas polidas entrou em meu campo de visão pouco depois, à medida que eu tentava inspirar lentamente pelo nariz.

— *Shalom*, Zilah — disse a voz que julguei nunca mais ouvir na minha vida.

Devagar, ergui a cabeça e deparei-me com o par de olhos castanhos que aprendi a amar e respeitar. Ainda estava em choque quando sussurrei quase que para mim mesma:

— A-Aaron?

A cabeça inclinada para o lado, associada ao sorriso condescendente e ao mesmo tempo cruel, fez com que minha mente entrasse em curto-circuito.

A escuridão assumiu comando a partir dali e, de repente, tudo o que fui capaz de perceber era o silêncio.

SHADOWS

Instantes depois, senti o toque de um tecido frio sobre minha testa. Minhas pálpebras tremularam até se abrirem por completo, dando de frente ao meu noivo falecido em serviço há mais de dois anos.

— Posso entender que minha presença tenha sido um choque para você — ele disse, enquanto continuava a limpar meu rosto.

Continuei em silêncio, sem saber como reagir. Temia estar realmente em choque, mal sendo capaz de processar as informações, perguntas, dúvidas e mágoa que brigavam por um lugar dentro da minha mente.

— Você não vai dizer nada? Não vai agradecer o milagre de me ver vivo à sua frente? Não vai alegar saudade? — Seu tom exprimia ironia e certa insegurança em igual medida.

Tentei me sentar, querendo afastar suas mãos de mim. Não entendia a situação, mas sentia que Aaron já não era mais aquele a quem amei. Não exalava mais a aura de impecabilidade que me atraiu em primeiro lugar. Havia em seus olhos um ar de maldade que nunca estivera ali.

— C-como... — Minha boca se recusava a dar voz às palavras que saltavam em minha cabeça.

Aaron não se afastou, mas deu espaço suficiente para que eu pudesse me sentar no sofá puído de couro.

— Eu sei o que você deve estar pens...

— Você não sabe coisa nenhuma! — gritei, interrompendo seu discurso. — Seja lá que porra de desculpas você vai dar, tenho certeza de que não vou gostar de ouvi-las!

— Zilah... — Tentou me tocar, mas ergui as duas mãos e girei seu braço em um golpe defensivo, ficando agora nariz a nariz.

— Seu cretino! Você faz parte de toda essa merda, não é? Desde o início! E usou sua morte como um disfarce para encobrir suas verdadeiras atividades — deduzi, vendo-o vacilar.

— Eu queria o melhor para nós, Zi — disse, em um tom apologético. — Precisava de uma forma de sustento...

— Sustento? Aaron, sustento se consegue com trabalho duro e digno. Você jurou honrar nossa bandeira, nossa nação, nossa corporação. Isso... isso aqui é sórdido! Você está colaborando em um esquema de tráfico internacional e que financia os mesmos terroristas que juramos combater, porra!

— Quando entrei para a equipe do Mossad, não imaginei que seria esse o desfecho, Zilah. Minhas intenções eram as melhores...

— O que mudou? Meu Deus... eu não acredito... Achei que o conhecesse — sussurrei, chocada. Um choro incontido me dominou, mesmo que eu detestasse cada uma das lágrimas que teimavam em cair. — E-eu te amava...

— Nós podemos ficar juntos, Zi — ele disse, de forma apaixonada. — Podemos desaparecer para algum lugar... Só agora percebo que minha vida era vazia sem você. Estive vivendo apenas como uma carcaça... senti sua falta todos os malditos dias.

— Mentira! Eu chorei sobre o seu caixão! Guardei o luto por muito tempo, chegando a temer que nunca mais seria capaz de encontrar o amor outra vez. O homem a quem eu amava era justo, leal, companheiro... ele era bom. Tinha princípios... mas agora vejo que amei apenas a ilusão de alguém que nunca existiu — eu disse, limpando violentamente as lágrimas.

— Não! Ainda estou aqui... Foi preciso, Zi! Eu juro...

— Saia de perto de mim! É melhor que me mate agora, porque se eu conseguir me soltar dessas amarras, juro que vou matá-lo com as minhas próprias mãos!

Ele me deu um tapa doloroso e me empurrou no chão. No mesmo instante, caiu acima do meu corpo, imprensando o meu muito menor. Aaron era alto, forte e continuava com o mesmo físico invejável de quando o conheci. As linhas de seu rosto, no entanto, mostravam os sinais do tempo e da vida que provavelmente levava no crime.

— Saia de cima de mim, *ben-zonah*!

— Zilah! Não me obrigue a te machucar! — gritou, e ergueu meus braços acima da minha cabeça. Sua mão quase tão áspera quanto o aço que me cercava. — *At haahavah sheli...* — Afundou o rosto na curva do meu pescoço.

— O quê? Não sou o amor da sua vida! O amor da sua vida é o dinheiro sujo de sangue que vem ganhando nesses últimos anos.

Comecei a me debater abaixo de seu corpo, girando o quadril para sair de seu agarre. Porém ele era muito mais forte que eu, e já previa o que estava prestes a fazer, já que se acomodou ainda mais entre minhas pernas. Senti sua excitação contra o meu centro e a náusea subiu na mesma hora.

— Zi... por favor...

— *Lekh lehizdayen!* Vá se foder, seu merda! O único jeito que você vai conseguir colocar suas mãos em mim outra vez será para lançar meu corpo no mar.

Ele respirou profundamente e sua expressão se transformou.

— Eu preciso que você me entenda! Fiz isso por nós dois! Para que pudéssemos ter uma família, longe de Israel, do Exército, de toda e qualquer violência. Eu queria te dar um lar com conforto, luxo... tudo o que você merece...

— Você conta isso para si mesmo para tentar lidar com a culpa? Me diga... o que aconteceu quando entrou naquela operação do Mossad tantos anos atrás?

139

Ele me encarou, a ira cintilando em seus olhos escuros.

— Entrei acreditando que estava fazendo o certo. Depois fui confrontado com a verdade.

— Que verdade? Que mulheres refugiadas não valem absolutamente nada para você e que homens doentes as veem como objetos? Que vidas humanas não significam nada, já que você está favorecendo que milhares continuem a ser ceifadas por ataques terroristas? Você é um monstro!

— Não, não sou! Muitas dessas mulheres terão uma vida muito melhor fora dos campos de refugiados! — gritou na minha cara. O pior é que ele parecia realmente acreditar naquela insanidade.

— Você é louco! Um criminoso exatamente igual àqueles com quem se aliou!

Sua mão agarrou meu queixo com brutalidade. Com ódio no olhar, ele arreganhou os dentes, rosnando:

— Você não sabe de nada pelo que passei! Não sabe de nada!

— Eu preferia morrer a trair minha nação, Aaron. E lembro-me que você era assim... Ou fingia ser... Não use a minha pessoa para justificar sua falta de caráter e moral — falei, perdendo por completo minhas forças. Fui capaz de lidar com a "morte" dele, mas aquilo... era demais. Era como se todos os meus sonhos, sentimentos, tudo... houvesse se afogado em um mar de escuridão completa. Era como se eu nem mesma me conhecesse mais... já que não fui capaz de julgar ou sequer desconfiar de qualquer falha que ele pudesse ter. — Me mate... por favor.

— Não, Zi... Não precisa ser assim... Nós sempre nos demos muito bem, lembra? — Tentou me beijar, mas virei o rosto para evitar o contato de sua boca asquerosa. Se eu ia morrer naquele instante, então queria levar para o túmulo a memória do beijo de Teagan, não a dele. — Podemos fugir juntos... só eu e você.

— Nunca.

Com força renovada, consegui lançar seu corpo para longe do meu enquanto eu rolava no chão para me colocar de pé. No entanto, Aaron aterrissou o peso de seu corpo às minhas costas, e com um puxão, rasgou o vestido velho que eu ainda usava. Ele só não contava que eu estivesse completamente vestida por baixo de todo aquele tecido.

— Saia de cima de mim, *mamzer*!

Sua mão forçou meu rosto no chão, enquanto ele grunhia de irritação tentando rasgar minha calça. Fiz o que fui treinada para fazer: apoiei os antebraços no chão e elevei meu corpo, conseguindo deslocar seu peso. Quando ele perdeu o equilíbrio, liberando o aperto em minha cabeça, consegui incliná-la para trás com toda a força, acertando seu nariz. O som do osso se partindo foi um alento para os meus ouvidos.

— Sua cadela! — xingou, tentando controlar o sangramento intenso.

Foi o tempo necessário para me colocar de pé. Sem perder tempo, chutei a cadeira à frente e arranquei uma de suas pernas para usar como arma improvisada.

— Você acha que consegue me vencer, Zi? — perguntou, com um sorriso de zombaria. — Vai ser divertido domar você.

— Vamos ver quem vai se divertir mais, babaca. Se você não entrou naquele túmulo de verdade, vamos corrigir isso, não é mesmo? Está na hora de você honrar o dinheiro gasto no seu funeral! — Acertei sua coxa com um golpe que o fez se dobrar o suficiente para que eu pudesse girar o pedaço de madeira mais uma vez.

Não tive tempo hábil. A porta se abriu e Jacob entrou às pressas, gritando:

— Estamos sendo atacados!

Aaron olhou para mim e fez uma careta. Sem hesitar, ele me deu um soco e arremessou meu corpo contra a parede atrás da mesa. Aquilo me deixou totalmente desnorteada por alguns segundos. Apenas tive tempo de ouvi-lo gritar para Jacob:

— Tranque a porra dessa porta e não a deixe sair por nada, entendeu?

Esperei ouvir os passos se distanciando para poder me levantar, esfregando o ombro que ainda estava dolorido pelo tiro de tantos dias atrás. Com pressa, abri todas gavetas e armários em busca de uma arma ou algo que me ajudasse a sair dali.

Meu olhar pousou na escotilha imunda um pouco mais ao fundo. Fui até lá e fiz uma averiguação da estrutura. Sem hesitar, usei a mesma peça de madeira da cadeira para tentar quebrar o vidro. Nada. Aquela merda devia ser temperada e ser de uma espessura considerável.

Olhei ao redor, agora sendo capaz de ouvir o som dos tiros e gritos acima no convés. Vi o que se parecia com uma porta embutida por trás de um gaveteiro. Corri até lá e empurrei-a para o lado, gemendo em agonia por conta da dor. Quando o caminho estava livre, chutei a estrutura que cedeu somente na terceira tentativa. Era uma porta de ligação entre duas cabines. Fui até a saída e espiei pelo corredor, sem ver sinal de qualquer pessoa.

Atravessei o corredor apertado às pressas, subindo as escadas de dois em dois degraus para me situar. Coloquei a cabeça pela passagem e vi vários homens mortos no *deck* de madeira. Saí dali e peguei a primeira arma disponível do cadáver mais próximo. Uma Ak-47. Procurei no corpo do homem por mais carregadores e enfiei nos bolsos da calça cargo. Tive que me desfazer do colete tático alguns dias atrás quando desmaiei por conta do calor.

SHADOWS

Seguindo agachada pelo convés, escondi-me por trás das cordas usadas para fixação dos contêineres, fazendo uma varredura pelo local. Mesmo que a claridade não fosse lá das melhores, reconheci os uniformes dos *Sayeret Matkal* e mais alguns militares em trajes táticos pretos. *Seals*. Então a Marinha Americana havia destacado sua força mais letal de elite para aquela missão... pelos planos do Capitão Masterson, aquilo significava que outra equipe agiria no lugar de destino desse navio.

Vi um dos criminosos furtivamente tentar atingir um dos militares e, sem hesitar, disparei uma rajada de tiros na direção do homem.

Aquilo atraiu a atenção dos militares.

— Stein! — Virei-me e deparei-me com o Major Spielman, da equipe Alpha G. Nunca havíamos combatido juntos, mas minha equipe fora treinada por ele.

Ele veio correndo na minha direção e segurou meu rosto para conferir os danos. Afastei a cabeça rapidamente, querendo me livrar do toque indesejado.

— Você está bem? — perguntou. — Abaixe-se!

Nós dois nos jogamos no chão do convés quando uma saraivada de tiros veio em nossa direção.

— Atiradores na praia! — um dos americanos gritou.

Quando levantamos a cabeça, vimos dois sendo abatidos por tiros à longa distância.

— Aquele filho da puta é bom — um dos militares disse, surpreso.

Meu coração acelerou de tal forma que temi perdê-lo pela boca. Teagan. Só podia ser ele... *tinha que ser ele.*

— Vou atrás de Aaron — informei, tentando me afastar. Spielman segurou meu cotovelo.

— Que Aaron?

— Cohen. O filho da puta está vivo — disse, e saí correndo.

O convés havia se tornado um cenário de batalha. Uma forma moderna das retratadas em filmes, com piratas e duelos de espadas. Ali, nos valíamos da força bruta que as munições podiam causar no corpo de outra pessoa.

Atire primeiro, pergunte depois. Ou melhor, nem pergunte. Parta logo para outra.

Corri em direção aos contêineres, temendo que o tiroteio tenha alcançado o local onde as refugiadas estavam abrigadas.

Aaron e Jacob estavam no canto mais distante, atirando contra outros homens na costa, e não viram minha aproximação. Sem parar para pensar, simplesmente atirei contra a nuca de Jacob, que caiu para frente, no mar.

Meu ex-noivo se virou, assustado, e me encarou.

— Zilah...

Ele estava na minha mira. Bastava que eu apertasse o gatilho com a mesma facilidade com que fiz com Jacob.

— Sabe que acho que seu melhor castigo seria encarar um longo julgamento pelos crimes que cometeu, mas... situações desesperadas exigem medidas extremas.

— Você não vai ter coragem de me matar... — ele disse, com toda a certeza do mundo.

Dei um sorriso de escárnio, apontando a AK-47 para o seu peito.

— E o que me impede, Aaron?

— O amor que compartilhamos um pelo outro — respondeu, convicto.

— Achei que aquilo fosse amor. No entanto, me enganei redondamente.

Os gritos das mulheres atraíram minha atenção, tirando meu foco naquele instante. Foi o bastante para que Aaron se jogasse na minha direção e lançasse a arma longe.

Merda!

Nós dois nos engalfinhamos em uma briga no chão, mas, de repente, o cano de sua pistola estava apontado para a minha têmpora.

— Será triste ver toda essa beleza e garra se desfazendo em nada... Você ainda pode decidir ir comigo...

— Você é lunático, se acha que vai sair vivo desse navio, Aaron. Posso morrer hoje, mas você irá junto. — Sem esperar por mais, retirei a faca que ele levava na coxa e afundei na lateral de seu corpo.

Seu grito de dor encheu meus ouvidos. Ergui a cabeça e vi dois homens usando duas senhoras como escudo humano e decidi deixar que Aaron sangrasse até a morte.

Eu me levantei de um pulo e comecei a correr na direção dos criminosos. Puxei o rifle de outro cadáver e mirei na cabeça do primeiro. O outro foi contido por um militar americano que o abordou por trás. Estava me aproximando das mulheres quando um grito alto reverberou pelo convés:

— Zilah!!! — Olhei para o lado, vendo Teagan correr na minha direção. Como ele havia conseguido subir ao navio com tanta rapidez? Só se ele estivesse na praia da enseada, onde o cargueiro estava ancorado.

O tempo que levei para pensar em correr em sua direção foi o suficiente para que Aaron se levantasse e apontasse a arma para mim, sem hesitar em disparar.

Dizem que a vida passa diante de nossos olhos como uma película de cinema. O meu passou rapidamente, mas as imagens estavam entremeadas com cenas de um futuro ao qual provavelmente não estava destinada a viver o que quer que poderia ter vivido ao lado de Teagan Collins.

SHADOWS

Esperei pelo impacto da bala que não veio. Eu estava pronta para ter minha vida ceifada. Quando abri os olhos, vi Teagan deitado no chão, à minha frente.

Seu amigo, Scott, havia atingido Aaron que agora jazia morto no convés.

— Teag! — o outro oficial gritou.

Só então saí do transe em que havia me enfiado, vendo-o ali imóvel. Imóvel demais... Não... não.

Ajoelhei-me em busca do ferimento, vendo que sangrava profusamente de seu pescoço. Nãooo! Aquele só poderia ser um pesadelo. Um pesadelo do qual eu queria acordar o mais rápido possível.

Desesperada, usei minhas mãos para cobrir o buraco por onde seu sangue jorrava, em uma tentativa vã de estancar o sangramento.

— Seu louco! O que você foi fez? — gritei, sentindo as lágrimas quentes deslizando.

Scott chegou ao meu lado e gritou para ninguém em particular:

— Traga aquela porra de helicóptero aqui! — Ele arrancou o colete e retirou a camiseta, entregando para mim. — Continue pressionando. Teagan, seu filho da puta! Você não vai morrer, entendeu? Merda, merda!

Não vi o tempo passar. Não vi a movimentação ao redor. Tudo perdeu o sentido. Tudo desvaneceu. Eu enxergava Teagan por trás das lágrimas que salgavam minha boca.

— Teagan... — sussurrei. — Não...

— Temos que deslocá-lo para a aeronave, Zilah — Scott falou minutos depois, atraindo minha atenção. Olhei para cima e vi o helicóptero militar da Marinha pairando acima do convés.

— Eu não posso soltar.... não posso parar de comprimir... — respondi em desespero e trêmula. Scott era nada mais do que um borrão ante meus olhos.

— Ei, ei... vai ficar tudo bem — ele disse, mas parecia tão incerto quanto eu.

Como se estivesse em câmera lenta, vi os militares descendo do helicóptero e correndo em nossa direção. As hélices agitavam tudo ao redor, soltando meu cabelo que chicoteava furiosamente contra o meu rosto.

Encarei minhas mãos ensanguentadas. Meu corpo inteiro tremendo como uma folha ao vento. Senti a presença de alguém do meu lado à medida que observava, como se estivesse em uma bolha, sem ouvir os ruídos ao redor, como se estivesse assistindo a alguma cena enquanto os companheiros de Teagan o erguiam cuidadosamente. Scott e eu havíamos providenciado para que a camiseta servisse como um curativo até que ele pudesse receber cuidados médicos. Mas o ferimento... havia sido muito perto da jugular... e havia sangue demais...

— Tenente Stein? — Eu podia ver a boca de um homem se movendo à minha frente. Seu rosto estava próximo ao meu, mas tudo o que eu conseguia fazer era encarar minhas mãos cobertas do líquido carmesim que se esvaía do corpo de Teagan.

— Ela está em choque — alguém comentou.

Sentindo que alguém havia segurado meu cotovelo, percebi vagamente que me aproximava das portas abertas do helicóptero. Olhei para trás, repentinamente consciente de que deixávamos um cenário de batalha.

Avistei o corpo de Aaron em meio ao caos e escombros do que havia sobrado do cargueiro. Meu coração parecia congelado. Era como se eu não fosse mais capaz de sentir nada.

Apenas um imenso vazio.

— Venha — o Major Spielman disse. — A equipe vai continuar aqui para dar andamento aos trâmites com as refugiadas, porém você precisa de cuidados.

Ele conversava comigo, mas era como se eu estivesse caminhando pela inércia. Como se minhas pernas estivessem se movendo sem o meu comando.

No meio do caminho, vi uma mulher correndo em minha direção. Ela se lançou em meus braços, chorando convulsivamente.

Nádia. Levei alguns segundos para reconhecer a voz.

— Obrigada, obrigada! Que Alá possa te abençoar pelo resto de seus dias...

Em estado de choque, não consegui responder nada, salvo retribuir o abraço. Outras mulheres vieram buscá-la, agradecendo-me efusivamente, mas tudo em que eu conseguia pensar era no corpo sem vida de Aaron, a quem pranteei e vivenciei o luto há tantos anos e que agora, sim, estava morto. E pensei no corpo inerte de Teagan. Em seu sangue tão vivo que manchava minhas mãos.

Como se saísse do transe, soltei-me do agarre do Major que já fora meu instrutor e corri em direção ao *H-Hawk*, puxando Scott pela mão.

— Deixe-me ir com ele. P-por favor — supliquei.

— Se eu a deixasse para trás, seria o meu couro que ele arrancaria. Suba. Você também precisa de cuidados — repetiu o que Spielman falara pouco antes.

— Eu estou bem... — tentei argumentar, enquanto me afivelava ao assento. Os amigos de Teagan o haviam prendido a uma padiola, e um dos oficiais mantinha a pressão em seu pescoço, enquanto outro fazia uma bandagem de contenção compressiva.

O Major Spielman sentou-se ao meu lado, angulando o rosto para que o encarasse.

145

— Quando estiver disposta, vou colher seu depoimento para que o relatório seja enviado o mais rápido possível para o Comandante Cohen — disse em um tom sombrio. — Acredito que ele mesmo nem tenha suspeitado das ações de seu sobrinho, não é?

Apenas neguei com um aceno, incapaz de falar qualquer coisa. Eu já havia perdido o rumo com o confronto inesperado com meu passado.

Agora me via completamente sem chão com alguém que cheguei até mesmo em pensar em um futuro.

Olhei para a escuridão da noite que se mesclava ao mar em que agora sobrevoávamos. Desviei o olhar para minhas mãos, movendo-as, hipnotizada pelo sangue que recobria minha pele.

Era como se a vida de Teagan estivesse escorrendo por entre meus dedos, como a areia fina de uma ampulheta.

AGONIA

ZILAH

23h59

Teagan estava na sala de cirurgia há mais de quarenta e cinco minutos. O helicóptero militar havia tomado outro rumo quando perceberam que a hemorragia era muito intensa e que possivelmente ele necessitaria de uma transfusão sanguínea. O tempo de voo seria longo demais até o hospital naval americano que ficava na Alemanha. A opção que restava era levá-lo a um hospital militar em Atenas.

Recusei-me terminantemente a ser atendida, mas fui vencida pelos argumentos de Scott, que afirmou que não sairia da sala de espera até que recebesse notícias sobre o quadro de seu amigo.

Depois de ser medicada, fiz contato com meu comandante, tendo consciência de que aquela ligação seria dolorosa para ambos.

— *Tenente, já soube que seu resgate foi bem-sucedido e que os dois carregamentos com as mulheres sequestradas foram interceptados. O Secretário de Defesa dos Estados Unidos está recebendo reforços de nossas equipes táticas e parece ter contido também a operação que se desenrolava em Key West.*

— Obrigada pelas informações, senhor — agradeci, sem jeito. — O senhor recebeu o relatório enviado pelo Major Spielman?

— *Sim, mas esperei que me desse o retorno.*

— Aaron Cohen... encabeçava o esquema inteiro. Desde o momento em que ingressou no Mossad, ele foi recrutado e cedeu à ganância ao se juntar à organização criminosa.

O silêncio se prolongou por mais do que deveria, tornando-se desconfortável.

— *Sempre imaginei que Aaron houvesse sido envolvido em uma teia de corrupção, mas não por vontade própria... Quando... quando soube de sua morte naquela época...* — ele pigarreou — *pensei que havia sido queima de arquivo. Muitas lacunas foram preenchidas apenas agora e... É duro admitir que estive enganado o tempo inteiro.*

— Não somente o senhor, Comandante. Sinto-me enganada desde o princípio, porque nunca imaginei que Aaron fosse capaz de algo tão vil.

— *O amor cega as pessoas, jovem Zilah. Você só o via através das lentes amorosas de uma mulher apaixonada, e eu... eu o enxergava como a um filho, e fui incapaz de detectar sua falha de caráter.*

Não respondi nada. O que eu teria para dizer? Que também me sentia uma idiota por todo aquele tempo? Que o que Aaron fizera havia manchado as memórias mais doces dos momentos que tivemos juntos?

— *Espero que você se recupere. Tanto física, quanto emocionalmente. Você é jovem, tem garra e perseverança. Provou-se digna de todas as honras militares...*

— Não preciso de medalhas, senhor — respondi, rápido.

— *Não precisa, mas vai recebê-las da mesma forma. Você receberá o período obrigatório de dispensa, para que possa se recuperar. Nesse meio-tempo, trataremos da sua promoção.*

Não era aquilo o que eu queria. O que desejava naquele instante era ver o sorriso aberto do americano outra vez.

— E quanto à honraria ao apoio da Marinha Americana? — perguntei. Se eu receberia uma medalha, esperava que Teagan saísse daquela para receber aquilo também.

— *Também serão devidamente condecorados. Spielman me disse que você não quis embarcar para a base.*

— Se não for problema, senhor, peço permissão para me estender até ter certeza de que o oficial americano ferido esteja fora de perigo.

— *Basta dizer quando quer voltar e a colocarei no primeiro jato para casa. Fique bem, Tenente. Shalom.*

E desligou.

Fiquei por cerca de dois minutos apenas olhando para o chão estéril daquele hospital. A cortina do boxe onde estava sendo atendida se abriu e Scott entrou.

— Vamos, o médico está chamando.

Meu coração bateu acelerado, em pura e total agonia. Senti as mãos trêmulas e quase saltei quando Scott segurou uma delas e me puxou em direção à sala de visitas.

— Você é o responsável pelo Tenente Teagan Collins? — o médico grisalho perguntou.

— Sim. Estou no comando até que nosso Capitão chegue do porta-aviões — ele respondeu. — A Tenente Stein, das Forças de Defesa de Israel, também estava na operação e envolvida no conflito.

— Bem, a bala, embora tenha passado de raspão, dilacerou e muito a artéria cervical superficial, e lesionou uma boa parte da jugular externa. Sua hemorragia foi considerável, dada a gravidade das lesões e da área atingida. Conseguimos fazer uma reconstrução, mas temos que aguardar até amanhã para averiguar se não há risco de trombos. No entanto, ele teve uma parada cardiorrespiratória e precisou ser reanimado durante a cirurgia — o médico disse em todo aquele jargão médico. — No momento, seu estado de saúde está sendo considerado estável, mas ele será mantido em sedação por algum tempo.

Olhei para Scott, aflita, tentando ver se ele havia compreendido tudo.

— Ele está em coma induzido, é isso? — perguntei, sentindo meu coração bater acelerado.

— Sim. Está intubado, mas estamos prevendo que ficará somente três dias, que é o padrão para casos como o dele — informou.

— Ele corre algum risco de morte? — Scott perguntou. Eu podia sentir sua mão trêmula contra a minha.

— Estamos confiantes de que ele se recuperará sem maiores intercorrências. O importante é que a cirurgia foi um sucesso, mas todo pós-operatório oferece riscos — alegou. — Isso significa que não há previsão de alta.

— Nem mesmo uma possível transferência para outro hospital militar?

— Creio que teremos que aguardar nas próximas horas, Tenente Bromsfield — disse ao ler o sobrenome e patente de Scott na tarja de seu uniforme. — Tenha confiança de que estamos fazendo todo o possível para que seu amigo saia daqui completamente recuperado e levando apenas uma cicatriz.

— Podemos vê-lo? — perguntei.

— Ele tem permissão para uma visita, e por apenas cinco minutos, já que se encontra agora na Unidade de Tratamento Intensivo.

Eu e Scott nos entreolhamos, duelando em silêncio pelo direito de ver com nossos próprios olhos que Teagan ainda estava vivo. Eu não poderia usurpar essa preferência em prol da minha sanidade. Scott era seu amigo há anos, enquanto eu havia entrado na equação há muito pouco tempo.

— Posso solicitar que dividamos esses cinco minutos em dois? Dessa forma, ambos poderemos vê-lo — Scott disse e apertou minha mão.

O médico olhou de mim para o fuzileiro, pensativo.

— Façamos assim... já que a moça também esteve vivendo um tempo difícil, não me custa nada dar autorização para que ambos o vejam simultaneamente. Fica bom para vocês? — perguntou.

— Sim, claro — apressei-me em afirmar.

— Por aqui, então — ele disse em um inglês carregado e nos guiou pelo longo corredor da ala cirúrgica. Depois de passarmos pelas portas de vidro fosco, fomos encaminhados para a UTI.

O médico prestativo parou diante de um quarto isolado e disse:

— Cinco minutos. Ele está sedado, então não responderá a nenhum

SHADOWS

estímulo verbal. — Abriu a porta do quarto e nos deu passagem.

O sempre tão vivaz fuzileiro experiente da Marinha estava deitado em meio aos lençóis de um tom azul claro. A palidez de sua pele contrastando fortemente contra as tatuagens em seus braços. O imenso curativo na lateral de seu pescoço dava mostras claras da gravidade da situação, bem como o tubo do respirador que o ligava a uma máquina ao lado.

O fato de ele ainda estar vivo era um milagre. Dificilmente alguém resistiria àquele tipo de lesão.

Scott pigarreou e apoiou a mão em meu ombro, como se estivesse me dando forças para seguir adiante. Ou talvez o gesto tenha sido de encorajamento para ele mesmo.

Fiquei de um lado do leito, enquanto seu amigo assumiu o outro. Sem hesitar, toquei sua mão pálida que repousava ao lado de seu quadril. Senti uma lágrima sorrateira deslizando pelo meu rosto.

Eu sabia que o tiro que ele levou havia sido endereçado a mim. Mas o maluco simplesmente saltou à minha frente.

Por quê? Eu não conseguia entender aquele estranho vínculo que parecia haver se formado entre nós. Era como se não fosse apenas algo baseado em atração sexual... e sim, algo muito mais além e intenso do que isso.

— Porra, Teag — Scott sussurrou.

— Eu sinto tanto — falei, baixinho.

— Pelo quê? — o fuzileiro perguntou.

— Por ele estar nessa situação apenas por minha causa... — Outra lágrima teimosa desceu sem rumo. Eu estava me contendo há tantos dias que temia que se abrisse a represa, nunca mais pararia de chorar.

Scott estendeu a mão por cima do corpo inerte de Teagan e tocou meu braço.

— Ei... Se há um culpado nessa história, é aquele filho da puta que pretendia matar você. O mesmo que agia em todo esse esquema sórdido que conseguimos desmantelar. Não se esqueça de que você pulou para dentro daquele navio, facilitando que pudéssemos rastreá-la e, consequentemente, ao cargueiro.

— Obrigada — disse, secando as lágrimas. — Mas não entendo por que esse maluco se jogou na minha frente.

O olhar de Scott era enigmático quando disse com um sorriso:

— Tenho certeza de que você vai descobrir assim que ele acordar e sair dessa.

Eu esperava que sim.

— Vou fazer assim... Vou sair ali para telefonar ao Cap e informar sobre o estado de saúde do Teag — Scott disse, virando-se de costas. Antes de sair, no entanto, ele disse por cima do ombro: — Você ainda tem três minutos com ele.

Quando Scott saiu do quarto, segurei a mão de Teagan entre as minhas e depositei um beijo no dorso. Meus olhos percorreram toda a extensão da pele coberta de desenhos dos mais variados tipos. Imagens ultrarrealistas que retratavam o mundo em que vivia. Deslizei os dedos trêmulos por cada um deles, subindo lentamente até alcançar seu rosto coberto pela barba dourada.

Com a ponta do indicador desenhei os traços perfeitos de seu nariz, acariciando em seguida a linha de suas sobrancelhas. Antes de me inclinar sobre ele, olhei para a porta para conferir se ainda se encontrava fechada. Hesitante, toquei o canto de seus lábios com os meus. Eu queria apenas que ele soubesse de alguma forma que eu estava ali. Ou que estive.

Fechei meus olhos, desejando que estivéssemos em outro tempo, outro lugar. Longe de tudo e de todos. Alheios à violência que nos cercava desde que ingressados em nossas respectivas forças.

Delicadamente recostei minha testa à dele e rezei baixinho para que se recuperasse por completo. Com o canto do olho, vi a *dog tag* que o identificava dentro de um saco plástico na mesa ao lado. Aquilo fez com que meu coração saltasse em pura agonia, porque uma placa só deixava seu dono quando ele estava morto.

Sem pensar em mais nada, retirei a corrente do plástico e usei o álcool para esterilizar o material mesmo que superficialmente. Abri o fecho e passei o fio da corrente pelo seu pulso livre, dando algumas voltas para conseguir prendê-la. Eu queria devolver sua medalha ao lugar onde pertencia, em seu peito, mas não podia me arriscar a causar alguma possível lesão ou risco de infecção por conta do tubo respiratório.

Uma enfermeira abriu a porta lentamente e entrou em silêncio.

— Olá, querida — disse em grego. — Já passou o horário de visita.

Acenei com a cabeça e, uma vez mais, toquei a testa de Teagan com os meus lábios.

— Nunca serei capaz de te esquecer, Teagan.

Talvez ele nunca soubesse que estive ali, mas o mais importante eu sabia: as lembranças daquele homem nunca seriam esquecidas.

De alguma forma, em meio a tudo aquilo que vivemos, ele conseguiu se alojar em meu coração há muito anestesiado.

SHADOWS

RASTREIO

TEAGAN

13h46

Eu já estava naquela porra de hospital há nove longos dias. Por mim, teria ido embora no dia seguinte depois de toda a ação. Assim que acordei, conferi que estava mais vivo do que nunca, então não havia motivo algum para continuar ali.

Já haviam me costurado, certo? Não corria mais risco de me esvair em sangue e ir morar a sete palmos do chão. É claro que isso só me passou pela cabeça depois que soube que havia ficado apagado por três dias, que tive que ser reanimado na mesa de cirurgia e que agora ostentava uma cicatriz de pelo menos dez centímetros na lateral do pescoço.

Quando fui acordado do coma induzido, Scott tentou acalmar meus ânimos, alegando que eu deveria dar o tempo necessário para me recuperar. Eu precisava de repouso, mas o que me intrigava além da conta era que meu corpo ansiava pela presença de Zilah Stein. E em momento algum, naqueles dias, ela apareceu por ali.

Tudo bem, eu não jogaria na cara dela que levei um tiro para salvar sua vida... mas... Porra, eu *levei* um tiro para salvar aquela mulher! Achava que merecia ao menos um toque gentil e suave de sua pele contra a minha.... Sei lá.

Naqueles dias logo após acordar da sedação, oscilei bastante entre o estado consciente e o nebuloso, como se estivesse imerso em uma névoa irritante. Porém, sempre que eu fechava os olhos, sonhava com um beijo cálido e tão leve quanto uma pluma. Imaginava Zilah inclinada sobre meu corpo, dando-me o mais carinhoso dos beijos. Palavras se atropelavam e não ganhavam vida em minha consciência, mas eu podia jurar que as havia ouvido.

Aquilo era tão nítido e se repetia constantemente, que chegava a parecer real.

Scott evitou todas as minhas perguntas sobre ela e seu paradeiro, alegando apenas que depois que ela recebeu tratamento médico, teve que voltar à sua unidade para cuidar das tratativas burocráticas de toda aquela operação.

Soube que a organização criminosa foi quase que inteiramente dizimada, e os poucos que restaram, em Key West, delataram os nomes dos comparsas, incluindo o nome do chefão cubano do tráfico que financiava todas as armas no esquema engenhoso e quase indetectável.

O Capitão Masterson disse estar puto por eu ter subido ao navio, quando deveria ter ficado no meu posto na costa. Foda-se. Depois de abater cada um dos filhos da puta que brotavam como formigas naquela praia, quis me assegurar que Zilah estivesse bem.

A situação em terra estava contornada, então por que não poderia ajudar a quem quer fosse no convés? Atravessei a faixa de água o mais rápido possível e escalei as correntes que me levariam até o barco. E foi o exato momento em que vi que Zilah estava sob a mira de uma pistola, sem fazer a menor ideia.

Honestamente, não sabia até agora porque motivo não ergui minha própria arma e o matei em primeiro lugar. Talvez, no fundo da minha mente, eu temesse que poderia acontecer o mesmo ocorrido em Varosha. Eu poderia abater o atirador, mas não em tempo hábil de conter o seu próprio disparo.

Na hora pareceu uma boa ideia simplesmente correr e me lançar na frente dela. Eu contava com o bom-uso do colete Kevlar, mas esqueci que certas áreas ficavam descobertas. Quase um erro de amador. Esperava aquilo de Jensen, o *Recon* novato, não de um cara experiente como eu.

No entanto, se perguntassem se me arrependia, minha resposta seria sempre a mesma: eu pularia na frente daquela mulher de olhos fechados. Era meu dever proteger e dizer que faria aquilo por qualquer outra pessoa, mas no momento só o que consegui pensar era que não podia perdê-la.

Scott interrompeu meus pensamentos assim que entrou no quarto para onde eu havia sido transferido.

— O médico te deu alta. O Capitão já está nos aguardando na recepção.

— E qual será nossa rota? — perguntei, irritado.

— Bom, um avião militar está vindo para te levar até LeJeune.

— E se eu não quiser ir?

Scott suspirou e passou a mão pelo cabelo.

— Teag, cara... eu sou seu amigo há anos. Pelo menos uma vez na vida, aceite um conselho de um irmão. — Colocou a mão no meu ombro antes de prosseguir: — Vá se recuperar primeiro antes de procurar pela garota.

Merda. Ele realmente me conhecia como ninguém. Eu não queria dar voz àquela vontade louca de ir atrás de Zilah, porque era quase que o mesmo que dar voz ao sentimento perturbador que parecia espremer o meu peito.

SHADOWS

153

— Scott, eu só quero saber se ela está bem. Não. Mentira... eu quero só dizer que ela poderia ter, no mínimo, vindo atrás de notícias e...

— E quem disse que ela não veio?

— Ela telefonou?

— Ela esteve aqui o tempo inteiro durante as primeiras horas da sua recuperação. Você também não pode esquecer que ela precisava de cuidados médicos, mas foi difícil convencê-la a ir embora do hospital.

— Mas... por que então ela não me esperou? Porra, por que você não falou isso antes e evitou todas as vezes em que perguntei sobre ela? — Agora eu estava puto com meu amigo.

Sério. Eu estava me sentindo como um adolescente com o coração partido pela sua primeira paixonite. Aquele estilo não combinava nem um pouco comigo.

— Olha, irmão, peço desculpas por ter fingido não saber de nada, mas pelo que entendi, o comandante dela, aquele que sempre estava em contato com o Cap, solicitou seu retorno. Parece que eles têm um protocolo específico por lá. Assim como nós, mas por lá a coisa é um pouco mais rígida.

Tentei me levantar da cama com um pouco mais de estabilidade, mas dias naquele hospital acabaram me deixando mais fraco. Na mesma hora, Scott me ajudou a ficar de pé.

— Você tomou um balaço no pescoço, cara...

— De raspão. — Sorri, lembrando-me que aquele havia sido o mesmo argumento que a Tenente Stein deu.

— Que seja... mesmo assim você teve que passar por uma cirurgia. Sua vida ficou por um fio, irmão. Acreditamos que nem daria tempo de chegar a um hospital assim que saímos do cargueiro. Você teve que ser reanimado enquanto estava sendo operado. Dê um tempo para o seu corpo se recuperar — insistiu.

— Scott... deixa eu te perguntar uma coisa — sussurrei, enquanto atravessávamos o longo corredor. Eu havia me recusado terminantemente a sair dali numa cadeira de rodas, então acabei me esgueirando e fugindo da equipe de enfermagem. — O que você faria no meu lugar?

Não me passou despercebido que o tempo todo em que estive consciente, as enfermeiras sorriam e coravam como garotas diante de seus ídolos. Em outros tempos, eu teria retribuído com um sorriso aberto, uma piscada maliciosa, e se um quarto vazio estivesse dando sopa por ali, passaria alguns momentos prazerosos antes de sumir. O estalo que disparou na minha mente acabou dando início a um ataque de pânico interno. Que porra era aquela? Por que eu não estava nem ao menos querendo agir no meu *Modus Operandi*?

Sim. Eu sabia o porquê. Aquela resposta era composta por nome e sobrenome. Tinha mais de 1,75 de altura e um sorriso sarcástico que curvava um pouco mais o canto esquerdo de sua boca. Possuía olhos enigmáticos e que pareciam guardar segredos.

— Sim, Teag. Eu daria um jeito de ir atrás dela. Olha, eu sei que você deve estar meio alheio, mas acho que já te contei que sempre tive um amor de infância.

Olhei para ele, assombrado.

— Você já contou?

Scott revirou os olhos antes de dizer:

— Várias vezes.

— Não é aquela... como é o nome? Sei que era diferente... Hailey?

— Hayllee, idiota.

— Olha aí! Viu, diferente. Sim, eu me lembro de uma vez que você encheu a cara e ficou falando sobre o cabelo lindo, os olhos espetaculares, o corpo deslumbrante... Você estava bem poético. Era sua paixonite de décadas, Scott? — Comecei a rir. O pior é que segundos antes eu mesmo estava pensando naqueles atributos...

— Nunca deixou de ser. Viu como você não presta atenção em nada do que falo?

— Não é questão de eu não prestar atenção, mano. É questão de que nunca me liguei nessas coisas de sentimentos, então eu não processava a informação direito.

— Vou pedi-la em casamento. Assim que voltar dessa incursão.

Parei de repente, encarando-o com a boca escancarada.

— Está falando sério?

— Muito sério. Só não fui a Richmond, quando estivemos lá, porque Hayllee estava viajando com os pais, no Havaí. Mas foi essa impossibilidade de nos encontrar que fez com que a decisão se firmasse aqui. — Ele bateu o indicador na têmpora. — Para completar a que já estava aqui. — Tocou o peito. — O que quero dizer é que, muitas vezes, precisamos deixar que o tempo atue como um bálsamo. Acho que se tivesse feito meu pedido antes, talvez ela tenha recusado. Entende?

— Não. Não entendo de jeito nenhum. Não preciso de tempo para saber que quero aquela mulher na minha vida. Pelo tempo que nos for permitido. Prefiro viver o hoje e me entregar aos impulsos do que remoer as incertezas.

Scott sacudiu a cabeça, rindo baixinho.

Assim que pisamos o pé na recepção, o Capitão Masterson se levantou e veio ao nosso encontro.

— E então? Pronto para outra? — brincou.

— De jeito nenhum — repliquei. — Como diz o Scott, meu corpo

SHADOWS

155

precisa se recuperar, então acho que uma estadia nas Maldivas será uma ótima pedida. O senhor acha que a Marinha pagaria por isso? — debochei, acompanhando o riso dos dois.

Saímos do hospital e fomos até uma caminhonete estacionada na calçada. Sem pressa, Scott me ajudou a sentar. Com algum esforço, tentei afivelar o cinto, vendo que ele estava parado ao lado da porta apenas me observando com a sobrancelha arqueada e um sorriso irônico.

— Se você nem consegue colocar o cinto por conta própria, como vai conseguir ir atrás da garota que você quer, Teag? — debochou.

Ele estava um pouco certo. Não de todo... Porque eu poderia muito bem me virar, mas não seria nada estiloso ou essas merdas. Eu realmente queria ir atrás de Zilah para que pudesse explorar a química que pareceu surgir entre nós.

— Tudo bem. Entendo isso... eu só não queria ir para o outro lado do mundo.

O capitão já havia se sentado atrás do volante e acionava o GPS para que pudéssemos sair naquele trânsito confuso de Atenas. Scott sentou-se no banco traseiro, mantendo o silêncio.

Durante todo o trajeto, tudo em que conseguia pensar era em Zilah Stein. Sua presença estava impregnada em mim, como um perfume que nunca se esvaía.

Depois de alguns minutos em total silêncio, Capitão Masterson disse:

— Há uma pequena vila a cerca de vinte minutos daqui que talvez seja do seu agrado.

Como eu não podia virar o pescoço para encará-lo, restou-me apenas abrir a boca em choque.

— O quê?

Pelo canto do olho, percebi que ele intercalava os olhares entre mim e a pista à frente. Através do espelho retrovisor, vi que Scott mantinha um sorrisinho como se soubesse de algo que eu desconhecia.

— Sabe... uma vila com vista para o mar. Um lugar pacato que será ótimo para a sua recuperação. Melhor do que enfrentar um longo voo até os Estados Unidos, por enquanto.

— O que vocês não estão me contando? — perguntei, desconfiado.

Scott se enfiou entre os dois bancos e disse:

— Descobrimos que Zilah na verdade não voltou para Israel. Seu comandante, o General Cohen, a dispensou por um período para que também pudesse descansar da missão em que estava destacada.

Senti meu coração acelerar no mesmo instante.

— E qual não foi nossa surpresa quando percebemos que ela não havia sequer deixado a Grécia... — o Capitão emendou.

— E... como...?

— O rastreador intradérmico.

Ah, então estava explicado.

— Ela não fez alarde sobre sua estadia, mas Scott percebeu que ela sempre dava um jeito de visitá-lo no meio da noite. Pelo que entendemos, Zilah conseguiu dobrar uma enfermeira que sempre a alertava quando você estava dormindo.

— Não quero dizer nada, irmão... mas parece que ela está caidinha do mesmo jeito que você está por ela — meu amigo acrescentou.

— Então vou simplesmente chegar lá do nada e...

— Você sabe muito bem como surpreender uma mulher, Teag. Basta ser você mesmo, cara. Nossa parte aqui já fizemos, agora é contigo — o Cap disse e acelerou pela longa rodovia que interligava Atenas às outras cidadezinhas costeiras.

Bom, eu tinha certeza de que qualquer *stalker* ficaria orgulhoso do trabalho impecável dos meus amigos, mas quem era eu para reclamar?

Estava mais do que na hora de explorar outros territórios... aprender uma nova língua...

Quem poderia saber?

SHADOWS

SENTIMENTOS SOMBRIOS

ZILAH

15h28

Sentada debaixo do alpendre da casinha à beira da praia, encarei o mar de um belíssimo tom azul-esverdeado à frente, observando um grupo de crianças construindo um castelo de areia. Ao longe, um pesqueiro contrastava com um iate de luxo à deriva.

Eu já deveria ter voltado à base em Tel Aviv, mas algo ainda me prendia àquela cidade.

A quem eu queria enganar? Eu sabia muito bem que não havia conseguido ir embora por causa de Teagan Collins.

Durante todos os dias em que esteve internado, fiz questão de visitá-lo sempre no período da noite, logo depois de convencer uma enfermeira a me dar esse privilégio e prometer guardar sigilo a respeito da minha presença ali enquanto ele dormia.

Nos três primeiros dias, quando permaneceu sedado, era doloroso vê-lo intubado, tão quieto e pálido contra os lençóis brancos e sem graça. O cheiro pungente dos produtos hospitalares inibia as lembranças dos bons momentos ao lado dele.

Mesmo que tivéssemos passado apenas aqueles dias juntos, era inexplicável para mim conseguir entender o porquê um vínculo tão palpável foi criado entre nós.

Quando resolvi alugar a pequena casa naquele pacato bairro à beira-mar, esperava colocar em ordem meus pensamentos e analisar os sentimentos conturbados que me invadiam sempre que as imagens do confronto com Aaron vinham à mente.

Eu me sentia traída. Usada. Como se fosse alguém tão descartável, ao ponto de ele simplesmente desistir de tudo o que havíamos sonhado em construir juntos, em prol de uma ganância que nunca enxerguei.

Ou talvez eu estivesse cega e não tenha me esforçado para ver os sinais que deviam estar lá o tempo todo.

Aaron era ambicioso e apaixonado por tudo. Ou ao menos ele se mostrava assim. E a compreensão de que essa paixão se estendia pelo dinheiro – *dinheiro sujo* –, trouxe uma angústia imensa ao meu coração, porque fui incapaz de perceber as facetas sombrias de sua personalidade.

Deitados na cama bagunçada, os dois amantes se mantinham de frente um ao outro, saciados com os momentos íntimos compartilhados.

Aaron acariciava suavemente o rosto de Zilah, sentindo a ansiedade pelo que estava prestes a fazer.

— Quer se casar comigo? — perguntou, causando um sobressalto na mulher que o havia feito rever o conceito de solteirice.

— O quê?

Ele segurou a mão delicada que repousava contra o travesseiro e beijou o dorso, estendendo a carícia aos outros dedos.

— Sei que deveria ter pensado em uma proposta muito mais romântica e elaborada, mas não consegui evitar. Você é tão linda, Zilah. — Sorriu ao ver o rosto mostrar seu embaraço. — Quero construir uma família ao seu lado.

— Aaron... eu... não sei... Somos tão jovens e...

Ele se posicionou acima do corpo de Zilah, enjaulando seu rosto com os braços ao lado.

— Não há desculpa para o amor quando o sentimos com intensidade. Você me ama, não é mesmo? — perguntou, mostrando um pouco de sua insegurança.

Ela sorriu de leve e acenou afirmativamente com a cabeça.

— Mas nossas carreiras...

— O que importa isso? Você sabe que muitos de nossos amigos são casados.

— Falo por conta dos riscos que corremos e...

— Zilah, você me ama ou não? — insistiu, já começando a ficar irritado.

— Sim, Aaron... — admitiu, porém com certa relutância. Ela não gostava da abordagem de seu namorado. — Só estou tentando dizer que acho que poderíamos esperar um pouco.

— Olha, eu quero que todo mundo saiba que você é minha noiva, que vai se casar comigo e com ninguém mais.

Ela o enlaçou pelo pescoço e beijou a boca franzida.

— Não precisamos provar isso para ninguém, Aaron.

— Há um monte de caras em outras unidades que fazem questão de dizer o quanto gostariam de ter uma chance com você. Quero garantir que eles saibam que você me pertence.

— Eu não sou uma coisa para pertencer a alguém — resmungou, tentando se soltar do abraço apertado.

— Não quis dizer nesse sentido, meu amor. Quero apenas que avancemos mais um passo no nosso relacionamento. Você não sonha em se casar, ter filhos?

— Filhos? Aaron, estou prestes a ingressar no curso de treinamento de elite.

— Eu sei, mas não precisa ser agora. Se você passar no treinamento...

— Se? Você duvida da minha capacidade? — ela perguntou, chateada.

— Não. Claro que não. Você tem mais do que as habilidades necessárias para se tornar uma Matkal, meu amor. Mas, vamos pensar em alternativas.

— Não quero pensar em alternativas. Estou estudando e vou dar o meu máximo para conseguir me formar e me tornar um soldado de elite, Aaron. É assim que quero defender minha nação.

— Eu também, querida. No entanto, também vejo um futuro ao seu lado. À medida que eu for subindo de patente, e você chegar aos 25, quando não será mais obrigada a cumprir o serviço militar, então...

Ela o afastou com um empurrão e se sentou na cama, enquanto Aaron se ajoelhava sem entender o ar confuso e irritado no rosto de Zilah.

— Eu não sou militar por obrigação. É uma escolha de vida. Eu quis assim. E por que você acha que pode alcançar um patamar mais alto e eu não? Só porque sou mulher? É isso?

— Meu amor, vai chegar o momento em que você desejará uma casa aconchegante, filhos, uma família feliz.

— Aaron, quando esse momento chegar, será porque eu realmente o desejei, não porque é algo que você quer que eu anseie. Não tenho planos de constituir uma família, até mesmo porque nem sei bem o conceito do que uma família feliz poderia ser.

Ele a abraçou, mesmo que Zilah ainda se mantivesse irritada e em uma postura defensiva.

— Tudo bem, desculpa. Vamos fazer assim... que tal ficarmos noivos e a gente se casa quando acharmos que é o momento certo? Uma decisão em conjunto, que tal?

Ela o olhou, desconfiada, mas por fim cedeu aos apelos e aos beijos brandos que ele depositava em seu pescoço.

— Vamos, querida... me dê a honra de se tornar minha mulher.

— Tudo bem, mas sem pressão, entendeu?

— Entendido, amor da minha vida.

Os dois selaram o compromisso com um beijo apaixonado e Aaron a fez esquecer todas as preocupações quando possuiu seu corpo.

Uma aliança simples, composta apenas de um pequeno aro dourado, foi o máximo que Zilah se permitiu usar.

Voltando ao presente, percebi que o tempo inteiro, o que Aaron realmente queria era assumir o controle sobre a minha vida, mostrando aos outros que havia vencido uma disputa ilusória que ele acreditava existir para que alguém, por fim, me conquistasse.

O que antes cheguei a ver como um amor intenso não passava de uma obsessão em manter funcionando tudo ao seu redor. Exatamente como uma criança com um brinquedo que não deseja compartilhar com mais ninguém.

E aquele pensamento alimentou mais ainda a raiva que sentia.

O vento sacudia meu cabelo e, mesmo sob o sol forte, tudo o que eu mais queria era me perder nas memórias breves e singelas que mal cheguei a construir com Teagan.

O cuidado para que eu me aquecesse na gruta quando passamos a noite. O carinho com que falou sobre nossas profissões. O entendimento de que honrávamos nossas bandeiras com aquilo que sabíamos fazer de melhor.

O beijo apaixonado e carregado de paixão que trocamos naquela cabine do porta-aviões.

A confiança depositada em mim e em minha missão.

Em momento algum senti que ele tentava me podar ou proteger como se eu fosse um ser frágil e que precisava de cuidados.

A não ser quando se jogou na frente daquela bala para salvar a minha vida.

Eu queria tanto saber o porquê ele tomou aquela atitude impulsiva... E o pior é que, refletindo comigo mesma, percebi que talvez eu fizesse o mesmo por ele.

Como algo tão súbito como nosso encontro poderia ter gerado tantos sentimentos tumultuados assim?

Fechei os olhos e ergui a cabeça, sentindo a brisa fresca tocar minha pele enquanto o sol aquecia tudo ao redor.

Uma sombra se projetou acima de mim, fazendo-me franzir o cenho. Abri os olhos, devagar, e senti meu coração martelar no peito quando vi Teagan Collins à minha frente, como se o tivesse evocado.

Levantei-me de um pulo, quase chocando minha cabeça ao seu queixo. Ele não se afastou nem um milímetro, deixando nossos corpos colados e imersos em uma atração magnética que nos impedia de executar qualquer movimento.

— O-o que está fazendo aqui?

ANSEIO ARDENTE

TEAGAN

15h41

— Eu poderia te fazer a mesma pergunta — respondi, encarando a mulher que assombrava meus sonhos enevoados e vinha causando um turbilhão de sentimentos em meu peito. — Nunca te disseram que é falta de educação sair sem se despedir? — brinquei, percebendo que seus lábios tremiam um pouco.

— E-eu... ai, meu Deus... eu... eu... não sei o que dizer — admitiu e passou as mãos pelo cabelo, tentando conter as ondas que teimavam em cobrir seu rosto.

Era a primeira vez que eu a via sem os trajes militares. Ela usava um short jeans que não deixava margem para dúvidas sobre a beleza de suas pernas torneadas e uma camiseta com o nome Atenas escrito em letras gregas.

E, sim, eu sabia identificar o nome da cidade no alfabeto louco porque era a mesma grafia que se espalhava pelas ruas dos bairros pitorescos.

— Nunca imaginei que a deixaria sem saber o que falar — comentei, e passei os dedos suavemente pelo seu rosto, sentindo a pele sedosa e vermelha por conta do sol. Meus olhos varriam cada pedacinho dela, querendo se certificar de que era a mesma fisionomia que ilustrava minhas fantasias.

— Você não deveria estar no hospital? — ela disse, e afastou-se um pouco, cruzando os braços. — Quer dizer, você já deveria estar saindo por aí, passeando?

— Não vim passear, embora essa vista faça jus a qualquer resort de luxo — falei, e olhei ao redor, voltando a me concentrar nela. — Vim atrás de você.

— P-por quê?

Segurei seu rosto entre minhas mãos, dando mais um passo para perto. Zilah subiu o degrau do alpendre onde estava sentada antes e ficamos praticamente na mesma altura.

SHADOWS

— Porque quero retomar de onde paramos quando estávamos naquela cabine tanto tempo atrás...

Um brilho cintilou em seus olhos lindos, indicando que ela talvez estivesse na mesma página.

— Acho que te devo uma explicação — ela disse, e fechou os olhos por um instante. — Só não sei por onde começar...

— Comece me dizendo por que fez questão de ir me visitar no hospital sempre que eu estava impossibilitado de te ver. Esperei sua presença quando acordei do sonho psicodélico onde me enfiaram, mas você não apareceu. Por um momento pensei ter apenas imaginado que nós dois havíamos nos sentido atraídos um pelo outro — confessei.

— Você não imaginou... mas... eu precisava colocar algumas coisas no lugar — ela disse, e bateu o dedo na lateral da cabeça. — Fiquei confusa e chocada com tudo o que aconteceu.

— Eu sei, boneca. Você passou tempo demais naquele inferno até que pudéssemos agir para resgatá-las.

— Não, Teagan. Não estou me referindo a isso. Estou falando sobre a pessoa que estava por trás de tudo o tempo inteiro... — Ela abaixou o olhar e segurou meus pulsos que ainda mantinham seu rosto cativo. — O homem por trás de tudo... um dos traidores do Mossad... era meu noivo, ex-noivo, ai, meu Deus... nem sei mais.

— O quê? Achei que ele tivesse morrido anos atrás.

— Eu também. — Ela suspirou e se lançou em meus braços, evitando o lado onde eu ainda ostentava o curativo que cobria minha mais recente cicatriz.

— Venha, boneca.

Abracei seu corpo que vibrava e tremia ao mesmo tempo e abri a porta pintada em um tom vivo de azul, tendo que me abaixar para passar pelo portal.

Guiei-nos até o sofá enfeitado por almofadas coloridas que davam um toque aconchegante à sala. Tudo muito diferente do mundo sombrio onde estávamos dias atrás.

Sentei-me o melhor que pude e puxei-a para o meu colo. Deixei que Zilah comandasse o momento em que decidiria se abrir. Era palpável a raiva que exalava dela em ondas.

Okay. Ela havia admitido o que eu nem ao menos imaginei. Embora Scott tenha me falado bastante sobre os trâmites no final da operação, aquele detalhe me passou despercebido ou ele esqueceu de mencionar.

O noivo?

— Ssshh... — acalentei, passando as mãos suavemente pelas suas costas, ajudando-a a recobrar a calma.

— E-eu o enterrei, Teagan... Em uma c-cerimônia militar. Nunca imaginei que o caixão fechado significasse uma farsa onde meu ex-noivo havia traído o país, *me* traído, e se aliado a criminosos em algo tão sórdido quanto essa operação de tráfico humano a troco de armas.

Ela bufou, os olhos incendiados com a ira.

— E quando dei por mim... estava na frente dele. Era como se eu estivesse vendo um fantasma... mas um que havia assombrado não meus sonhos, e sim meu pesadelo. Aaron enlouqueceu, mas o que mais me irrita é que não consegui enxergar nada disso.

— Você o amava, Zi — sussurrei. — É natural que não consigamos enxergar as verdadeiras facetas de alguém quando estamos muito envolvidos.

Ela descansou a cabeça no meu ombro, passando a mão suavemente sobre o meu peito.

— Isso já aconteceu com você?

— O quê? Ter uma noiva fantasma aparecendo do nada? — tentei brincar para aliviar o clima. — Graças a Deus, não.

— Não. — Um sorriso suave curvou seus lábios. — Se apaixonou a ponto de ficar cego e não conseguir enxergar nada ao redor...

Bom, se aquela não era uma excelente pergunta para ser feita naquele momento, não é mesmo? No passado? Não. Nunca havia me apaixonado desse jeito enlouquecedor. Mas agora? Eu podia jurar que meus batimentos estavam reverberando na minha cabeça. Era como se um zumbido estivesse obstruindo todo o ruído ao redor, conectando meus pensamentos e sentimentos somente a ela.

Então... talvez eu estivesse apaixonado e cego a tudo o que havia à nossa volta, menos em relação ao caráter dela.

— Não, boneca. Nunca me apaixonei dessa forma antes...

Passei a mão pelo seu rosto, recolhendo uma lágrima que ainda insistia em deslizar até seu queixo.

— Não acho que seja o amor que cega as pessoas, Zilah. Acho que na verdade, quando gostamos de alguém, nos recusamos a ver os defeitos, por mais evidentes que eles sejam. Até que chega um ponto de ruptura e as máscaras caem. — Seus olhos estavam fixos aos meus. — É por isso que muita gente vive dentro de relacionamentos com o mais leve abuso, e não conseguem perceber até quase ser tarde demais...

— É difícil pensar que o Aaron que amei não passa de uma ilusão de alguém que julguei conhecer.

— E posso perguntar como você está se sentindo agora, sabendo que ele realmente está morto? — perguntei, temendo a resposta.

— Não sinto nada. O luto que vivenciei mais de dois anos atrás já

SHADOWS

165

havia curado minhas feridas. O luto de agora simplesmente sepultou toda e qualquer memória boa.

Ficamos alguns segundos em silêncio, apenas nos encarando.

— E você está pronta para construir novas memórias agora? — sondei.

Zilah se acomodou em meu colo, o que acabou despertando minha ereção reprimida pela sua bunda mais do que aconchegante. Estava difícil manter o controle das reações do meu corpo em contato com o dela, mas o anseio ardente que eu sentia somente em pensar naquela mulher simplesmente era demais para suportar.

— Estou pronta pra você, Teagan.

— Você tem certeza disso? — confirmei, só para me assegurar de que estávamos na mesma página, capítulo, parágrafo e frase.

— Sim.

Eu a beijei com a paixão e a voracidade que mantinha contidas dentro de mim desde aquele dia em que nos tocamos. Com as mãos espalmadas em seus quadris, fiz com que se sentasse montada em meu colo, as coxas me ladeando.

Nossas bocas se uniram e se devoraram, provando e memorizando o calor que nos consumia.

Deslizei minhas mãos pelas suas costas, não deixando de perceber o arrepio e tremor que a dominou. Sem hesitar, ela mesma puxou a camiseta para cima, expondo o sutiã esportivo que usava por baixo.

Eu não precisava de seda, renda ou qualquer merda. Aquela mulher era linda, mesmo se estivesse vestida em trapos. Zilah passou os dedos na barra da minha camiseta e foi a minha vez de assumir o controle, ajudando-a a me livrar do tecido incômodo e que nos impedia de um contato mais íntimo.

Quando ela se inclinou e recostou os seios ainda cobertos pelo sutiã contra o meu peito, rosnei em sua boca. Eu não queria nada entre nós. Queria provar de seu gosto e me afundar em seu corpo, deixando meu desejo se libertar das amarras.

— Tire isso — rosnei outra vez contra seus lábios, irritado por não ter encontrado um fecho que facilitasse o meu acesso aos seios perfeitos e que se encaixavam em minhas mãos.

Nós nos afastamos apenas para que ela pudesse atender à minha demanda urgente, e retirou a peça, desnudando o corpo maravilhoso para os meus olhos sedentos.

Minha vontade era devorar aquela mulher, saciar minha fome e me perder nos sentidos que ela me despertava.

No entanto, toquei seu corpo com certa reverência, apreciando o contato entre nossas peles, gemendo quando roçou os mamilos contra os pelos do meu peito.

Meus dedos trilhavam um caminho pelas costas delicadas e fortes ao mesmo tempo, fazendo o percurso do cós do short até alcançar o fecho à frente.

O tempo inteiro nos mantivemos em um beijo ardente que transparecia o que as palavras não seriam suficientes para expressar: o desejo que nos consumia.

Quando consegui abrir seu short, deslizei a mão devagar por dentro, percebendo o quanto ela correspondia ao meu toque. Ela ofegou e recostou a testa à minha, mordendo o lábio inferior enquanto eu a provocava.

Desesperada, Zilah se contorcia em meu colo e, num rompante, se levantou e retirou as duas peças de roupa que interferiam em meus avanços.

Ela fez o mesmo por mim, ajudando-me a me livrar da calça cargo preta. Meu desejo era mais do que evidente e, embora não tivesse ido ali com essa intenção assim tão escancarada em mente, nada me daria mais prazer – literalmente –, do que saciar minha fome de Zilah Stein.

Eu temia que não poderia me esforçar o tanto que gostaria, já que ainda me recuperava da cirurgia, mas o médico não precisava saber que eu estava burlando o repouso, certo?

— Você fica aí quietinho e me deixa fazer tudo — ela disse, com um sorriso malicioso, como se tivesse lido minha mente. — Não queremos que sua recuperação seja prejudicada por atividade extrema, não é?

Cruzei os braços à nuca e retribuí com um sorriso safado.

— Estou ao seu dispor. Faça o que quiser comigo, tenente.

Ela se sentou novamente, gemendo e se afundando lentamente contra mim. Seu calor me envolveu e tomou conta de tudo. O aperto ao meu redor quase me fez revirar os olhos.

Inclinei o pescoço para trás, arrependendo-me em seguida já que o movimento ainda incomodava. Senti os dedos de Zilah deslizando pelo meu peito como se estivesse pincelando cada detalhe exposto.

— Poorra... — gemi em agonia, quando ela começou a se balançar levemente a princípio.

O ritmo aumentou na mesma proporção que a explosão que me queimava por dentro.

— Acho que não vou conseguir me conter por muito tempo — admiti, em derrota.

Eu já estava há um tempo sem sentir o corpo de uma mulher contra o meu. Fora o fato de que o contato com o dela potencializava meu desejo em um nível absurdo.

— Não se segure, Teagan. Eu também não vou durar muito tempo... — confessou, entre os ofegos. — Aaah, minha nossa...

— Goze para mim, Zilah. — Espalmei seu quadril e ajudei-a no movimento, fazendo com que subisse e descesse contra o meu, que se encontrava

SHADOWS

no meio do caminho. — Goze para mim, boneca.

— Aaah... Teagan. — Ouvir meu nome em sua boca fez com que o meu próprio orgasmo ganhasse vida e se juntasse ao dela em um rompante, culminando em um clímax poderoso.

Ainda bem que eu estava sentado, ou teria desabado já que sentia minhas pernas tremendo.

Zilah desabou sobre meu peito, nossos corpos ainda conectados. Seu hálito quente em meu pescoço era a única coisa que me impedia de dormir e apagar tamanho o esgotamento que sentia naquele momento.

Passaram-se alguns minutos onde ficamos apenas ali, naquela exata posição. Até que senti a contração de seus lábios contra minha garganta.

— Essa é uma definição de rapidinha intensa — ela disse e riu baixinho. — Já fazia um bom tempo para mim também... Ai, meu Deus!

Ela levantou a cabeça em um rompante e me encarou com os olhos arregalados e uma mão cobrindo a boca.

— Teagan! Não usamos... nada... quero dizer, para nos proteger — sussurrou.

Oh, uau. O que a pressa e o desespero não fazem com uma pessoa, não é mesmo? Eu teria que confessar que em momento nenhum o preservativo veio trazer aquele lembrete de que precisava entrar na equação.

— Cacete... peço desculpas... a falha foi minha... — Pigarreei. — Mas estou com meus exames em dia, então... não há nada com o que se preocupar.

Em minha mente nem mesmo se passou a dúvida se ela também poderia dizer o mesmo. Éramos testados regularmente nas forças armadas, até mesmo porque nossa profissão oferecia riscos, já que muitas vezes estávamos em contato direto com sangue sendo espalhado para todo lado. A ferida no meu pescoço era um indicativo.

— Você não foi o único que se esqueceu. Além do mais... fui eu que te ataquei. Você poderia alegar que abusei do seu corpo — ela brincou, e passou os braços pelos meus ombros. — Se eu disser que não estou com a menor vontade de sair daqui, você acreditaria?

— Bom, isso reflete os meus desejos, boneca.

— Mas sabe o quê, Teagan? Acho que seria muito bom dormir um pouco. O que acha? Você pode ter recebido alta do hospital, mas ainda precisa se recuperar... — disse, e beijou meu rosto, acariciando a barba que agora precisava ser aparada. — A propósito... como me encontrou aqui?

Toquei seu pulso, no local onde o microchip ainda estava inserido.

— A tecnologia fazendo o meu serviço de perseguidor muito mais fácil — debochei. — Scott e o Cap me largaram aqui assim que recebi alta.

— Aah... bom, se você parar pra pensar que nenhum dos dois chegou sequer a trocar os números de telefone... então só posso agradecer pela brilhante ideia de descobrir meu paradeiro dessa forma. Mas eu... eu pretendia entrar em contato com você... em algum momento.

Abracei-a contra mim antes de ajudá-la a se levantar. Meus olhos deslizaram pela extensão de seu corpo longilíneo e forte, mal escondendo a resposta quase imediata ante a visão.

Zilah estendeu a mão que se encaixou com perfeição na minha, muito maior, e fez com que eu ficasse de pé. Ambos confortáveis em nossa nudez, nos encaminhamos para o pequeno banheiro que ficava de frente ao único quarto.

Ela ligou o chuveiro e me fez entrar no boxe, empurrando meu corpo para que me recostasse contra os azulejos frios. Com uma toalhinha, ela assumiu a tarefa de me limpar com carinho e atenção. Nós apenas trocávamos olhares apaixonados, sem a necessidade de palavras.

Quando sua mão começou a descer para o sul, segurei seu pulso com delicadeza.

— Acho melhor eu mesmo cuidar dessa parte, ou corremos o risco de um pequeno acidente aqui, já que não consigo fazer um esforço maior... E pode acreditar, Zi, tudo o que mais quero agora é poder te imprensar contra essa parede e te foder do jeito que eu gostaria.

O sorriso que curvou um canto de seus lábios indicou que a ideia também havia passado por sua cabeça.

Ótimo. Eu precisava somente me recuperar do jeito certo. Para que pudesse explorar tudo o que desejava ao lado dela.

Mas a pergunta que teimava em circular minha cabeça era: será que teríamos tempo antes que nossas vidas seguissem caminhos diferentes?

SHADOWS

DESTINOS DISTINTOS

ZILAH

00h18

Observei a forma enorme e adormecida de Teagan Collins naquela cama minúscula, apreciando os músculos parcialmente cobertos pelo lençol. A luz da lua incidia sobre seu rosto, dando-lhe um ar angelical ao mesmo tempo que criava uma aura misteriosa em seu semblante.

Ele foi tudo o que eu havia imaginado. Não deixou absolutamente nada a desejar, mesmo que alegasse que não estava em sua melhor forma. Se ainda debilitado ele era capaz de me levar às alturas, eu só poderia imaginar o que faria com as forças renovadas.

Sabia que nossos caminhos se separariam em breve. Eu precisava voltar a Tel Aviv e me apresentar na base. Ele havia recebido a dispensa temporária dos Fuzileiros para que pudesse se recuperar em casa. Estaríamos em lados opostos no mundo.

Seu embarque para os Estados Unidos deveria ter ocorrido ontem, mas seu capitão conseguiu adiar sua partida por mais três dias.

Três dias em que ele prometeu que passaríamos juntos, descobrindo tudo aquilo que nos fizera ceder àquela irresistível atração desde o início.

Eu precisava admitir que ansiava em mergulhar em seus braços, querendo substituir as memórias de um amor que julguei puro, por outras lembranças de uma paixão que se mostrava verdadeira e aberta.

Teagan não me cercava de palavras românticas vãs. Ele era direto e cru. Áspero em seus desejos e mais real do que o que já havia vivido com Aaron. Ao lado dele, percebi que vivi uma mentira completa, onde era coberta de cuidados em excesso com o intuito claro de me minar e manter sob controle.

Meu coração estava dividido. Pelas incertezas do que sentia.

O que podia afirmar era que Teagan foi o único que conseguiu romper meu bloqueio em me entregar novamente a outro homem.

Saí da cama e fui em direção à cozinha, decidida a fazer um chá para acalmar meus nervos.

Senti as mãos calejadas circundando meu corpo segundos depois. Um sorriso se formou em meus lábios quando a barba roçou contra o meu pescoço.

— Perdeu o sono? — perguntou, com a voz rouca e profunda.

— Sim.

— Tenho um remédio pra isso — disse, e mordeu a curva entre meu pescoço e ombro.

— Você já me deu umas duas doses, lembra? — cacoei. Era óbvio que não recusaria outra rodada, mas não tinha certeza de que aquilo seria o suficiente para aplacar minha angústia.

— O que está te perturbando?

— Nada.

Teagan virou meu corpo de frente ao dele.

— Vamos lá, querida. Eu sei que quando uma mulher diz "nada", ela quer dizer "tudo". Abra seu coração pra mim...

Ele me puxou e fez com que me sentasse em seu colo depois de ter se acomodado na cadeira amarela à mesa.

— Já sei — disse, dando um sorrisinho sagaz. — Você está sem saber o que fazer com toda essa minha masculinidade latente, preocupada se vai dar conta do recado ou sobreviver a estes próximos dias...

Comecei a rir e apoiei uma mão em seu rosto barbado.

— Sua modéstia me deixa emocionada — brinquei. — E acredite... acho que consigo dar conta do recado com você. Resta saber se você vai conseguir lidar comigo, já que não pode se esforçar tanto...

— Ah, quanto a isso não tenho a menor dúvida, boneca. Acho que somos feitos na mesma medida. Você se encaixa em mim perfeitamente. Eu não poderia desejar nada mais.

Nós nos encaramos por um tempo, até que suspirei.

— Ainda não consigo lidar com a mentira que vivi ao lado de Aaron. Estou me sentindo... não sei dizer ao certo. É difícil bloquear os momentos em que achei que fôssemos felizes. Eles estão sendo substituídos pelas dúvidas... pelas incertezas.

— Incertezas do quê? Zilah, você não pode se sentir responsável pela falta de caráter e humanidade de outra pessoa.

SHADOWS

171

— Mas nós fomos noivos, Teag. Por quase dois anos. Quando comecei a namorar com ele, mal tinha completado dezenove. Esteve ao meu lado no meu pior momento.

— E talvez aí esteja o problema. Você se sente em dívida por ele ter sido seu apoio em um momento quando você precisou, e ele pode realmente ter sido isso. Mas em alguma etapa do caminho, ele abriu mão dos princípios que os uniram em primeiro lugar. — Ele segurou meu rosto, quando tentei desviar o olhar. — E acho que você está se esquecendo do mais importante aqui.

— Que seria?

— Você era muito jovem. Ainda é. Principalmente se comparado comigo, que já tenho 30 anos. Mas aos dezenove? Caramba, Zilah... essa é a idade das aventuras, das conquistas, das incertezas. E além de você ter ingressado no serviço militar, que já engessa um pouco toda a efusividade da idade, onde você poderia ter vivido mil e uma coisas em uma faculdade, por exemplo, também se envolveu em um relacionamento sério quando deveria estar conhecendo outras pessoas.

Suas palavras fizeram sentido, trazendo um pouco de paz ao meu coração.

— As pessoas devem ser responsáveis pelas suas próprias decisões e erros. E devem arcar com as consequências. Seu ex-noivo forjou a própria morte porque preferiu ceder aos apelos da ganância, e foi egoísta em vários sentidos, mas mais ainda com os seus sentimentos. Enterre esse cara logo de vez.

— Eu já fiz isso — sussurrei, sentindo-me drenada.

— Não, não fez. Se tivesse feito, não estaria tentando levar a culpa do mundo em seus ombros. — Ele beijou meus lábios de leve. — Zilah, eu vou mostrar pra você que sou um cara culto e cheio de surpresas... — Seu sorriso mostrou uma covinha oculta pela barba.

— É mesmo? — Foi a minha vez de sorrir.

— William Shakespeare era um cara muito sábio... Tirando o fato de ter escrito aquele final trágico em Romeu e Julieta, que eu, particularmente, acho que poderia ter sido diferente... — Comecei a rir de suas palavras. — Mas ele disse algo que agora faz todo o sentido para mim.

Seu olhar penetrante me hipnotizava a ponto de eu esperar pelo que viria como se o que estava prestes a dizer fosse um grande segredo do universo.

— *"O amor não prospera em corações que se amedrontam com as sombras"*. Sabe o que isso quer dizer? Você sempre foi muito mais do que ele poderia esperar. Sua força, garra, coragem... suas habilidades como uma sombra guiada para proteger os seus...

Meu coração batia acelerado, mas ele parecia não ter terminado.

— E com o tempo você aprende algo mais, segundo o próprio

Shakespeare, e estou totalmente de acordo com ele — beijou a ponta do meu nariz, minhas bochechas, testa, até chegar à boca em um beijo delicado —, *"um dia você aprende a diferença, a sutil diferença, entre dar a mão e acorrentar uma alma"*. Entendeu?

Meu Deus... eu não sabia o que dizer. O homem que não tinha um pingo de timidez no corpo, que exalava masculinidade por todos os poros e que aparentemente não sabia a definição de romantismo havia acabado de citar Shakespeare, usando das palavras seculares para reafirmar o que queria me dizer antes.

— Como você...

— Como sei disso? Sou um cara esperto. Posso ter sido um sem-vergonha na escola, mas amava a disciplina de Literatura. Pode ser porque eu tinha uma paixonite pela professora Stanford...

Com cuidado para não atingir seu curativo, abracei e beijei-o com ardor, não poupando fôlego em demonstrar o que suas palavras haviam significado para mim.

— Você e eu somos sombras, Zilah. Somos variáveis e mudamos nossas posições conforme a incidência da luz. Me deixe ser a luz que vai atrair a sua sombra para mim. E seja a minha *Tsél*... espero que tenha falado a palavra do jeito certo.

— Nem sempre as sombras devem ser deixadas para trás, não é?

— Não. E é por isso que vim atrás da minha sombra correspondente. Desde que você me queira também.

— Eu quero... mas não sei como faríamos isso dar certo — admiti, recostando minha testa à dele.

— Faremos do melhor jeito que conseguirmos. Deixando as dúvidas traiçoeiras para trás, no lugar onde pertencem. Só não podemos permitir que o medo se torne nosso maior obstáculo.

— Deixe-me adivinhar — afastei um pouco a cabeça para encará-lo, vendo o sorriso lindo em seu rosto —, William outra vez, certo?

— Não, senhora. — Belisquei a ponta de seu nariz. — Esse pensamento foi totalmente meu, Teagan Kieran Collins.

Eu me permiti olhar para aquele homem, *realmente* olhar, contemplando o que poderíamos viver no presente.

Talvez pudéssemos construir um relacionamento, mesmo que à distância, ou talvez tenhamos sido destinados a nos encontrar naquele momento para que as feridas emocionais que pudéssemos ter, mais precisamente eu pudesse ter, fossem curadas de alguma forma.

Eu deixaria o tempo me ensinar, mas não perderia nem mais um segundo daquela oportunidade que me foi oferecida para poder ser feliz enquanto nosso breve retiro idílico durasse.

SHADOWS

NÃO SERIA UM ADEUS

TEAGAN

17h00

Foram três dias de intensas sessões de sexo suado e ardente, mas mais do que isso: de troca, risos e companheirismo.

As afinidades que acreditei ter com Zilah superavam as dificuldades que agora contemplávamos enquanto nos despedíamos na Base Aérea Helênica. Em um acordo de cooperação militar, a pista de pouso foi cedida para que um avião fretado pudesse me levar para os Estados Unidos, enquanto Zilah voltaria a Tel Aviv em outro voo enviado pelas Forças de Defesa de Israel.

Havíamos feito passeios pela região como se fôssemos um casal apaixonado e em lua de mel, nos valendo da paisagem paradisíaca e da folga momentânea – embora eu teria mais três meses pela frente para avaliar se não desencadearia um possível EPT, Estresse Pós-Traumático, como era protocolo nas forças armadas.

Eu precisava admitir que, se pudesse, seguiria Zilah até sua terra santa. Faria uma espécie de peregrinação, daria um pulo em Jerusalém, colocaria uma oração no Muro das Lamentações se aquilo me garantisse poder ficar ao seu lado, mas precisava dar tempo ao tempo.

Estava seguro de que o que sentia por ela era algo além do que jamais imaginei sentir por alguém. Mas precisava que ela chegasse à mesma conclusão. Que decidisse se arriscar por nós dois e pelo que poderíamos viver juntos.

Ela havia se envolvido em um relacionamento sério ainda muito nova, não teve tempo de viver as desventuras da vida de solteira. E eu? Eu não era parâmetro algum, já que nunca havia me relacionado com nenhuma mulher por mais do que dois encontros, mas já tive minha cota de *affairs*, e estava mais do que disposto a deixar a vida de *bon-vivant* para trás.

Por ela.

Pela minha parte igual. A sombra que se encaixava à minha com perfeição.

Ela se mantinha agarrada a mim, incapaz de se despedir e embarcar. O piloto do jato onde seguiria para o seu destino parecia impaciente, mas eu estava pouco me lixando.

— Não quero dizer adeus — ela sussurrou, e fui capaz de sentir meu pescoço úmido.

— Não precisa ser um adeus, boneca. Você sabe disso — afirmei.

— Mas quem garante que quando você chegar ao seu país, não será mimado por todas as mulheres de lá, loucas para brindar o herói que foi ferido no cumprimento do dever...

Comecei a rir.

— E quem garante que minha garota não vai voltar para Israel e não se verá cercada por um monte de *kebabs* e *falafels* querendo colocar uma medalha nos seus peitos?

Foi a vez de o riso dela fazer vibrar o meu corpo.

— Okay, você destruiu o romantismo da nossa despedida. — Ela se afastou e me deu mais um beijo longo e demorado, antes de suspirar e dar um passo para trás. — Promete que manterá contato?

Coloquei a mão sobre o peito e respondi solene:

— Juro com todo o meu coração e a pureza da minha alma, a potência do meu corpo e a certeza da minha mente brilhante.

Ela sorriu de lado, inclinando a cabeça enquanto entrecerrava os olhos.

— Não é nenhum Guns N'Roses, mas acho que vai servir para o que quero dizer. Enviei uma música pra você. Ouça quando decolar — ela disse, e me beijou uma última vez.

Em seguida, foi se afastando devagar, andando de costas, sem desviar o olhar do meu.

Minha vontade era correr até ela e propor para que fugíssemos juntos, para que nos escondêssemos ali em Atenas, em qualquer ilha ao redor – só não em Creta, claro –, mas eu sabia que não poderia interromper o ciclo de nossas vidas.

Teria que a deixar ir.

Acenei um "até logo", vendo-a desaparecer pela porta da aeronave. Meu voo seria dali a quinze minutos, então dava tempo de ver sua decolagem.

SHADOWS

175

Pude enxergá-la através da janela minúscula, tendo a certeza de que estava chorando, mais uma vez.

Eu queria ser forte e engolir minhas próprias lágrimas. Porra, toda aquela coisa de Shakespeare havia me deixado mais mole do que um pote de manteiga exposto ao sol.

Acenei mais uma vez quando a vi fazer o mesmo pelo vidro. O jato começou a taxiar e foi se distanciando na pista. Em questão de segundos, havia decolado, levando um pedaço do meu coração com ele.

Quando o piloto do meu voo veio ao meu encontro, eu já havia me recomposto um pouco mais. Talvez meus olhos marejados nem delatassem que eu me sentia como um adolescente apaixonado que acabara de se despedir de seu amor de verão.

Sentei-me na cabine da aeronave e me acomodei no assento, afivelando o cinto. Uma comissária de bordo perguntou se eu desejava algo para beber, mas recusei, querendo ouvir a música que ela havia enviado para mim.

Posicionei os fones e quando a balada pop começou a tocar, recostei a cabeça contra o assento, rindo baixinho. Definitivamente não era um rock do meu estilo, mas a letra não poderia ter trazido mais alento ao meu coração do que aquela.

Ela dizia que me esperaria, mesmo que estivéssemos a milhares de quilômetros de distância, porque aquilo ali nada mais era do uma formalidade e seria temporário.

A música dizia que ela se se deitaria em sua cama, no dia 16 de setembro, apenas esperando. Mesmo que precisasse fazer aquilo para sempre.

Ela se deitaria naquela mesma noite, e faria o mesmo que eu.

Porque eu tinha mais do que certeza de que a esperaria para sempre se fosse preciso.

REENCONTRO INESPERADO

ZILAH

16h01
Eu estava nervosa. Sentia minhas mãos trêmulas e suadas, o coração batendo acelerado e em um ritmo preocupante. Tudo porque a cerimônia começaria em menos de uma hora.

A comitiva das Forças de Defesa de Israel havia decidido viajar para os Estados Unidos dois dias antes, e decidi que queria surpreender Teagan, tanto com a minha presença ali, quanto com a proposta que havia recebido do Comandante Cohen.

Assim que voltei a Tel Aviv e reportei todo o ocorrido pessoalmente, ganhei o respeito e consideração do tio de Aaron.

— *Estarei sempre em débito com você, Zilah. Por mais que não fosse o desfecho que esperava, já que meu sobrinho estava envolvido em todo esse esquema, só posso imaginar o quanto deve ter sido difícil para você lidar com um fantasma pelo qual derramou tantas lágrimas* — ele disse.

Zilah mantinha-se em uma pose estoica, dividida entre o alívio e o desprezo que sentia por tudo aquilo.

— *Eu a coloquei em uma posição horrível e mesmo assim você cumpriu seu dever com maestria — continuou. — Quero que tire um período de folga pelo tempo que desejar. E saiba que atenderei a qualquer pedido seu. Seja ele qual for. Também já dei entrada ao protocolo para que seja devidamente condecorada pelo seu ato de bravura.*

— Não fiz mais do que minha obrigação, senhor. — Conteve o ímpeto de perguntar se os americanos receberiam o mesmo reconhecimento. — Porém fico grata por termos conseguido destruir a organização criminosa que operava todo esse esquema sujo.

— Não se esqueça — disse, levantando-se para cumprimentar sua oficial. O que já era algo fora do usual. Normalmente, os generais não tratavam subalternos de maneira tão informal —, o Ministério da Defesa estará disposto a atender qualquer solicitação que porventura possa ter.

— Agradeço, senhor. — Zilah bateu continência e se retirou de seu escritório.

Ela saiu de lá se sentindo menos culpada por todos os eventos que sucederam aquela missão. Esperançosa de que encontraria paz em seu futuro.

Já havia se passado mais de um mês desde o dia em que me despedi de Teagan Collins. Embora tenhamos nos falado todos os dias, trocando mensagens e juras de amor, não tínhamos conseguido organizar nossas agendas para nos vermos pessoalmente, mesmo que aquele fosse o nosso desejo desde o início.

Até que a oportunidade apareceu com a chegada do memorando que solicitava minha presença na Casa Branca para receber a Medalha Estrela de Bronze, concedida pelo próprio presidente dos Estados Unidos, em uma cerimônia onde os soldados eram agraciados com essa honraria. Era a primeira vez que uma mulher estrangeira, integrante das forças armadas de outro país, receberia tal homenagem.

Decidi, então, não falar nada a Teagan. Pretendia surpreendê-lo, inclusive ao dizer qual fora o meu pedido ao meu comandante na semana passada.

Conversei com Teagan na noite anterior, como fazíamos todos os dias, sem dizer que estava com o coração acelerado porque em breve poderíamos nos ver pessoalmente.

— Você está bem? — a Tenente Tamara Barkin, relações públicas do Exército nas Forças de Defesa de Israel, perguntou.

— Sim. Só estou nervosa — admiti.

— Não tem nada a ver com o oficial bonitão, não é mesmo? — sondou, com um sorriso de lado.

Tamara e eu éramos amigas, mas enquanto eu havia preferido me enfiar no combate direto dentro das forças, ela preferiu os trabalhos mais burocráticos, tornando-se a porta-voz em muitos eventos onde precisava acompanhar os oficiais quando solicitados.

— Nem sei do que está falando — brinquei, sacudindo a cabeça.

— Hum-hum. Por falar nele, será que terei o prazer de conhecer o homem que fez você sair do jejum de não sair com ninguém depois do seu noivo idiota? — caçoou. Ela nunca havia gostado de Aaron e, depois de saber o que ele fez, agora sentia muito mais liberdade para expor sua opinião.

— Talvez. Não sei se ele sabe dessa cerimônia hoje. A dele ocorreu duas semanas atrás.

Teagan havia me enviado as fotos em tempo real no dia. Desnecessário dizer o quanto estava lindo usando seu traje de gala dos Fuzileiros Navais. Agora era a minha vez de estar vestida com toda a pompa e circunstância, com o traje formal: uma saia azul-escuro fazia jogo com a blusa social branca, sendo completada pela boina em um tom distinto de verde. A insígnia do Departamento de Inteligência, que representava todas as Unidades de Elite, estava fixa ao peito: uma estrela de Davi metade verde, metade branca. As luvas acima dos ombros ostentavam as duas barras transversais que indicavam minha patente como Primeiro Tenente do Exército.

Eu me sentia estranha, já que quase nunca usávamos aquela vestimenta. Mesmo em condecorações normais ou cerimônias da IDF, usávamos a farda em tom verde-oliva, composta de calça e camisa. Ela diferia do nosso uniforme de combate apenas por alguns detalhes, como número de bolsos e a presença de galardões representados na roupa.

Meu cabelo, que normalmente usava preso em uma trança apertada, optei por deixar em uma trança solta e lateral, embora tenha preferido usá-lo solto. No entanto, Tamara disse que não deveríamos chocar os americanos, que não estavam habituados ao estilo mais despojado das militares israelenses.

O salto baixo causava estranheza, já que estava acostumada aos coturnos, além do mais, eu não era muito dada a expor minhas pernas daquela forma, a não ser que estivesse fora de serviço e no conforto do meu lar.

— Respire fundo, Zilah. Você está começando a hiperventilar.

Por mim, eu nem estaria ali. Não precisava de algo tão formal. Merda. Não precisava de medalha alguma. O reconhecimento de que fiz um bom trabalho já era suficiente.

Eu estava muito mais ansiosa pela expectativa de surpreender Teagan de alguma forma.

— Tamara, estou com medo de chegar à cidade dele, do nada, e não ser o que esperávamos — admiti em voz baixa.

SHADOWS

179

Ela me encarou, com um ar de assombro.

— A grande Zilah Stein, com medo de uma coisa tão simples? Vocês conversaram por todo esse tempo, chegando até mesmo a fazer planos, e agora está preocupada? Quem é você e o que fez com minha amiga? — ela caçoou, sacudindo-me de leve.

Aquilo acabou arrancando uma risada, trazendo um pouco de alívio ao meu coração.

Uma mulher loira veio ao nosso encontro com um sorriso fácil no rosto que lhe chegava aos olhos.

— Tenente Stein? — confirmou. — Meu nome é Jane Harvey e sou eu que vou conduzi-la até o local onde daremos início ao protocolo de segurança para que a cerimônia possa se realizar em dez minutos.

Nós a seguimos e entramos em uma sala que contava com alguns oficiais de alta patente e que me cumprimentaram assim que passei.

Os Estados Unidos, bem como Israel, eram severos em relação à segurança no tocante de uma cerimônia onde seu máximo representante estaria presente. Muito por conta da política do terror que sofreram nos últimos anos.

Pisei na estrutura metálica que faria uma varredura pelo meu corpo, averiguando se não escondia nenhum artefato. Um sorriso irônico curvou minha boca naquele instante, porque qual era o sentido de me condecorar, mas ao mesmo tempo suspeitar que eu poderia oferecer algum risco?

Depois disso, fomos encaminhadas à antessala próxima ao auditório onde logo mais os representantes do Governo e das Forças Armadas, bem como o Almirante James Hollister, mais alto cargo dentro da Marinha americana.

A mesma loira, Jane, que nos buscou na sala anterior, nos levou até nossas acomodações na primeira fileira.

O tempo em que fiquei aguardando que meu nome fosse chamado, apenas deixei minha mente vagar. Mal prestei atenção às palavras proferidas, querendo sair dali o mais rápido possível para que pudesse pegar um voo até o Oregon.

— *Os Estados Unidos, munidos de seu poder conferido gostariam de oferecer nossa Medalha ao Mérito, Estrela de Bronze, à oficial das Forças de Defesa de Israel, integrada ao Exército, Tenente Zilah Stein, pelos serviços prestados em parceria ao Corpo de Fuzileiros Navais, onde mostrou-se de tamanha valentia para que uma das maiores organizações de tráfico humano fosse aniquilada, minando assim, os planos sórdidos de oferecer o terror a diversas nações* — o presidente disse. — *Não apenas no tocante da ação antiterrorismo em si, o que nos move em oferecer esta homenagem é o fato de que vidas humanas foram poupadas...*

O discurso se alongou, mas não sei se seria capaz de dizer o que estava sendo dito. Tamara colocou a mão discretamente em meu joelho, tentando me alertar para interromper o movimento constante da perna cruzada acima da outra.

— Tenente — uma voz me chamou, mas demorei a perceber que era comigo. Um oficial fardado da USMC estendeu a mão educadamente e me ajudou a subir a pequena escada até o púlpito.

Cumprimentei a maior autoridade do país, em seguida aceitando os cumprimentos dos outros líderes militares.

Estava mais do que grata de que não precisaria fazer discurso algum, pois não achava que seria capaz. Quando uma Major dos Fuzileiros chegou à minha frente para fixar a pequena placa metálica ao meu uniforme, ergui a cabeça para sorrir em agradecimento.

E foi naquele momento que o vi. Vestido exatamente como todos os outros ali, Teagan Collins se postava ao fundo do auditório com um sorriso orgulhoso no rosto.

Disfarcei a surpresa e sorri, agradecendo à oficial que me condecorava. Eu queria sair correndo dali e ir ao encontro dele.

Despedi-me das pessoas sem nem ao menos ver nada.

Tudo o que eu conseguia enxergar era o homem que fez meu coração bater outra vez.

NEM UM MINUTO A MAIS

TEAGAN

17h41

Ela continuava linda. Mais até do que eu era capaz de me lembrar, mesmo que todo dia contemplasse seu rosto pela tela do celular.

No entanto, aquilo não fazia jus à mulher que dominava meus pensamentos, aquecia meus desejos e agitava meus sentimentos.

Mais uma vez Scott me informou a respeito da comitiva que vinha de Israel para a ocasião, embora ele tenha achado que eu sabia do fato. Se eu não o conhecesse direito, pensaria que havia assumido o cargo de Cupido dos Fuzileiros.

— E então? Ansioso para reencontrar seu... como você a chamou mesmo? — perguntou, rindo.

— Meu Kebab. Mas esse apelido só eu posso usar — afirmou. — Ainda estamos trabalhando para conciliar nossas agendas. Acabei aproveitando esse período de ócio para visitar meus pais.

— Bom, fico feliz que as coisas estejam dando certo para você e que tenha decidido dar as caras na fazenda. Embora eu tenha certeza de que Zilah vai te roubar daí rapidinho — brincou.

— Bem que eu queria. Acho que já esgotei minha cota de paciência como rancheiro — Teagan rebateu.

— Pense que será só até amanhã. O Cap já entrou em contato com você para informar do voo?

Coçando a cabeça, encarou o celular para ter certeza de que estava realmente falando com Scott, já que, por um segundo, ficou mais confuso do que nunca.

— Que voo?

— Para D.C — disse. — O quê? Você não está sabendo?

— Sabendo de quê?

— Caralho... se a intenção dela era te fazer uma surpresa, acho que fodi tudo — admitiu.

— Scott, seja mais claro, por favor.

— Amanhã sua Zilah estará em uma cerimônia para receber uma medalha, na Casa Branca.

— O quê? — Seu tom foi mais estridente do que pretendia. — Por que ela não me falou nada?

— Hummm... talvez ela quisesse surpreendê-lo...? — ventilou.

— Como assim? Eu falei que queria estar presente.

Teagan não sabia se estava ultrajado ou magoado. Ele estava enlouquecendo nos últimos dias, querendo rever a mulher que roubou seu coração. Chegou até mesmo a pesquisar passagens aéreas para Tel Aviv, mas alguns impedimentos surgiram e atrapalharam seus planos.

— Qual é, Teag? Mulheres gostam dessas merdas. E, pelo que entendi, Zilah não é dada a esses protocolos e nem curte essas coisas. Talvez ela tenha ficado sem graça ou tenha sido algo repentino.

Fazia sentido. Quando compartilhou com ela a cerimônia em que ele mesmo havia sido condecorado, semanas atrás, ela disse que odiava eventos assim onde teria que ser o centro das atenções, por mais que o reconhecimento fosse agradável.

— Tudo bem. Vou matar o Cap por não ter falado nada antes.

— Você já checou sua caixa de mensagens? Porque, se não me engano, o serviço de telefonia aí na sua área é uma porcaria — ele disse.

Aquilo era um fato. Várias, das inúmeras vídeochamadas com Zilah foram feitas do lado de fora de casa. Ele havia descoberto um ponto onde o sinal da operadora apresentava melhor funcionalidade, e aquele foi um dos fatores que mostrou que precisava dar um jeito de comprar sua própria casa.

Por mais que passasse mais tempo no porta-aviões, Teagan percebeu que já era hora de amadurecer a ideia de ter seu espaço para, quem sabe, poder construir um futuro com Zilah.

— Tudo bem, Scott. Você e o Masterson estão empenhados em manter o sigilo quando o assunto é a minha vida amorosa. Não pense que esqueci Atenas, okay? Mas vou entrar em contato com ele para saber detalhes do meu voo. — Teagan sentiu a energia renovada. — Dessa vez, não vou perder tempo em um leito de hospital.

SHADOWS

183

Meus pensamentos retornaram ao presente momento assim que ela desceu do palco e burlou o protocolo ao não se sentar no lugar designado outra vez, preferindo vir em minha direção pelo meio do corredor.

    Meu coração começou a bater acelerado, e tudo o que eu mais queria era correr ao seu encontro, puxá-la para os meus braços e matar toda a saudade armazenada por todo o tempo em que ficamos afastados.

    O burburinho da pequena audiência ficou para trás, e quando Zilah parou à minha frente, presenteou-me com o mais belo sorriso do qual poderia me lembrar.

    — Oi — sussurrou e olhou para trás, percebendo que havíamos atraído a atenção. — Será que pega mal se sairmos daqui?

    — Não acho que vão se importar. Podemos sempre alegar que você teve uma emergência, precisava ir ao banheiro, algo assim — brinquei, no mesmo tom.

    — Então vamos... — Ela aceitou minha mão estendida e guiei-a para que saíssemos da sala de conferências.

    Saudei algumas pessoas no caminho, puxando-a pelo longo corredor enquanto seguíamos para a saída. Nós precisávamos deixar as dependências do prédio do Governo, para que eu não corresse o risco de sofrer um processo disciplinar.

    Acionei o alarme do carro que havia alugado assim que cheguei à cidade e abri a porta do passageiro para que ela entrasse.

    Minha vontade era agarrá-la ali mesmo, diminuir o espaço entre nossos corpos e provar do sabor de sua boca outra vez.

    — Vamos — apressei, já sentindo o desespero.

    — Meu Deus, deixei Tamara lá dentro! — ela murmurou, enquanto afivelava o cinto.

    — Quem é Tamara, pelo amor de Deus? — perguntei, já dando marcha ré e seguindo em direção aos portões onde alguns agentes do Serviço Secreto mantinham o controle restrito de entrada.

    — Minha amiga e RP do Exército israelense — disse, olhando para trás. — Minha nossa, Teagan! Nem ao menos trouxe minha bolsa, meu celular... nada!

    — Não se preocupe. Não vou te sequestrar para longe daqui — brinquei. — Só preciso que estejamos longe dos olhos curiosos e onde eu não corra risco de ser preso por atentado ao pudor.

Somente quando saí do prédio e entrei na Executive Avenue, é que respirei aliviado. Sem hesitar, estacionei o carro na calçada alguns metros à frente e desliguei a ignição.

Virei-me para o seu lado, soltando o meu cinto e segurei seu rosto entre as mãos, encarando-a por quase um minuto inteiro antes de roçar sua boca com a minha.

Ela correspondeu ao meu beijo, soltando seu cinto de segurança e se lançando na minha direção. Em algum momento sua boina e o meu quepe voaram pelo carro, nossas mãos tocando em todos os lugares enquanto os gemidos exprimiam o anseio que nos consumia.

— Não tive nem tempo de dizer que você fica lindo com essa roupa — ela disse, entre os ofegos.

— Nem eu — sussurrei, contra os seus lábios. — Você está mais linda do que eu me lembrava.

Ela sorriu e me encarou, passando as mãos pelo meu rosto barbeado.

— Onde está sua barba?

— Tive que me livrar dela para poder vestir o traje de gala — admiti. — Mas em breve ela cresce outra vez.

— Gosto de você de qualquer jeito, Teag — admitiu. — Gosto muito de você.

— Espero que sim, porque pretendo te sequestrar pelo tempo que ainda tenho de licença.

— Vim preparada para isso.

— Okay, tudo bem. Não tenho mais idade para trocar uns amassos dentro do carro. Onde você está hospedada?

— No Hyatt Regency. Fica a pouco mais de dez minutos daqui.

— Então vamos até lá.

— Estou dividindo o quarto com minha amiga. A que falei.

— Vou reservar um para nós dois. Sua amiga não vai se importar em ser abandonada. Será por uma boa causa — sussurrei, e mordisquei seu lábio inferior.

— Então está esperando o quê?

Fiz o percurso em tempo recorde, chegando ao hotel em nove minutos. O processo de *check-in* foi mais rápido ainda, e culpe meu traje formal por conta disso, já que as recepcionistas fizeram questão de agilizar uma suíte para a "lua de mel" que aleguei ter com Zilah.

Às pressas, chegamos à área dos elevadores e, infelizmente, tivemos que entrar no panorâmico, o que impossibilitava o amasso que queria lhe dar.

Assim que as portas se abriram, arrastei-a pelo imenso corredor em direção ao quarto 1134. A porta nem bem se fechou quando começamos a

SHADOWS

185

nos livrar das roupas, jogando tudo pelo chão sem o maior cuidado.

Quando estávamos em nossas roupas íntimas e ela fez menção de se livrar do sutiã, segurei seu pulso, puxando-a para mim.

— Eu mesmo quero fazer isso. E por mais que esteja louco para me afundar em você agora mesmo, quero desfrutar do seu corpo, do jeito que não pude fazer quando ainda estava me recuperando.

— Não tenho objeção nenhuma a isso — ela respondeu, e enlaçou meu pescoço.

E dali dediquei um bom tempo apreciando suas curvas suaves; deliciando-me com a pele acetinada; devorando sua boca macia e carnuda; explorando cada pedacinho de seu corpo para memorizar o que eu já sabia ser minha companheira de alma.

Naqueles dias em que ficamos afastados, mas mantendo o contato diário, deixei claro meus sentimentos, mas nem eu nem ela dissemos as palavras que selariam o que já sabíamos: que nos amávamos e estávamos destinados a ficar juntos. De alguma forma.

Declarei meu amor por ela com meus beijos, com minhas mãos, meu corpo.

Mas só quando estava acima dela, com os cotovelos apoiados ao lado de seu rosto e com meus lábios pairando a centímetros dos dela, eu disse:

— Não sou muito bom nisso, mas... lá vai. Pensei em uma música, mas achei que poderia ser meio cafona, então... — Respirei fundo, antes de dizer logo de uma vez: — Eu te amo, Zils. Talvez não tenha dito com todas as letras, mas, enfim... é isso. Acho que...

Vi o sorriso se ampliar e os olhos se tornarem turvos e brilhantes.

— Eu também te amo, Teagan — ela disparou e enlaçou meu pescoço, puxando-me para um beijo ardente. — *Ani ohevet otcha mikol baolam.*

— Meu Deus, espero que isso tenha sido uma declaração contundente do seu amor por mim.

Ela riu e respondeu:

— Eu apenas fiz questão de frisar que te amo mais do que tudo. Mais do que poderia imaginar que amaria alguém.

— Bom, porque me sinto da mesma forma. E não sei quanto a você, mas estou disposto a fazer de tudo para que fiquemos juntos.

— Eu também, Teag. Eu também. — Sorriu, enigmática.

Naquela noite nos amamos com calma, focados em buscar e oferecer prazer, externar todos os sentimentos que haviam nos unido de uma forma explosiva e única.

E eu não fazia ideia de como seria o futuro, mas tinha plena certeza de que meu destino estava traçado ao dela.

E quando o amor nos movia em prol de um mesmo propósito, não haveria obstáculos que pudessem nos impedir.

Éramos duas sombras em busca da luz que havíamos acabado de encontrar em cada um.

SOMBRAS

TEAGAN

16h12

A reunião marcada às pressas tinha apenas um propósito: oferecer a oportunidade ao Capitão Masterson de, mais uma vez, firmar seu posto como o oficial superior que sempre pensava em seus soldados.

Eu mantinha o sorriso perspicaz no rosto porque sabia exatamente o que ele informaria dali a poucos minutos. Claro que Scott também não poderia ter ficado de fora, já que ele e o Cap haviam adquirido o estranho hábito de orquestrar situações inusitadas pelo bem de seus companheiros.

— Senhores, como muitos sabem, nossa missão de alguns meses atrás acabou ganhando uma repercussão muito favorável em relação à atuação dos *Recons*, e isso fez com que o Departamento de Defesa, sob ordens diretas do presidente dos Estados Unidos, elaborasse uma parceria em definitivo com o Governo de Israel, aliando algumas de nossas forças para fins de combate ao terrorismo — ele disse, andando ao redor da mesa redonda. — Para isso, cada segmento militar criará protocolos desenvolvidos para forças-tarefas com cooperação intercontinental.

— O que significa... — Dylan tentou apressá-lo.

Todos começaram a rir, já que, por mais que o discurso de nosso superior fosse sério, o clima ainda se mantinha de total descontração.

— O que significa que a primeira força-tarefa organizada se intitula *DuskShot*, onde iremos contar com dois integrantes da *Tzahal* para integrar nossa equipe composta por Teagan, Scott, Dylan, Tyler.

Tentei evitar batucar os dedos sobre a mesa, para não demonstrar meu nervosismo e excitação.

— Sendo assim, vamos dar as boas-vindas aos companheiros que farão parte dessa imensa família a bordo do *Marula* — foi até a porta e a abriu, dando passagem a um oficial da marinha israelense e... minha Zilah.

Um amplo sorriso se espalhou pelo meu rosto quando vi meus amigos se levantando para cumprimentá-la, adorando ver o leve tom rosado em suas bochechas perante a atenção recebida.

Eu me aproximei, cumprimentei o homem, que se chamava Ezra, e coloquei meu braço sobre os ombros da minha mulher.

— Para que fique claro desde o início, esta *sniper* aqui agora é minha esposa, portanto, vocês terão que se acostumar em ver corações explodindo de nossas cabeças sempre que a ocasião permitir.

Os risos encheram a sala, dando lugar às felicitações e aos abraços.

Havíamos nos casado há menos de um mês, em uma cerimônia simples em Tillamook. Eu a levei para conhecer meus pais, e para agradar minha mãe, decidi dar entrada nos papéis no pequeno cartório da cidade.

Zilah havia usado a carta na manga que lhe fora oferecida pelo seu comandante, o General Cohen, quando solicitou uma participação como consultora de treinamento *Matkal* para tropas da USMC. Mais especificamente, em nosso porta-aviões.

O contato foi feito com o General Sanders, que acionou o Capitão Masterson para que uma solicitação fosse aberta.

Como o bom estrategista que era, Masterson ventilou a ideia de montar a força-tarefa entre as duas forças, facilitando assim o trabalho árduo contra toda e qualquer ameaça às duas nações.

Zilah foi para os Estados Unidos, quando na época da condecoração, já sabendo que os trâmites estavam sendo feitos, e assim que me informou a respeito de seus planos, não perdi tempo em pedi-la em casamento. Eu queria o pacote completo. Casamento e filhos em um futuro não tão próximo assim...

Agora estávamos, inclusive, aptos a compartilhar uma cabine especial destinada aos militares casados que serviam na mesma base.

Deus abençoe a América.

— Sem querer ofender ao colega aí — Dougal murmurou apontando o queixo na direção do israelense que conversava animadamente com o capitão —, mas não dava para ter sido enviada outra oficial assim... no estilo da Zilah?

Começamos a rir, mas não perdi a oportunidade na hora de responder:

— Essa aqui é única, rapaz. Não tem cópias. — Olhei para ela, beijando sua testa com carinho. — E eu fui o sortudo que conseguiu sua atenção. Agora, se me dão licença, tenho que comemorar com a minha esposa...

As ovações e aplausos ficaram para trás, à medida que eu deixava a sala, com um braço sobre os ombros de Zilah, fazendo questão de mostrar o dedo médio para os caras, sem que ela percebesse.

Velhos hábitos não morriam tão cedo.

Eu estava feliz. Não achei que encontraria minha igual – em tantos sentidos –, em meio à violência que fazia parte de nossas vidas profissionais.

SHADOWS

Mas agora... ao sair no *deck* iluminado com o fim de tarde, rumo à ala das cabines, tudo o que meus companheiros poderiam ver eram duas sombras caminhando lado a lado, projetadas pelos nossos corpos.

FIM

AGRADECIMENTOS

Em primeiro lugar, agradeço a Deus, por sempre estar presente ao meu lado e nos meus momentos mais conturbados.

Em seguida, um obrigada ao meu marido, Érico, e meus filhos, Annelise e Christian, que me compartilham sempre que podem. Amo vocês.

Às minhas amigas de longe e de perto, que aceitam meu distanciamento, mas me apoiam de maneira incondicional: Andréa Beatriz, Lisa Lili, Dea, Nana, Jojô, Maroka, Alê, Mimi, Mercia.

Às minhas betas, Anastacia, Dea e Jojô, que aturam meus surtos, pânicos, arroubos... São elas que me ajudam a lapidar o melhor trabalho possível que tento trazer a vocês.

Não poderia deixar de agradecer à equipe de consultores maravilhosos que arranjei: Mel Portela, pela ajuda linguística com o hebraico; Joyce, Tamara e Libby (direto de Israel), pelas informações sobre as soldados israelenses; Fernando Uzuelli, pela consultoria em assuntos médicos; meu marido e cunhado pelas aulas sobre armamentos e operações do Mossad; Lucas Emmanuel, pelo help com o sistema codificado; Andréa, pelas horas intermináveis em pesquisas pelo Google Maps. Vocês são o máximo.

Um *huge thanks* às duas autoras sombrias, Andy Collins e Helena Stein, homenageadas da vez. *And, I have to send a kiss to my beloved friend, my british wild sister, Jane Harvey-Berrick, for all love and support. I got a character for you, honey.*

Obrigada, Roberta e The Gift Box, por mais uma vez colocarem seus esforços em produzir esse livro.

Obrigada à Dri K.K, pela capa magistral (como sempre). Você arrasa e sabe dar vida aos meus livros.

À Carol Dias, pela diagramação caprichada.

Agradeço a todos os leitores que confiaram em mim para trazer Teagan "*Shadow*" Collins à vida, sonhando mais uma vez em se jogarem no mundo militar dos *Marines*.

Por fim, só tenho a dizer que chegar a fim nesse livro, já foi uma vitória sem igual. Foi preciso enfrentar turbulências e intempéries ao longo do

SHADOWS

caminho, mas consegui superar minhas barreiras e, finalmente, digitar a tão temida palavrinha "Fim", temendo agora que a história de Teagan e Zilah possa conquistar seus corações, da mesma forma que conquistou o meu.

Nunca o lema "Who Dares, wins" – *Quem ousa, vence* –, fez tanto sentido para mim.

Love Ya'll,

M.S Fayes

Esse poema de Shakespeare esteve presente durante uma fase árdua que enfrentei, e suas palavras foram um alento necessário.

O MENESTREL

Depois de algum tempo, você aprende a diferença, a sutil diferença entre dar a mão e acorrentar uma alma.

E você aprende que amar não significa apoiar-se. E que companhia nem sempre significa segurança. Começa a aprender que beijos não são contratos e que presentes não são promessas.

Começa a aceitar suas derrotas com a cabeça erguida e olhos adiante, com a graça de um adulto e não com a tristeza de uma criança.

Aprende a construir todas as suas estradas no hoje, porque o terreno do amanhã é incerto demais para os planos, e o futuro tem o costume de cair em meio ao vão.

Depois de um tempo você aprende que o sol queima se ficar exposto por muito tempo.

E aprende que, não importa o quanto você se importe, algumas pessoas simplesmente não se importam... E aceita que não importa quão boa seja uma pessoa, ela vai feri-lo de vez em quando e você precisa perdoá-la por isso. Aprende que falar pode aliviar dores emocionais.

Descobre que se leva anos para construir confiança e apenas segundos para destruí-la...

E que você pode fazer coisas em um instante das quais se arrependerá pelo resto da vida. Aprende que verdadeiras amizades continuam a crescer mesmo a longas distâncias.

E o que importa não é o que você tem na vida, mas quem você tem na vida.

E que bons amigos são a família que nos permitiram escolher.

Aprende que não temos de mudar de amigos se compreendemos que os amigos mudam...

Percebe que seu melhor amigo e você podem fazer qualquer coisa, ou nada, e terem bons momentos juntos. Descobre que as pessoas com quem

SHADOWS

você mais se importa na vida são tomadas de você muito depressa… por isso sempre devemos deixar as pessoas que amamos com palavras amorosas; pode ser a última vez que as vejamos.

Aprende que as circunstâncias e os ambientes têm influência sobre nós, mas nós somos responsáveis por nós mesmos. Começa a aprender que não se deve comparar com os outros, mas com o melhor que pode ser.

Descobre que se leva muito tempo para se tornar a pessoa que quer ser, e que o tempo é curto.

Aprende que não importa onde já chegou, mas para onde está indo… mas, se você não sabe para onde está indo, qualquer caminho serve.

Aprende que, ou você controla seus atos, ou eles o controlarão… e que ser flexível não significa ser fraco, ou não ter personalidade, pois não importa quão delicada e frágil seja uma situação, sempre existem, pelo menos, dois lados.

Aprende que heróis são pessoas que fizeram o que era necessário fazer, enfrentando as consequências. Aprende que paciência requer muita prática.

Descobre que algumas vezes a pessoa que você espera que o chute quando você cai é uma das poucas que o ajudam a levantar-se. Aprende que maturidade tem mais a ver com os tipos de experiência que se teve e o que você aprendeu com elas do que com quantos aniversários você celebrou.

Aprende que há mais dos seus pais em você do que você supunha.

Aprende que nunca se deve dizer a uma criança que sonhos são bobagens…

Poucas coisas são tão humilhantes e seria uma tragédia se ela acreditasse nisso.

Aprende que quando está com raiva tem o direito de estar com raiva, mas isso não te dá o direito de ser cruel. Descobre que só porque alguém não o ama do jeito que você quer que ame não significa que esse alguém não o ama com tudo o que pode, pois existem pessoas que nos amam, mas simplesmente não sabem como demonstrar ou viver isso.

Aprende que nem sempre é suficiente ser perdoado por alguém…

Algumas vezes você tem de aprender a perdoar a si mesmo.

Aprende que com a mesma severidade com que julga, você será em algum momento condenado.

Aprende que não importa em quantos pedaços seu coração foi partido, o mundo não para, para que você o conserte. Aprende que o tempo não é algo que possa voltar.

Portanto, plante seu jardim e decore sua alma, em vez de esperar que alguém lhe traga flores.

E você aprende que realmente pode suportar… que realmente é forte, e que pode ir muito mais longe depois de pensar que não se pode mais. E que realmente a vida tem valor e que você tem valor diante da vida! Nossas dúvidas são traidoras e nos fazem perder o bem que poderíamos conquistar se não fosse o medo de tentar.

(WILLIAM SHAKESPEARE)

A The Gift Box é uma editora brasileira, com publicações de autores nacionais e estrangeiros, que surgiu no mercado em janeiro de 2018. Nossos livros estão sempre entre os mais vendidos da Amazon e já receberam diversos destaques em blogs literários e na própria Amazon.

Somos uma empresa jovem, cheia de energia e paixão pela literatura de romance e queremos incentivar cada vez mais a leitura e o crescimento de nossos autores e parceiros.

Acompanhe a The Gift Box nas redes sociais para ficar por dentro de todas as novidades.

 www.thegiftboxbr.com

 /thegiftboxbr.com

 @thegiftboxbr

 @thegiftboxbr